主編 黃其森

院子裏的中國

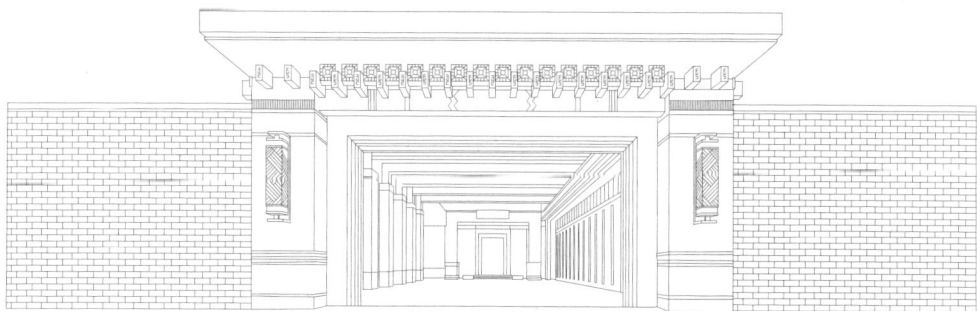

作家出版社

主　　编：黄其森

副 主 编：沈　琳　沈力男

编辑成员：王　倩　刘　勇　徐铁锋　陈　艳

目　录

序　言

黄其森

在风和日丽天，抑或月朗星稀夜，坐拥寂静的坊巷与围合的庭院，"仰观宇宙之大，俯察品类之盛"。于俯仰之间参天悟地，这便是中国人千百年来习惯了的居住方式，也是植根于他们心中浓得化不开的院落情结。

我们常说"家庭、家庭"，这个"庭"字就是指庭院、院子，有庭才有家，有家才有庭，少了哪一个，家庭似乎都是不完美的。

翻开《说文解字》："院者，坚也。从阜，完声。""阜"字本义为丘山，所以古代的豪门大院往往讲究依山傍水，背山面水的明堂里，占居风水之利。

风水院落，其实在西周时代便有了，战国时已初具规模。而院落发展成熟的标志，便是北京的四合院：外观规矩，中线对称，用法灵活。往大了扩，就是皇宫、王府；往小了缩，就是寻常人家的平常宅院。以四合院为母体，融合其他元素变体，产生了山西多进式的晋商大院、古徽州四水归堂的小院，还有上海的石库门、青岛的里院，客家人的土楼和围屋，以及广东开平华侨的碉楼。而以苏州园林为代表的江南园林则把传统院落的审美功能推向了极致。总之，在坊巷中围合，在围合中躲进小院成一统。在一统的小世界，可以修身齐家，也可以闭关禅定。因为有家有院，才是身心放松的港湾。

我的港湾在人文荟萃的福州。福州有著名的"三坊七巷"。在那片坊巷里，朱门阔院，白墙灰瓦，让人流连忘返，备感中国文化的深厚博大与灵动之美。地灵人杰，出将入相，众多著名政治家、军事家、文学家从这里走向辉煌，深刻影响了中国近现代历史格局，林则徐、沈葆桢、严复、陈宝琛、林觉民、林徽因、冰心、林纾、郁达夫，这些响亮的名字，如今依然闪耀在坊巷的上空。这片充满人文价值和灵性才情的坊巷，是我作为一个福建人的骄傲，也正是泰禾院子系最早的灵感来源。

然而，不知从何时起，全国各地的建筑都长成了同一副面孔，欧式建筑开始充斥每个城市。我总是在想：为什么当今的中国建筑，难以唤起国人的文化情感，更别提能让外国人从中领略中国建筑、园林的博大精深？这其实是一种不自信——文化上的不自信，导致崇洋媚外，迷失自我。

在全国两会期间，我也曾跟记者朋友们交流：如果遍地是"罗马小镇"、"托斯卡那"、"加州水岸"，我们到哪里去寻找中国人自己的"乡愁"呢？睡在罗马小镇，又如何做出美妙的"中国梦"？

所以，我们不能妄自菲薄。

当然，院子也是需要现代语言的。保留传统内核，输入现代元素。既不割裂历史，又不仅仅将目光停留在已有的套路上。师古而不泥古，在保留中突破，在突破中展示和谐与个性，这是一个巨大的挑战。但只要这种挑战能够让中国人更加诗意地栖居，便是泰禾矢志不渝的方向。

除了建造有形的院子，我们还要建设抽象无形的院子。那就是梳理全国各地的庭院文化，编选这本别开生面的散文集。我们选取了五十五篇以院子、园林文化为主题的名家名作，其中不乏大师、巨匠。从江南到北国，从叙往事到抒闲情，从皇家气象到百姓民居，说院子，谈感悟，聊人生，彰显中国传统文化的精神及情怀。

如果说窥一斑而知全豹，那么从大江南北不同院落的设计、陈设，乃至主人的性情爱好，则可以见微知著整个的中国了。中国五千年的历史文明，也就浓缩在这一方方或大或小的院子里。是为《院子里的中国》。

斯为序。

能不忆江南

苏 州 赋

王 蒙

左边是园，右边是园。

是塔是桥，是寺是河，是诗是画，是石径是帆船是假山。

左边的园修复了，右边的园开放了。有客自海上来，有客自异乡来。塔更挺拔，桥更洗练，寺更幽疑，河更闹热，石径好吟诗，帆船应人画。而重重叠叠的假山，传至今天还要继续传下去的是你的参差坎坷的魅力。

这是苏州。人间天上无双不二的苏州。中国的苏州。

苏州已经建成两千五百年。它已经老态龙钟。无怪乎七年前初次造访的时候它是那样疲劳，那样忧伤，那样强颜欢笑。失修的心灵似乎都在怀疑苏州自身的存在。苏州，还是苏州吗？

苏州终于起步，苏州终于腾飞。为外乡小儿熟知的江苏四大名旦香雪海冰箱，春花吸尘器，孔雀电视机，长城电风扇全都来自苏州。人们曾经担心工业的浪潮会把苏州的历史文化与生活情趣淹没，看来，这个问题已经受到了苏州人的关注，还不知道有哪个城市近几年的修复复原了这么多古建筑古园林。在庆祝苏州建成两千五百年的生日的时候，1986年，苏州迎来了再生的青林。一千五百年前的盘门修复了，是全国唯一的精美完整的水陆城门。环秀山庄后面盖起的"革文化之命"的楼房拆除了，秀美的山庄复原，应令她的建造者在天之灵欣慰，更令今天的游客流连忘返，赞叹不已。戏曲博物馆，民俗博物馆，刺绣博物馆……纷纷建成。寒山寺的钟声悠扬，虎丘塔的雄姿牢固，唐伯虎的新坟落成，苏州又回来了！

苏州更加苏州！

当我看到观前街、太监巷前熙熙攘攘的人群，辉煌的彩灯装饰的得月楼、松鹤楼的姿影，看到那些办喜事的新人和他们亲友，听到他们的欢声笑语，闻到闻名海内外的苏州佳肴的清香的时候，不禁为她的太平盛景而万分感动。当然还有许许多多年的麻烦、冲撞、紧迫、危机与危机的意识，然而今天的苏州，得来是容易的吗？会有人甘心失去吗？

不，我不能再在苏州停留。她的小巷使我神往，这样的小巷不应该出现在我的脚下而只能出现在陆文夫的小说里，梦见弹词开篇的歌声里。弹词、苏昆、苏剧、吴语吴歌的珠圆玉润使我迷失，我真怕听这些听久了便不能再听得懂别的方言与别的旋律。也许会因此不再喜欢会讲已经法定了推广了许多年的普通话——国语。那迷人的庭园，每一棵树与它身后的墙都使我倾倒，使我怀疑苏州人究竟是生活在亚洲、中国、硬邦邦的地球上还是生活在自己营造编织的神话里。这神话的世界比真的世界要小得也要美得多。她太小巧，太娇嫩，太优雅，她会使见过严酷的世界，手掌和心上都长着茧的人不忍去摸她碰她亲近她。

一双饱经忧患的眼睛见到苏州的园林还能保持自己的威严与老练吗，他会不会觉得应该给自己的眼睛换上纯洁的水晶？他会不会因秀美与巨大这两个审美范畴的撕扯而折裂自己的灵魂，他会不会觉得自己和这个世界已经或者正在或者将要可能成为苏州的留园、遇园、拙政园的对立面呢？他会不会产生消灭自己或者消灭苏州这样一种疯狂的奇想呢？

更不要说苏绣乃苏州的佳看美点了。看到一个个刺绣女工的惊人的技艺和耐心，优雅和美丽，我还能写作和滔滔不绝地发言吗？能不感到不好意思吗？还有勇气或者有涵养去倾听那些一知半解的牛皮清谈、草率无涯的胡说八道吗，在苏州呆久了，还能承受那些乏味、枯燥与粗野的事情吗？

苏州的刺绣，沉静的创造。苏州的菜肴，明亮的喜悦。苏州的歌曲，不设防的温柔。苏州的园林，恬美的诗情。苏州的街道，宁静的梦幻。而苏州的企业和企业家，温雅的外表下包含着洋溢的聪明生气，这一切都是怎么发生怎么留存的？也怎么样经历了那大起大落大轰大嗡多灾多难的时代。

苏州是一种诱惑，是一种挑战，是一种补充。在我们的生活里，苏州式的古老、沉静、温柔已经变得越来越陌生。而大言欺世、大闹盗名、大轰趋时的"反苏州"却又太多了。苏州更是一种文化历史现实未来的混合体。苏州是一种珍惜，是一种保护，对于一切美善，对于一切建设创造和生活本身的珍惜与保护。也是一种反抗，是对一切恶的破坏的无声的反抗。虽然，恶也是一种时髦，而破坏又常常披上革命的或忽而又披上现代意识的虎皮。我真高兴，七年以后，我有缘再访苏州。我们终于能够平静下来，保护苏州，复原苏州，欣赏苏州，爱恋苏州了。我们终于能珍重苏州的美，开始懂得不应该去做那些亵渎美毁灭美的事情。在历史的惊涛骇浪和汹涌大潮当中，在一个又一个神圣的豪情与偏狂的争闹之中，在不断时髦转眼更替的巨轮与浪头之中，苏州保留下来了，苏州复原了，苏州在发展。苏州是永远的。比许多雷霆万钧的炮声更永远。

王　蒙　（1934—），祖籍河北南皮，出生于北京。当代作家、学者，著有《组织部来了个年轻人》《青春万岁》《活动变人形》等近百部小说，其作品反映了中国人民在前进道路上的坎坷历程。他乐观向上、激情充沛，成为当代文坛上创作最为丰硕、始终保持创作活力的作家之一。曾担任文化部部长、党组书记，中国作协副主席，为第十二届、十三届中央委员，第八、九、十届全国政协常委。

千年庭院

余秋雨

一

二十七年前一个深秋的傍晚，我一个人在岳麓山上闲逛。岳麓山地处湘江西岸，对岸就是湖南省的省会长沙。这是我第一次来到这儿，乘着当时称之为"革命大串联"的浪潮，不由自主地被撒落在这个远离家乡的陌生山梁上。

我们这一代，很少有人在文化大革命初期完全没有被"大串联"的浪潮裹卷过，但又很少有人能讲得清这是怎么回事。先是全国停课，这么大的国土上几乎没有一间教室能够例外，学生不上课又不准脱离学校，于是就在报纸、电台的指引下斗来斗去，大家比赛着谁最厉害，谁最出格。现在的青年天天在设计着自己的"潇洒"，他们所谓的"潇洒"大体上似乎是指离开世俗规范的一种生命自由度；二十七年前的青年不大用"潇洒"一词，却也在某种气氛的诱导下追慕着一种踩踏规范的生命状态。敢于在稍一犹豫之后咬着牙撕碎书包里所有的课本吗？敢于嗫嚅片刻然后学着别人吐出一句平日听着都会皱眉的粗话吗？敢于把自己的手按到自己最害怕的老师头上去吗？敢于把图书馆里那些读起来半懂不懂的书统统搬到操场上放一把火烧掉吗？敢于拿着一根木棍试试贝多芬、肖邦的塑像是空心还是实心的吗？说实话，这些逆反性的冥想，恐怕任何一个国家任何一个时代的学生都有可能在心中一闪而过，暗自调皮地一笑，谁也没有想到会有实现的可能，但突然，竟有一个国家的一个时期，这一切全被允许了，于是终于有一批学生脱颖而出，冲破文明的制约，挖掘出自己心底某种已经留存不多的顽童泼劲，快速地培植、张扬，装扮成金刚怒目。硬说他们是具有政治含义的"造反派"其实是很过分的，昨天还和我们坐在一个课堂里，知道什么上层政治斗争呢？无非是念叨几句报纸上的社论，再加上一点道听途说的政治传闻罢了，乍一看吆五喝六，实际上根本不存在任何政治上的主动性。反过来，处于他们对立面的"保守派"学生也未必有太多的政治意识，多数只是在一场突如其来的颠荡中不太愿意或不太习惯改变自己原先的生命状态而已。我当时也忝列"保守派"行列，回想起来，一方面是对"造反派"同学的种种强硬行动看着不顺眼，一方面又暗暗觉得自己太窝囊，优柔寡断，赶不上潮流，后来发觉已被"造反派"同学所鄙视，无以自救，也就心灰意懒了。这一切当时看来很像一回事，其实都是胡闹，几年以后老同学相见，只知一片亲热，连彼此原来是什么派也都忘了。

记得胡闹也就是两三个月吧，一所学校的世面是有限的，年轻人追求新奇，差不多的事情激动过一阵也就无聊了。突然传来消息，全国的交通除了飞机之外都向青年学生开放，完全免费，随你到哪儿去都可以，到了哪儿都不愁吃住，也不要钱，名之为"革命大串联"。我至今无法猜测做出这一浪漫决定的领导人当时是怎么想的，好像是为"造反派"同学提供便利，好让他们到全国各地去煽风点火；好像又在为"保守派"同学提供机会，迫使他们到外面去感受革命风气，转变立场。总之，不管是什么派，只要是学生，也包括一时没有被打倒的青年教师，大学的，中学的，乃至小学高年级的，城市的，乡村的，都可以，一齐涌向交通线，哪一站上，哪一站下，悉听尊便。至于出去之后是否还惦念着革命，那更是毫无约束，全凭自觉了。这样的美事，谁会不去呢？

接下来出现的情景是完全可以想象的。学生们像蚂蚁一样攀上了一切还能开动的列车，连货车上都爬得密密麻麻，全国的铁路运输立即瘫痪。列车还能开动，但开了一会儿就会长时间地停下，往往一停七八个小时。车内的景象更是惊人，我不相信自从火车发明以来会有哪个地方曾经如此密集地装载过活生生的人。没有人坐着，也没有人站着。好像是站，但至多只有一只脚能够着地，大伙拥塞成密不透风的一团，行李架上、座位底下，则横塞着几个被特殊照顾的病人。当然不再有过道、厕所，原先的厕所里也挤满了人。谁要大小便只能眼巴巴地等待半路停车，一停车就在大家的帮助下跳车窗而下。但是，很难说列车不会正巧在这一刻突然开动，因此跳窗而下的学生总是把自己小小的行李包托付给挤在窗口的几位，说如果不巧突然开车了，请把行李包扔下来。这样的事常常发生在夜晚，列车启动在前不着村、后不着店的荒山野岭之间，几个行李包扔下去，车下的学生边追边呼叫，隆隆的车轮终于把他们抛下了。多少年来我一直在想这件事：他们最终找到了下一站吗？那可是山险林密、虎狼出没的地方啊。

　　扔下车去的行李包与车上学生抱着的行李包一样，小小的，轻轻的，两件换洗衣服，一条毛巾包着三四个馒头，几块酱菜，大同小异。不带书，不带笔，也不带钱，一身轻松又一身虚浮，如离枝的叶，离朵的瓣，在狂风中漫天转悠，极端洒脱又极端低贱，低贱到谁也认不出谁，低贱到在一平方米中拥塞着多少个都无法估算。只知道他们是学生，但他们没有书包，没有老师，没有课堂，而且将一直没有下去，不久他们又将被赶到上山下乡的列车上，一去十几年，依然是没有书包，没有老师，没有课堂，依然是被称之为学生。因为是学生，因为他们的目光曾与一个个汉字相遇，因为他们的手指曾翻动过不多的纸页，他们就要远离家乡，去冲洗有关汉字与纸页的记忆。"大串联"的列车，开出了这一旅程的第一站。历史上一切否定文化的举动，总是要靠文化人自己来打头阵，但是按照毫无疑问的逻辑，很快就要否定到打头阵的人自身。列车上的学生们横七竖八地睡着了，睡梦中还残留着轰逐一切的激动，他们不知道，古往今来任何一个社会，都不可能长时间地容纳一群不做建树的否定者，一群不再读书的读书人，一群不要老师的伪学生。当他们终于醒来的时候，一切都已太晚，列车开出去太远了，最终被轰逐的竟然就是这帮横七竖八地睡着的年轻人。

也许我算是醒得较早的一个，醒在列车的一次猛烈晃荡中，醒在鼾声和汗臭的包围里，一种莫名的恐惧击中了我，我从哪里来？我到哪里去？我是谁？心底一阵寒噤。我想下车，但列车此刻不会停站，这里也没有任何人来注意某个个人的呼喊。只好听天由命，随着大流，按照当时的例行公事，该停的地方停，该下的地方下，呼隆呼隆跟着走，整个儿迷迷瞪瞪。

长沙和岳麓山，是当时最该停、最该下的地方，到处都摩肩接踵、熙熙攘攘，连岳麓山的山道上都是这样。那个著名的爱晚亭照理是应该有些情致的，但此刻也已被漆得浑身通红，淹没在一片喧嚣中。我举头四顾，秋色已深，枫叶灿然，很想独个儿在什么地方静一静，喘口气，就默默离开人群，找到了一条偏僻的小路。野山毕竟不是广场通衢，要寻找冷清并不困难，几个弯一转，几丛树一遮，前前后后只剩下了我一个人。这条路很狭，好些地方几乎已被树丛拦断，拨开枝桠才能通过。渐渐出现了许多坟堆，那年月没人扫坟，荒草迷离。几个最大的坟好像还与辛亥革命有关，坟前有一些石碑，苍苔斑驳。一阵秋风，几声暮鸦，我知道时间不早，该回去了。但回到哪儿去呢？哪儿都不是我的地方。不如壮壮胆，还是在小路上毫无目的地走下去，看它把我带到什么地方。

暮色压顶了，山渐渐显得神秘起来。我边走边想，这座山也够劳累的，那一头，爱晚亭边上，负载着现实的激情；这一头，层层墓穴间，埋藏着世纪初的强暴。我想清静一点，从那边躲到这边，没想到这边仍然让我在沉寂中去听那昨日的咆哮。听说它是南岳之足，地脉所系，看来中国的地脉注定要衍发出没完没了的动荡。在浓重暮霭中越来越清静的岳麓山，你究竟是一个什么样的所在？你的绿坡赭岩下，竟会蕴藏着那么多的强悍和狂躁？

正这么想着，眼前出现了一堵长长的旧墙，围住了很多灰褐色的老式房舍，这是什么地方？沿墙走了几步，就看到一个边门，轻轻一推，竟能推开，我迟疑了一下就一步跨了进去。我走得有点害怕，假装着咳嗽几声，直着嗓子叫"有人吗"，都没有任何回应。但走着走着，我似乎被一种神奇的力量控制住了，脚步慢了下来，不再害怕。这儿没有任何装点，为什么会给我一种莫名的庄严？这儿我没有来过，为什么处处透露出似曾相识的亲切？这些房子和庭院可以用作各种用途，但它的本原用途是什么呢？再大家族的用房也用不着如此密密层层，每一个层次又排列得那么雅致和安详，也许这儿曾经允许停驻一颗颗独立的灵魂？这儿应该聚集过很多人，但绝对不可能是官衙或兵营。这儿肯定出现过一种宁静的聚会，一种无法言说的斯文，一种不火爆、不壮烈的神圣，与我刚才在墙外穿越和感受的一切，属于一个正恰相反的主题。

这个庭院，不知怎么撞到了我心灵深处连自己也不大知道的某个层面。这个层面好像并不是在我的有生之年培植起来的，而要早得多。如果真有前世，那我一定来过这里，住过很久。我隐隐约约找到自己了。自己是什么？是一个神秘的庭院。哪一天你不小心一脚踏入后再也不愿意出来了，觉得比你出生的房屋和现在的住舍还要亲切，那就是你自己。

我在这个庭院里独个儿磨磨蹭蹭舍不得离开，最后终于摸到一块石碑，凭着最后一点微弱的天光我一眼就认出了那四个大字：岳麓书院。

二

没有任何资料，没有任何讲解，给了我如此神秘的亲切感的岳麓书院究竟是一个什么样的所在，我当时并不很清楚。凭直感，这是一个年代久远的文化教育机构，与眼下轰轰烈烈的文化大革命正好大异其趣，但它居然身处洪流近旁而安然无恙，全部原因只在于，有一位领袖人物青年时代曾在它的一间屋子里住过一些时日。岳麓书院很识时务，并不抓着这个由头把自己打扮成革命的发祥地，朝自己苍老的脸颊上涂紫抹红，而是一声不响地安坐在山坳里，依然青砖石地、粉墙玄瓦，一派素静。苟全性命于乱世，不求闻达于诸侯，谁愿意来看看也无妨，开一个边门等待着，于是就有了我与它的不期而遇，默然对晤。

据说世间某些气功大师的人生履历表上，有一些时间是空缺的，人们猜想那一定是他们在某种特殊的遭遇中突然悟道得气的机缘所在。我相信这种机缘。现在常有记者来询问我在治学的长途中有没有几位关键的点拨者，我左思右想，常常无言以对。我无法使他们相信，一个匆忙踏入的庭院，也不太清楚究竟是做什么用的，

岳麓书院 中国图库提供

也没有遇见一个人，也没有说过一句话，竟然是我人生中的一个"关键"。完全记不清在里边逗留了多久，只知道离开时我一脸安详，就像那青砖石地、粉墙玄瓦。记得下山后我很快回了上海，以后的经历依然坎坷曲折，却总是尽力与书籍相伴。书籍中偶尔看到有关岳麓书院的史料，总会睁大眼睛多读几遍。近年来，出版事业兴旺，《岳麓书院史略》、《朱熹与岳麓书院》、《岳麓书院山长考》、《岳麓书院名人传》、《岳麓书院历代诗选》、《岳麓书院一览》、《中国书院与传统文化》等好书先后一本本地出现在我的案头，自己又多次去长沙讲学，一再地重访书院，终于我可以说，我开始了解了我的庭院，我似乎抓住了二十七年前的那个傍晚，那种感觉。

岳麓书院存在于世已经足足一千年了，可以毫不夸张地说，这是世界上最老的高等学府。中国的事，说"老"人家相信，说"高等学府"之类常常要打上一个问号，但这个问号面对岳麓书院完全可以撤销。一千多年来，岳麓书院的教师中集中了大量海内最高水平的教育家，其中包括可称世界一流的文化哲学大师朱熹、张栻、王阳明，而它培养出来的学生更可列出一份让人叹为观止的名单，千年太长，光以清代而论，我们便可随手举出哲学大师王夫之、理财大师陶澍、启蒙思想家魏源、军事家左宗棠、学者政治家曾国藩、外交家郭嵩焘、维新运动领袖唐才常、沈荩，以及教育家杨昌济等等。岳麓书院的正门口骄傲地挂着一副对联："惟楚有材，于斯为盛"，把它描绘成天下英才最辉煌的荟萃之地，口气甚大，但低头一想，也不能不服气。你看整整一个清代，那些需要费脑子的事情，不就被这个山间庭院吞吐得差不多了？

这个庭院的力量，在于以千年韧劲弘扬了教育对于一个民族的极端重要性。我一直在想，历史上一切比较明智的统治者都会重视教育，他们办起教育来既有行政权力又有经济实力，当然会像模像样，但为什么没有一种官学能像岳麓书院那样天长地久呢？汉代的太学，唐代的宏文馆、崇文馆、国子学等等都是官学，但政府对这些官学投注了太多政治功利要求，控制又严，而政府控制一严又必然导致繁琐哲学和形式主义成风，教育多半成了科举制度的附庸，作为一项独立事业的自身品格却失落了。说是教育，却着力于实利、着意于空名、着眼于官场，这便是中国历代官学的通病，也是无数有关重视教育的慷慨表态最终都落实得不是地方的原因。当然，其中也不乏一些文化品格较高的官员企图从根本上另辟蹊径，但他们官职再大也摆脱不了体制性的重重制约，阻挡不了官场和社会对于教育的直接索讨，最终只能徒呼奈何。那么，干脆办一点不受官府严格控制的私学吧，但私学毕竟太琐小、太分散，汇聚不了多少海内名师，招集不了多少天下英才，而离开了这两方面的足够人数，教育就会失去一种至关重要的庄严氛围，就像宗教失去了仪式，比赛失去了场面，做不出多少事情来。

正是面对这种两难，一群杰出的教育家先后找到了两难之间的一块空间。有没有可能让几位名家牵头，避开闹市，在一些名山之上创办一些"民办官助"的书院呢？书院办在山上，包含着学术文化的传递和研究所必需的某种独立精神和超逸情怀；但又必须是名山，使这些书院显示出自身的重要性，与风水相接，与名师相称，在超逸之中追求着社会的知名度和号召力。立足于民办，使书院的主体意志不是根据当时的政治需要而是根据文人学士的文化逻辑来建立，教育与学术能够保持足够的自由度；但又必须获得官府援助，因为没有官府援助麻烦事甚多、要长久而大规模地办成一种文化教育事业是无法想象的。当然获得官府的援助需要付出代价，甚至也要接受某种控制，这就需要两相周旋了，最佳的情景是以书院的文化品格把各级官员身上存在的文化品格激发出来，让他们以文化人的身份来参与书院的事业，又凭借着权力给予实质性的帮助。这种情景，后来果然频频地出现了。

由此可见，书院的出现实在是一批高智商的文化构想者反复思考、精心设计的成果，它既保持了一种清风朗朗的文化理想，又大体符合中国国情，上可摩天，下可接地，与历史上大量不切实际的文化空想和终于流于世俗的短期行为都不一样，实在可说是中国文化史上一个让人赞叹不已的创举。中国名山间出现过的书院很多，延续状态最好、因此也最有名望的是岳麓书院和庐山的白鹿洞书院。

岳麓书院的教学体制在今天看来还是相当合理的。书院实行"山长负责制"，山长这个称呼听起来野趣十足，正恰与书院所在的环境相对应，但据我看来，这个称呼还包含着对朝廷级别的不在意，显现着幽默和自在，尽管事实上山长是在道德学问、管理能力、社会背景、朝野声望等方面都非常杰出的人物。他们只想好生管住一座书院，以及满山的春花秋叶、夏风冬月，管住一个独立的世界。名以山长，自谦中透着自傲。山长薪俸不低，生活优裕，我最近一次去岳麓书院还专门在历代山长居住的百泉轩流连良久，那么清丽优雅的住所，实在令人神往。在山长的执掌下，书院采取比较自由的教学方法，一般由山长本人或其他教师十天半月讲一次课，其他时间以自学为主，自学中有什么问题随时可向教师咨询，或学生间互相讨论。这样乍一看容易放任自流，实际上书院有明确的学规，课程安排清晰有序，每月有几次严格的考核，此外，学生还必须把自己每日读书的情况记在"功课程簿"上，山长定期亲自抽查。课程内容以经学、史学、文学、文字学（即小学）为主，也要学习应付科举考试的八股文和试帖诗，到了清代晚期，则又加入了不少自然科学方面的课程。可以想象，这种极有弹性的教学方式是很能酿造出一种令人心醉的学习气氛的，而这种气氛有时可能比课程本身还能熏陶人、感染人。直到外患内忧十分深重的1840年，冯桂芬还在《重儒官议》中写道：

今天下唯书院稍稍有教育人材之意，而省城为最。余所见湖南之岳麓、城南两书院，山长体尊望重，大吏以礼宾之，诸生百许人列屋而居，书声彻户外，皋比之坐，问难无虚日，可谓盛矣！

这种响彻户外的书声，居然在岳麓山的清溪茂林间回荡了上千年！

在这种气氛中，岳麓书院的教学质量一直很高，远非官学所能比拟。早在宋代，长沙一带就出现了三个公认的教学等级：官办的州学学生成绩优秀者，可以升入湘西书院；在湘西书院里的高材生，可升入岳麓书院。在这个意义上，岳麓书院颇有点像我们现在的研究生院，高标独立，引人仰望。

办这样一个书院，钱从哪儿来呢？仔细想来，书院的开支不会太小，在编制上，除山长外，还有副山长、助教、讲书、监院、首事、斋长、堂长、管干等教学行政管理人员，还要有相当数量的厨子、门夫、堂夫、斋夫、更夫、藏书楼看守、碑亭看守等勤杂工役，这些人都要发给薪金；每个学生的吃、住、助学金、笔墨费均由书院供给，每月数次考核中的优胜者还要发放奖金；以上还都是日常开支，如果想造点房、买点书、整修一下苑圃什么的，花费当然就更大了。书院的上述各项开支，主要是靠学田的收入。所谓学田，是指书院的田产。政府官员想表示对书院的重视，就拨些土地下来，有钱人家想资助书院，往往也这么做，而很少直接赠送银两。书院有了这些田，就有了比较稳定的经济收入，即便是改朝换代，货币贬值，也不太怕了。学田租给人家种，有田租可收，一时用不了的，可投入典商生息，让死钱变成活钱。从现存书院的账目看，书院的各项开支总的说来都比较节俭，管理十分严格，绝无奢靡倾向，而学田的收入又往往少于支出，那就需要向官府申请补助了。我想，那些划给书院的土地是很值得自豪的，一样是黑色的泥土，一样是春种秋收，但千百年来却是为中国文化、为华夏英才提供着滋养，这与它们近旁的其他土地有多么的不同啊。现在我的案头有一本二十年前出版的书中谈到书院的学田，说书院借着学田

"以地租和高利贷的剥削收入作为常年经费"，愤懑之情溢于言表。按照这种思维逻辑，地租和典息都是"剥削收入"，书院以此作为常年经费也就逃不脱邪恶了。为了这种莫名其妙的小农意识，宁肯不要教学和文化！中国的土地那么大，可以任其荒芜，可以沦为战场，只是划出那么微不足道的一小块而搞成了一项横贯千年的文明大业，竟还有人不高兴，这并不是笑话，而是历史上一再出现的事实。中国的教学和文化始终阻力重重，岳麓书院和其他书院常常陷于困境，也都与此有关。而我，则很想下一次去长沙时查访一下那些学田的所在，好好地看一看那些极其平常又极其不平常的土地。

三

岳麓书院能够延绵千年，除了上述管理操作上的成功外，更重要的是有一种人格力量的贯注。对一个教学和研究机构来说，这种力量便是一种灵魂。一旦散了魂，即便名山再美，学田再多，也成不了大气候。

教学，说到底，是人类的精神和生命在一种文明层面上的代代递交。这一点，历代岳麓书院的主持者们都是很清楚的。他们所制定的学规、学则、堂训、规条等等几乎都从道德修养出发对学生的行为规范提出要求，最终着眼于如何做一个品行端庄的文化人。事实上，他们所讲授的经、史、文学也大多以文化人格的建设为归结，尤其是后来成为岳麓书院学术支柱的宋明理学，在很大程度上几乎可以看作是中国古代的一门哲学——文化人格学。因此，山明水秀、书声琅琅的书院，也就成了文化人格的冶炼所。与此相应，在书院之外的哲学家和文化大师们也都非常看重书院的这一功能，在信息传播手段落后的古代，他们想不出有比在书院里向生徒们传道授业更理想的学术弘扬方式了，因此几乎无一例外地企盼着有朝一日能参与这一冶炼工程。书院，把教学、学术研究、文化人格的建设和传递这三者，融合成了一体。

在这一点上，我特别想提一提朱熹和张栻这两位大师，他们无疑是岳麓书院跨时代的精神楷模。朱熹还对庐山的白鹿洞书院做出过类似的贡献，影响就更大了。我在岳麓书院漫步的时候，恍惚间能看到许多书院教育家飘逸的身影，而看得最清楚的则是朱熹，尽管他离开书院已有八百年。

朱熹是一位一辈子都想做教师的大学者。他的学术成就之高，可以用伟大诗人辛弃疾称赞他的一句话来概括："历数唐尧千载下，如公仅有两三人。"以一般眼光看来，这样一位大学问家，既没有必要也没有时间再去做教师了，若就社会地位论，他的官职也不低，更不必靠教师来显身扬名，但朱熹有着另一层面的思考。他说："人性皆善，而其类有善恶之殊者，习气之染也。故君子有教，则人皆可以复于善，而不当复论其类之恶矣！"（《论语集注》）又说："唯学为能变化气质耳。"（《答王子合》）他把教育看成是恢复人性、改变素质的根本途径，认为离开了这一途径，几乎谈不上社会和国家的安定和发展。"若不读书，便不知如何而能修身，如何而能齐家、治国。"（《语类》）在这位文化大师眼中，天底下没有任何一种事业比这更重要，因此他的目光一直注视着崇山间的座座书院，捕捉从那里传播出来的种种信息。

他知道比自己小三岁的哲学家张栻正主讲岳麓书院，他以前曾与张栻见过面，畅谈过，但有一些学术环节还需要进一步探讨，有没有可能，把这种探讨变成书院教学的一种内容呢？1167年8月，他下了个狠心，从福建崇安出发，由两名学生随行，不远千里地朝岳麓山走来。

朱熹抵达岳麓书院后就与张栻一起进行了中国文化史上极为著名的"朱、张会讲"。所谓会讲是岳麓书院的一种学术活动，不同学术观点的学派在或大或小的范围里进行探讨和论辩，学生也可旁听，既推动了学术又推动了教学。朱熹和张栻的会讲是极具魅力的，当时一个是三十七岁，一个是三十四岁，却都已身处中国学术文化的最前列，用精密高超的思维探讨着哲学意义上人和人性的秘密，有时连续论争三天三夜都无法取得一致意见。除了当众会讲外他们还私下谈，所取得的成果是：两人都越来越服对方，两人都觉得对方启发了自己，而两人以后的学术道路确实也都更加挺展了。《宋史》记载，张栻的学问"既见朱熹，相与博约，又大进焉"；而朱熹自己则在一封信中说，张栻的见解"卓然不可及，从游之久，反复开益为多"。朱熹还用诗句描述了他们两人的学术友情：

忆昔秋风里，寻朋湘水旁。胜游朝挽袂，妙语夜联床。别去多遗恨，归来识大方。唯应微密处，犹欲细商量。
……

（《有怀南轩呈伯崇择之二首》）

除了与张栻会讲外，朱熹还单独在岳麓书院讲学，当时朱熹的名声已经很大，前来听讲的人络绎不绝，不仅讲堂中人满为患，甚至听讲者骑来的马都把池水饮干了，所谓"一时舆马之众，饮池水立涸"，几乎与我二十七年前见到的岳麓山一样热闹了，只不过热闹在另一个方位，热闹在一种完全相反的意义上。朱熹除了在岳麓书院讲学外，又无法推却一江之隔的城南书院的邀请，只得经常横渡湘江，张栻愉快地陪着他来来去去，这个渡口，当地百姓就名之为"朱张渡"，以纪念这两位大学者的教学热忱。此后甚至还经常有人捐钱捐粮，作为朱张渡的修船费用。两位文化教育家的一段佳话，竟如此深入地铭刻在这片山川之间。

朱、张会讲后七年，张栻离开岳麓书院到外地任职，但没有几年就去世了，只活了四十七岁。张栻死后十四年即1194年，朱熹在再三推辞而未果后终于受了湖南安抚使的职位再度来长沙。要么不来，既然来到长沙做官就一定要把旧游之地岳麓书院振兴起来，这时离他与张栻"挽袂"、"联床"已整整隔了二十七年，两位青年才俊不见了，只剩下一个六十余岁的老人。但是今天的他，德高望重又有职权，有足够的实力把教育事业按照自己的心意整治一番，为全国树一个榜样。他把到长沙之前就一直在心中盘算的扩建岳麓书院的计划付诸实施，聘请了自己满意的人来具体负责书院事务，扩充招生名额，为书院置学田五十顷，并参照自己早年为庐山白鹿洞书院制定的学规颁发了《朱子书院教条》。如此有力的措施接二连三地下来，岳麓书院重又显现出一派繁荣。朱熹白天忙于官务，夜间则渡江过来讲课讨论，回答学生提问，从不厌倦。他与学生间的问答由学生回忆笔记，后来也成为学术领域的重要著作。被朱熹的学问和声望所吸引，当时岳麓书院已云集学者千余人，朱熹开讲的时候，每次都到"生徒云集，坐不能容"的地步。

每当我翻阅到这样的一些史料时总是面有喜色，觉得中华民族在本性上还有崇尚高层次文化教育的一面，中国历史在战乱和权术的旋涡中还有高洁典雅的篇章。只不过，保护这些篇章要拼耗巨大的人格力量。就拿书院来说吧，改朝换代的战火会把它焚毁，山长的去世、主讲的空缺会使它懈弛，经济上的入不敷出会使它困顿，社会风气的诱导会使它变质，有时甚至远在天边的朝廷也会给它带来意想不到的灾难。朝廷对于高层次的学术文化教育始终抱着一种矛盾心理，有时会真心诚意地褒奖、赏赐、题匾，有时又会怀疑这一事业中是否会有智力过高的知识分子"学术偏颇，志行邪伪"，"倡其邪说，广收无赖"，最终构成政治上的威胁，因此，历史上也不止一次地出现过由朝廷明令"毁天下书院"、"书院立命拆去"的事情（参见《野获编》、《皇明大政纪》等资料）。

这类风波，当然都会落在那些学者教育家头上，让他们短暂的生命去活生生地承受。说到底，风波总会过去，教育不会灭亡，但就具体的个人来说，置身其间是需要有超人的意志才能支撑住的。譬如朱熹，我们前面已经简单描述了他以六十余岁高龄重振岳麓书院时的无限风光，但实际上，他在此前此后一直蒙受着常人难以忍受的诬陷和攻击，他的讲席前听者如云，而他的内心则积贮着无法倾吐的苦水。大约在他重返长沙前的十年左右时间内，他一直被朝廷的高官们攻击为不学无术、欺世盗名、携门人而妄自推尊、实为乱人之首、宜摈斥勿用之人。幸好有担任太常博士的另一位大哲学家叶适出来说话。叶适与朱熹并不是一个学派，互相间观点甚至还很对立，但他知道朱熹的学术品格，在皇帝面前大声斥责那些诬陷朱熹的高官们"游辞无实，谗言横生，善良受害，无所不有"，才使朱熹还有可能到长沙来做官兴学。朱熹在长沙任内忍辱负重地大兴岳麓书院的举动没有逃过诬陷者们的注意，就在朱熹到长沙的第二年，他向学生们讲授的理学已被朝廷某些人宣判为"伪学"；再过一年，朱熹被免职，他的学生也遭逮捕，有一个叫余嘉的人甚至上奏皇帝要求处死朱熹：

> 枭首朝市，号令开下，庶伪学可绝，伪徒可消，而悖逆有所警。不然，作孽日新，祸且不测，臣恐朝廷之忧方大矣。

又过一年，"伪学"进一步升格为"逆党"，并把朱熹的学生和追随者都记入"伪学逆党籍"，多方拘捕。朱熹虽然没有被杀，但著作被禁，罪名深重，成天看着自己的学生和朋友一个个地因自己而受到迫害，心里实在不是味道。但是，他还是以一个教育家的独特态度来面对这一切。例如1197年官府即将拘捕他的得意门生蔡元定的前夕，他闻讯后当即召集一百余名学生为蔡元定饯行，席间有的学生难过得哭起来了，而蔡元定却从容镇定，为自己敬爱的老师和他的学说去受罪，无怨无悔。朱熹看到蔡元定的这种神态很是感动，席后对蔡元定说，我已老迈，今后也许难得与你见面了，今天晚上与我住在一起吧。这天晚上，师生俩在一起竟然没有谈分别的事，而是通宵校订了《参同契》一书，直到东方发白。蔡元定被官府拘捕后杖枷三千里流放，历尽千难万苦，死于道州。一路上，他始终记着那次饯行，那个通宵。世间每个人都会死在不同的身份上，却很少有人像蔡元定，以一个地地道道的学生身份，踏上生命的最后跑道。

既然学生死得像个学生，那么教师也就更应该死得像个教师。蔡元定死后的第二年，1198年，朱熹避居东阳石洞，还是没有停止讲学。有人劝他，说朝廷对他正虎视眈眈呢，赶快别再召集学生讲课了，他笑而不答。直到1199年，他觉得真的已走到生命尽头了，自述道：我越来越衰弱了，想到那几个好学生都已死于贬所，而我却还活着，真是痛心，看来支撑不了多久了。果然这年三月九日，他病死于建阳。

这是一位真正的教育家之死。他晚年所受的灾难完全来自于他的学术和教育事业，对此，他的学生们最清楚。当他的遗体下葬时，散落在四方的学生都不怕朝廷禁令纷纷赶来，官府怕这些学生议论生事，还特令加强戒备。不能来的也在各地聚会纪念："讣告所至，从游之士与夫闻风慕义者，莫不相与为位为聚哭焉。禁锢虽严，有所不避也。"（《行状》）辛弃疾在挽文中写出了大家的共同感受：

所不朽者，垂万世名。孰谓公死，凛凛犹生。

果然不久之后朱熹和他的学说又备受推崇，那是后话，朱熹自己不知道了。让我振奋的不是朱熹死后终于被朝廷所承认，而是他和他的学生面对磨难竟然能把教师和学生这两个看似普通的称呼背后所蕴藏的职责和使命，表现得如此透彻，如此漂亮。在我看来，蔡元定之死和朱熹之死是能写出一部相当动人的悲剧作品来的。他们都不是死在岳麓书院，但他们以教师和学生的身份走向死亡的步伐是从岳麓书院迈出的。

朱熹去世三百年后，另一位旷世大学问家踏进了岳麓书院的大门，他便是我的同乡王阳明先生。阳明先生刚被贬谪，贬谪地在贵州，路过岳麓山，顺便到书院讲点学。他的心情当然不会愉快，一天又一天在书院里郁郁地漫步，朱熹和张栻的学术观点他是不同意的，但置身于岳麓书院，他不能不重新对这两位前哲的名字凝神打量，然后吐出悠悠的诗句："缅思两夫子，此地得徘徊……"

是的，在这里，时隔那么久，具体的学术观点是次要的了，让人反复缅思的是一些执著的人和一项不无神圣的事业。这项事业的全部辛劳、苦涩和委屈，都曾由岳麓书院的庭院见证和承载，包括二十七年前我潜身而入时所看到的那份空旷和寥落。空旷和寥落中还残留着一点淡淡的神圣，我轻轻一嗅，就改变了原定的旅程。

当然我在这个庭院里每次都也嗅到一股透骨的凉气。本来岳麓书院可以以它千年的流泽告诉我们，教育是一种世代性的积累，改变民族素质是一种历时久远的磨砺，但这种积累和磨砺是不是都是往前走的呢？如果不是，那么，漫长的岁月不就组接成了一种让人痛心疾首的悲哀？你看我初次踏进这个庭院的当时，死了那么多年的朱熹又在遭难了，连正式出版的书上都说他"把历代的革命造反行为诬蔑为'人欲'，疯狂地维护反动封建统治"，如果朱熹还活着，没准还会再一次要求把他"枭首朝市"；至于全国性的毁学狂潮，则比历史上任何一个朝代都盛。谁能说，历代教育家一辈子又一辈子浇下的心血和汗水，一定能滋养出文明的花朵，则这些花朵又永不凋谢？诚然，过一段时期总有人站出来为教育和教师张目，琅琅书声又会响彻九州，但岳麓书院可以作证，这一切也恰似潮涨潮落。不知怎么回事，我们这个文明古国有一种近乎天然的消解文明的机制，三下两下，琅琅书声沉寂了，代之以官场寒暄、市井嘈杂、小人哄闹。我一直疑惑，在人的整体素质特别在文化人格上，我们究竟比朱熹、张栻们所在的那个时候长进了多少？这一点，作为教育家的朱熹、张栻预料过吗？而我们，是否也能由此猜想今后？

四

是的，人类历史上，许多燥热的过程、顽强的奋斗最终仍会组接成一种整体性的无奈和悲凉。教育事业本想靠着自身特殊的温度带领人们设法摆脱这个怪圈，结果它本身也陷于这个怪圈之中。对于一个真正的教育家来说，自己受苦受难不算什么，他们在接受这个职业的同时就接受了苦难；最使他们感到难过的也许是他们为之献身和苦苦企盼的"千年教化之功"，成效远不如人意。"履薄临深谅无几，且将余日付残编"，老一代教育家颓然老去，新一代教育家往往要从一个十分荒芜的起点重新开始。也许在技艺传授上好一点，而在人性人格教育上则几乎总是这样。因为人性人格的造就总是生命化的，而一个人的生命又总是有限的，当一代学生终于衰老死亡，他们的教师对他们的塑造也就随风飘散了。这就是为什么几个学生之死会给朱熹带来那么大的悲哀。当然，被教师塑造成功的学生会在社会上传播美好的能量，但这并不是教师所能明确期待和有效掌握的。更何况，总会有很多学生只学"术"而不学"道"，在人格意义上所散布的消极因素很容易把美好的东西抵消掉。还会有少数学生，成为有文化的不良之徒，与社会文明对抗，使善良的教师不得不天天为之而自责自嘲。

我自己，自从二十七年前的那个傍晚闯入岳麓书院后也终于做了教师，一做二十余年，其间还在自己毕业的母校，一所高等艺术学院担任了几年院长，说起来也算是尝过教育事业的甘苦了。我到很晚才知道，教育固然不无神圣，但并不是一项理想主义、英雄主义的事业，一个教师所能做到的事情十分有限。我们无力与各种力量抗争，至多在精力许可的年月里守住那个被称作学校的庭院，带着为数不多的学生参与一场陶冶人性人格的文化传递，目的无非是让参与者变得更像一个真正意义的人，而对这个目的达到的程度，又不能企望过高。

突然想起了一条新闻，外国有个匪徒闯进了一家幼儿园，以要引爆炸药为威胁向政府勒索钱财，全世界都在为幼儿园里孩子们的安全担心，而幼儿园的一位年轻的保育员却告诉孩子们这是一个没有预告的游戏，她甚至把那个匪徒也描绘成游戏中的人物，结果，直到事件结束，孩子们都玩得很高兴。保育员无力与匪徒抗争，她也没有办法阻止这场灾难，她所能做的，只是在一个庭院里铺展一场温馨的游戏。孩子们也许永远不知道这场游戏的意义，也许长大以后会约略领悟到其中的人格内涵。我想，这就是教育工作的一个缩影。面对社会历史的风霜雨雪，教师掌握不了什么，只能暂时地掌握这个庭院，这间教室，这些学生。

为此，在各种豪情壮志一一消退，一次次人生试验都未见多少成果之后，我和许多中国文化人一样，把师生关系和师生情分看作自己生命的一个组成部分。我不否认，我对自己老师的尊敬和对自己学生的偏护有时会到盲目的地步。我是个文化人，我生命的主干属于文化，我活在世上的一项重要使命是接受文化和传递文化，因此，当我偶尔一个人默默省察自己的生命价值的时候，总会禁不住在心底轻轻呼喊：我的老师！我的学生！我就是你们！

不仅仅是一个亲热的称呼。不，我们拥有一个庭院，像岳麓书院，又不完全是。别人能侵凌它，毁坏它，却夺不走它。很久很久了，我们一直在那里，做着一场文化传代的游戏。至于游戏的终局，我们都不要问。

余秋雨　（1946— ），浙江余姚人，当代文化史学者、散文家、作家、评论家。现任中国艺术研究院秋雨书院院长、澳门科技大学人文艺术学院院长，曾任上海戏剧学院院长、上海写作学会会长、上海戏剧学院客座教授、上海剧协副主席、青歌赛评委。2010年荣获澳门科技大学荣誉文学博士学位。专业从事散文、艺术评论的写作，在大陆和台湾出版中外艺术史论专著多部，曾多次赴海内外大学和文化机构讲学。

苏州园林

叶圣陶

　　苏州园林据说有一百多处，我到过的不过十多处。其他地方的园林我也到过一些。倘若要我说说总的印象，我觉得苏州园林是我国各地园林的标本，各地园林或多或少都受到苏州园林的影响。因此，谁如果要鉴赏我国的园林，苏州园林就不该错过。

　　设计者和匠师们因地制宜，自出心裁，修建成功的园林当然各个不同。可是苏州各个园林在不同之中有个共同点，似乎设计者和匠师们一致追求的是：务必使游览者无论站在哪个点上，眼前总是一幅完美的图画。为了达到这个目的，他们讲究亭台轩榭的布局，讲究假山池沼的配合，讲究花草树木的映衬，讲究近景远景的层次。总之，一切都要为构成完美的图画而存在，决不容许有欠美伤美的败笔。他们唯愿游览者得到"如在画图中"的美感，而他们的成绩实现了他们的愿望，游览者来到园里，没有一个不心里想着口头说着"如在画图中"的。

　　我国的建筑，从古代的宫殿到近代的一般住房，绝大部分是对称的，左边怎么样，右边也怎么样。苏州园林可绝不讲究对称，好像故意避免似的。东边有了一个亭子或者一道回廊，西边决不会来一个同样的亭子或者一道同样的回廊。这是为什么？我想，用图画来比方，对称的建筑是图案画，不是美术画，而园林是美术画，美术画要求自然之趣，是不讲究对称的。

　　苏州园林里都有假山和池沼。假山的堆叠，可以说是一项艺术而不仅是技术。或者是重峦叠嶂，或者是几座小山配合着竹子花木，全在乎设计者和匠师们生平多阅历，胸中有丘壑，才能使游览者攀登的时候忘却苏州城市，只觉得身在山间。至于池沼，大多引用活水。有些园林池沼宽敞，就把池沼作为全园的中心，其他景物配合着布置。水面假如成河道模样，往往安排桥梁。假如安排两座以上的桥梁，那就一座一个样，决不雷同。池沼或河道的边沿很少砌齐整的石岸，总是高低屈曲任其自然。还在那儿布置几块玲珑的石头，或者种些花草：这也是为了取得从各个角度看都成一幅画的效果。池沼里养着金鱼或各色鲤鱼，夏秋季节荷花或睡莲开放，游览者看"鱼戏莲叶间"，又是入画的一景。

苏州园林栽种和修剪树木也着眼在画意。高树与低树俯仰生姿。落叶树与常绿树相间，花时不同的多种花树相间，这就一年四季不感到寂寞。没有修剪得像宝塔那样的松柏，没有阅兵式似的道旁树：因为依据中国画的审美观点看，这是不足取的。有几个园里有古老的藤萝，盘曲嶙峋的枝干就是一幅好画。开花的时候满眼的珠光宝气，使游览者感到无限的繁华和欢悦，可是没法说出来。

游览苏州园林必然会注意到花墙和廊子。有墙壁隔着，有廊子界着，层次多了，景致就见得深了。可是墙壁上有砖砌的各式镂空图案，廊子大多是两边无所依傍的，实际是隔而不隔，界而未界，因而更增加了景致的深度。有几个园林还在适当的位置装上一面大镜子，层次就更多了，几乎可以说把整个园林翻了一番。

游览者必然也不会忽略另外一点，就是苏州园林在每一个角落都注意图画美。阶砌旁边栽几丛书带草。墙上蔓延着爬山虎或者蔷薇木香。如果开窗正对着白色墙壁，太单调了，给补上几竿竹子或几棵芭蕉。诸如此类，无非要游览者即使就极小范围的局部看，也能得到美的享受。

苏州园林里的门和窗，图案设计和雕镂琢磨功夫都是工艺美术的上品。大致说来，那些门和窗尽量工细而决不庸俗，即使简朴而别具匠心。四扇，八扇，十二扇，综合起来看，谁都要赞叹这是高

苏州角门　*中国图库提供*

度的图案美。摄影家挺喜欢这些门和窗，他们斟酌着光和影，摄成称心满意的照片。

苏州园林与北京的园林不同，极少使用彩绘。梁和柱子以及门窗栏杆大多漆广漆，那是不刺眼的颜色。墙壁白色。有些室内墙壁下半截铺水磨方砖，淡灰色和白色对衬。屋瓦和檐漏一律淡灰色。这些颜色与草木的绿色配合，引起人们安静闲适的感觉。花开时节，更显得各种花明艳照眼。

可以说的当然不止以上这些，这里不再多写了。

叶圣陶　（1894—1988），江苏苏州人，原名叶绍钧，字秉臣，辛亥革命后改字圣陶。现代作家、教育家、文学出版家和社会活动家。叶圣陶曾当过十年的小学语文教师。解放后，曾担任出版总署副署长、人民教育出版社社长、教育部副部长。他也是第六届全国政协副主席、第五届全国人大常委委员、第五届全国政协常委委员、民进中央主席。

上海的弄堂

王安忆

  站一个制高点看上海，上海的弄堂是壮观的景象。它是这城市背景一样的东西。街道和楼房凸现在它之上，是一些点和线，而它则是中国画中称为皴法的那类笔触，是将空白填满的。当天黑下来，灯亮起来的时分，这些点和线都是有光的，在那光后面，大片大片的暗，便是上海的弄堂了。那暗看上去几乎是波涛汹涌，几乎要将那几点几线的光推着走似的。它是有体积的，而点和线却是浮在面上的，是为划分这个体积而存在的，是文章里标点一类的东西，断行断句的。那暗是像深渊一样，扔一座山下去，也悄无声息地沉了底。那暗里还像是藏着许多礁石，一不小心就会翻了船的。上海的几点几线的光，全是叫那暗托住的，一托便是几十年。这东方巴黎的璀璨，是以那暗作底铺陈开。一铺便是几十年。如今，什么都好像旧了似的，一点一点露出了真迹。晨曦一点一点亮起，灯光一点一点熄灭。先是有薄薄的雾，光是平直的光，勾出轮廓，细工笔似的。最先跳出来的是老式弄堂房顶的老虎天窗，它们在晨雾里有一种精致乖巧的模样，那木框窗扇是细雕细作的；那屋披上的瓦是细工细排的；窗台上花盆里的月季花也是细心细养的。然后晒台也出来了，有隔夜的衣衫，滞着不动的，像画上的衣衫；晒台矮墙上的水泥脱落了，露出锈红色的砖，也像是画上的，一笔一画都清晰的。再接着，山墙上裂纹也现出了，还有点点绿苔，有触手的凉意似的。第一缕阳光是在山墙上的，这是很美的图画，几乎是绚烂的，又有些荒凉；是新鲜的，又是有年头的。这时候，弄底的水泥地还在晨雾里头，后弄要比前弄的雾更重一些。新式里弄的铁栏杆的阳台上也有了阳光，在落地的长窗上折出了反光。这是比较锐利的一笔，带有揭开帷幕，划开夜与昼的意思。雾终被阳光驱散了，什么都加重了颜色，绿苔原来是黑的，窗框的木头也是发黑的，阳台的黑铁栏杆却是生了黄锈，山墙的裂缝里倒长出绿色的草，飞在天空里的白鸽成了灰鸽。

上海的弄堂是形形种种，声色各异的。它们有时候是那样，有时候是这样，莫衷一是的模样。其实它们是万变不离其宗，形变神不变的，它们倒过来倒过去最终说的还是那一桩事，千人千面，又万众一心的。那种石库门弄堂是上海弄堂里最有权势之气的一种，它们带有一些深宅大院的遗传，有一副官邸的脸面，它们将森严壁垒全做在一扇门和一堵墙上。一旦开门进去，院子是浅的，客堂也

上海石库门
中国图库提供

29

是浅的，三步两步便走穿过去，一道木楼梯出现在了头顶。木楼梯是不打弯的，直抵楼上的闺阁，那二楼的临街的窗户便流露出了风情。上海东区的新式里弄是放下架子的，门是镂空雕花的矮铁门，楼上有探身的窗还不够，还要做出站脚的阳台，为的是好看街市的风景。院里的夹竹桃伸出墙外来，锁不住的春色的样子。但骨子里头却还是防范的，后门的锁是德国造的弹簧锁，底楼的窗是有铁栅栏的，矮铁门上有着尖锐的角，天井是围在房中央，一副进得来出不去的样子。西区的公寓弄堂是严加防范的，房间都是成套，一扇门关死，一夫当关万夫莫开的架势，墙是隔音的墙，鸡犬声不相闻的。房子和房子是隔着宽阔地，老死不相见的。但这防范也是民主的防范，欧美风格的，保护的是做人的自由，其实是想做什么就做什么，谁也拦不住的。那种棚户的杂弄倒是全面敞开的样子，牛毛毡的屋顶是漏雨的，板壁墙是不遮风的，门窗是关不严的。这种弄堂的房屋看上去是鳞次栉比，挤挤挨挨，灯光是如豆的一点一点，虽然微弱，却是稠密，一锅粥似的。它们还像是大河一般有着无数的支流，又像是大树一样，枝枝杈杈数也数不清。它们阡陌纵横，是一张大网。它们表面上是袒露的，实际上却神秘莫测，有着曲折的内心。黄昏时分，鸽群盘桓在上海的空中，寻找着各自的巢。屋脊连绵起伏，横看成岭侧成峰的样子。站在制高点上，它们全都连成一片，无边无际的，东南西北有些分不清。它们还是如水漫流，见缝就钻，看上去有些乱，实际上却是错落有致的。它们又辽阔又密实，有些像农人散播然后丰收的麦田，还有些像原始森林，自生自灭。它们实在是极其美丽的景象。

上海的弄堂是性感的，有一股肌肤之亲似的。它有着触手的凉和暖，是可感可知，有一些私心的。积着油垢的厨房后窗，是专供老妈子一里一外扯闲篇的；窗边的后门，是供大小姐提着书包上学堂读书，和男先生幽会的；前边大门虽是不常开，开了就是有大事情，是专为贵客走动，贴了婚丧嫁娶的告示的。它总是有一点按捺不住的兴奋，跃跃然的，有点絮叨的。晒台和阳台，还有窗畔，都留着些窃窃私语，夜间的敲门声也是此起彼落。还是要站一个制高点，再找一个好角度：弄堂里横七竖八晾衣竿上的衣物，带着点私情的味道；花盆里栽的凤仙花、宝石花和青葱青蒜，也是私情的性质；屋顶上空着的鸽笼，是一颗空着的心；碎了和乱了的瓦片，也是心和身子的象征。那沟壑般的弄底，有的是水泥铺的，有的是石卵拼的。水泥铺的到底有些隔心隔肺的，石卵路则手心手背都是肉的感觉。两种弄底的脚步声也是两种。前种是清脆响亮的，后种却是吃进去，闷在肚里的；前种说的是客套，后种是肺腑之言，两种都不是官面文章，都是每日里免不了要说的家常话。上海的后弄更是要钻进人心里去的样子，那里的路面是饰着裂纹的，阴沟是溢水的，水上浮着鱼鳞片和老菜叶的，还有灶间的油烟气的。这里是有些脏兮兮，不整洁的，最深最深的那种隐私也裸露出来的，有点不那么规矩的。因此，它便显得有些阴沉。太阳是在午后三点的时候才照进来，不一会儿就夕阳西下了。这一点阳光反给它罩上一层暧昧的色彩，墙是黄黄的，面上的粗粝都凸现起来，沙沙的一层。窗玻璃也是黄的，有着污迹，看上去有一些花的。这时候的阳光是照久了，有些压不住的疲累的，将最后一些沉底的光都迸出来照耀，那光里便有了许多沉积物似的，是黏稠滞重，也是有些不干净的。鸽群是在前边飞的，后弄里飞着的是夕照里的一些尘埃，野猫也是在这里出没的。这是深入肌肤，已经谈不上是亲是近，反有些起腻，暗地里生畏的，却是有一股噬骨的感动。

上海的弄堂感动来自于最为日常的情景，这感动不是云水激荡的，而是一点一点累积起来。这是有烟火人气的感动。那一条条一排排的里巷，流动着一些意料之外又情理之中的东西，东西不是什么大东西，但琐琐细细，聚沙也能成塔的。那是和历史这类概念无关，连野史都难称上，只能叫作流言的那种。流言是上海弄堂的又一景观，它几乎是可视可见的，也是从后窗和后门里流露出来。前门和前阳台所流露的则要稍微严正一些，但也是流言。这些流言虽然算不上是历史，却也有着时间的形态，是循序渐进有因有果的。这些流言是贴肤贴肉的，不是故纸堆那样冷淡刻板的，虽然谬误百出，但谬误也是可感可知的谬误。在这城市的街道灯光辉煌的时候，弄堂里通常只在拐角上有一盏灯，带着最寻常的铁罩，罩上生着锈，蒙着灰尘，灯光是昏昏黄黄，下面有一些烟雾般的东西滋生和蔓延，这就是酝酿流言的时候。这是一个晦涩的时刻，有些不清不白的，却是伤人肺腑。鸽群在笼中叽叽哝哝的，好像也在说着私语。街上的光是名正言顺的，可惜刚要流进弄口，便被那暗吃掉了。那种有前客堂和左右厢房里的流言是要老派一些的，带薰衣草的气味的；而带亭子间和拐角楼梯的弄堂房子的流言则是新派的，气味是樟脑丸的气味。无论老派和新派，却都是有一颗诚心的，也称得上是真情的。那全都是用手掬水，掬一捧漏一半地掬满一池，燕子衔泥衔一口掉半口地筑起一巢的，没有半点偷懒和取巧。上海的弄堂真是见不得的情景，它那背阴处的绿苔，其实全是伤口上结的疤一类的，是靠时间抚平的痛处。因它不是名正言顺，便都长在了阴处，长年见不到阳光。爬墙虎倒是正面的，却是时间的帷幕，遮着盖着什么。鸽群飞翔时，望着波涛连天的弄堂的屋瓦，心是一刺刺的疼痛。太阳是从屋顶上喷薄而出，坎坎坷坷的，光是打折的光，这是由无数细碎集合而成的壮观，是由无数耐心集合而成的巨大的力。

王安忆 （1954— ），女，江苏南京人，当代作家。上海市作家协会主席，中国作家协会副主席，复旦大学中文系教授，被视为"知青文学"、"寻根文学"等文学创作潮流的代表性作家。代表作品有《长恨歌》《小鲍庄》《富萍》等，其中《长恨歌》获得第五届茅盾文学奖。2011年获提名布克国际文学奖，2013年获法兰西文学艺术骑士勋章。

人造的自然

陆文夫

从世界的范围来看，苏州园林曾经是一颗蒙尘的珍珠。在本世纪之初，外国人除掉一些传教师之外，对苏州的园林知之甚少；即使在中国，除掉一些文人雅士之外，在一般的市民中知名度也不太高。"上有天堂，下有苏杭"，评弹开篇里唱到苏州和杭州时，却是唱："杭州有西湖嘛，苏州有山塘呀……"把苏州的七里山塘和杭州的西湖媲美，并不把苏州的园林放在心上。原因也很简单，因为苏州的园林都是私家花园，搭勿够的人不能进去。七里山塘到虎丘，从唐代开始，直到虎丘路修通之前，山塘街都是繁华似锦，风光旖旎。《姑苏繁华图》后半部所画的也是山塘街。苏州的园林可以说是"养在深闺人未识"。随着时间的推移，豪门世家衰落了，那养在深闺的苏州园林也渐渐地衰落了，荒芜了。半个世纪之前我见到苏州的园林时，保存得较为完好的只有耦园等少数的几个小园林，目前列入世界文化遗产的四大名园都已经是面目全非或是荒芜不堪了。最著名的留园只有石头完好（假山也有倒塌的），其余的亭台楼阁都已门窗全无，歪斜倾圮，那使苏州人骄傲的"江南第一厅"变成日本兵养马的地方，马系在厅堂里的楠木柱上。日寇投降后无人喂马了，饿马把楠木柱都啃得只剩下碗口粗，现在的黑漆庭柱都是经过能工巧匠们处理过的。

应该说，苏州人在保护和修复园林方面是尽力的，虔诚的，是当作艺术品来修复的。有人说苏州园林也只有苏州人能保存得如此完整。这话倒也不一定是恭维，苏州确实有那么深厚的文化基础，有一大批学者专家、能工巧匠、园艺爱好者、高明的领导人，都为保护和修复园林竭尽全力。特别是在修复时没有用朱红赭黄，没有用钢骨水泥，没有自作聪明地加进什么现代气息。

人是自然之子，不管他有多狠，总是离不开山水草木，阳光空气，一旦和自然疏远了，就要想办法亲近点。去游山玩水，游山玩水也很劳累，何不造个园林，在其中暂住或久留，用现在的话说叫回归自然。

中国人造园林，外国人也造园林，每个国家，每个地区的园林都是各有个性，风格迥异。欧洲人造园林讲究大，大片的林木、河流、草坪、修剪整齐的长绿树，平坦开阔，一目了然，从某种意义上说是圈下了大片的自然景色加以修整，再造一个庄园在林间或水边。

苏州人造园林正好相反，是真正的"造"，是小中见大，人造自然，几乎是在平地上造出了山林沟壑，曲桥流水，把大自然浓缩于小小的园林之中，虽然是假山假水，却要力求其真实自然，而且是把住宅融入园林之中，以求天人合一。这是中国人的哲学思想和艺术观点的集中表现，在世界上独一无二，自成一体。文化贵在于创造，赏在于独特，有创造性的独特艺术，才能进入世界文化的宝库。联合国科教文组织也正是看中了这一点，把苏州的四大名园列入世界文化遗产而加以保护，保护这独特的艺术，保护人类共同财富。

苏州的园林还有一个特点，它不是个别的，单独的，而是一个群落，它散布在苏州的城里城外，散布在城乡各地，仅仅把四个园子列入世界文化遗产也难见其全貌。听说正在申请第二批的园林再列入世界文化遗产，但愿能够成功。

陆文夫 （1928—2005），江苏泰兴人，曾任苏州文联副主席、中国作家协会副主席。在五十年文学生涯中，陆文夫在小说、散文、文艺评论等方面都取得了卓越的成就，他以《献身》《小贩世家》《围墙》《清高》《美食家》等优秀作品和《小说门外谈》等文论集饮誉文坛，深受中外读者的喜爱。

观莲拙政园

周瘦鹃

也许是因为我家祖祖辈辈传下来的堂名是爱莲堂的缘故，因此对于我家老祖宗《爱莲说》作者周濂溪先生所歌颂的莲花，自有一种特殊的好感。倒并不是为它出淤泥而不染，是花中君子，实在是爱它的高花大叶，香远益清，在众香国里，真可说是独有千古的。年年家历六月二十四日，旧时个传为莲花生日，又称观莲节，我那小园子里的池莲缸莲都开好了，可我看了还觉得不过瘾，总要赶到拙政园去观赏莲花，也算是欢度观莲节哩。

可不是吗？拙政园的水面，占全园面积的五分之三，池水沦涟，正可作为莲花之家，何况中部的堂啊，亭啊，轩啊，都是配合着莲花而命名的，因此拙政园实在是一个观莲的好去处。例如，远香堂、荷风四面亭、倚玉轩，还有那船舫形的小轩"香洲"，以至西部的留听阁，都是与莲花有连带关系而可以给你坐在那里观赏的。

我们虽为观莲而来，但是好景当前，不会熟视无睹，也总要欣赏一下；况且这个园子已被列为第一批全国重点文物保护单位之一，真该刮目相看。怎么叫作"拙政"呢？原来明代嘉靖年间（公元1522年—1566年），御史王献臣因不满于权贵弄权，弃官归隐，把这里大宏寺的一部分基地造了一个别墅，取晋代名流潘岳"此拙者之为政也"一句话，取名拙政园，含有发牢骚的意思。王死后，他的儿子爱好赌博，就在一夜之间把这园子输掉了。到了公元1860年，太平天国忠王李秀成攻下苏州时，就园子的一部分建立忠王府，作为发号施令的所在，这是值得大书特书的。

从东部新辟的大门进去，迎面就看到新叠的湖石，分列三面，傍石植树，点缀得楚楚可观，略有倪云林画意。进园又见奇峰几座，好像是案头大石供，这里原是明代侍郎王心一归田园遗址，有些峰石还是当年遗物。这东部是近年来所布置的，有土山密植苍松，浓翠欲滴；此外有亭有榭，有溪有桥，有广厅做品茗就餐之所。从曲径通到曲廊，在拱桥附近的水面上，先就望见一小片莲叶莲花，给我们尝鼎一脔；这是今春新种的，料知一二年后，就可蔓延开去了。从曲廊向西行进，就是中部的起点，这一带有海棠春、玲珑馆、枇杷园诸胜，初春有海棠可看，初夏有枇杷可赏，一步步渐入佳境。走过了那盖着乡绮亭的小丘，就到达远香堂，顾名思义，不由得想起那《爱莲说》中的名句"香远益清，亭亭净植"八个字来，知道堂名就由此而得，而也就是给我们观莲的好地方了。

远香堂面对着一座挺大的黄石假山，山下一泓池水，有锦鳞往来游泳，堂外三面通廊，堂后有宽广的平台，台下就是一大片莲塘，种着天竺种千叶莲花，这是两年以前好容易从昆山正仪镇引种过来的。原来正仪镇上有个顾围，是元代名士阿瑛"玉山佳处"的遗址，在东亭子旁，有一个莲池，池中全是千叶莲花，据说还是顾阿瑛手植的，到现在已有六百多年，珍种犹存，年年开花不绝。拙政园莲塘中自从把原种藕秧种下以后，当年就开花，真是色香双绝，不同凡卉；第二年花花叶叶，更为繁盛，翠盖红裳，几乎把整个莲塘都遮满了。并蒂到处都是，并且一花中有四五蕊，七八蕊，以至十三个蕊的，花瓣多至一千四百余瓣。只为负担太重了，花头往往低垂着，使人不易窥见花蕊，因此苏州培养碗莲的专家卢彬士老先生所作长歌中，曾有"看花不易窥全面，三千莲媛总低头"之句，表示遗憾，其实我们只要走到水边，凑近去细看时，还是可以看到那捧心西子态的。今夏花和叶虽觉少了一些，而水面却暴露了出来，让我们欣赏那水中花影，仿佛姹娅欲笑哩。

远香堂西邻的倚玉轩，与船舫形的香洲遥相对，而北面的斜坡

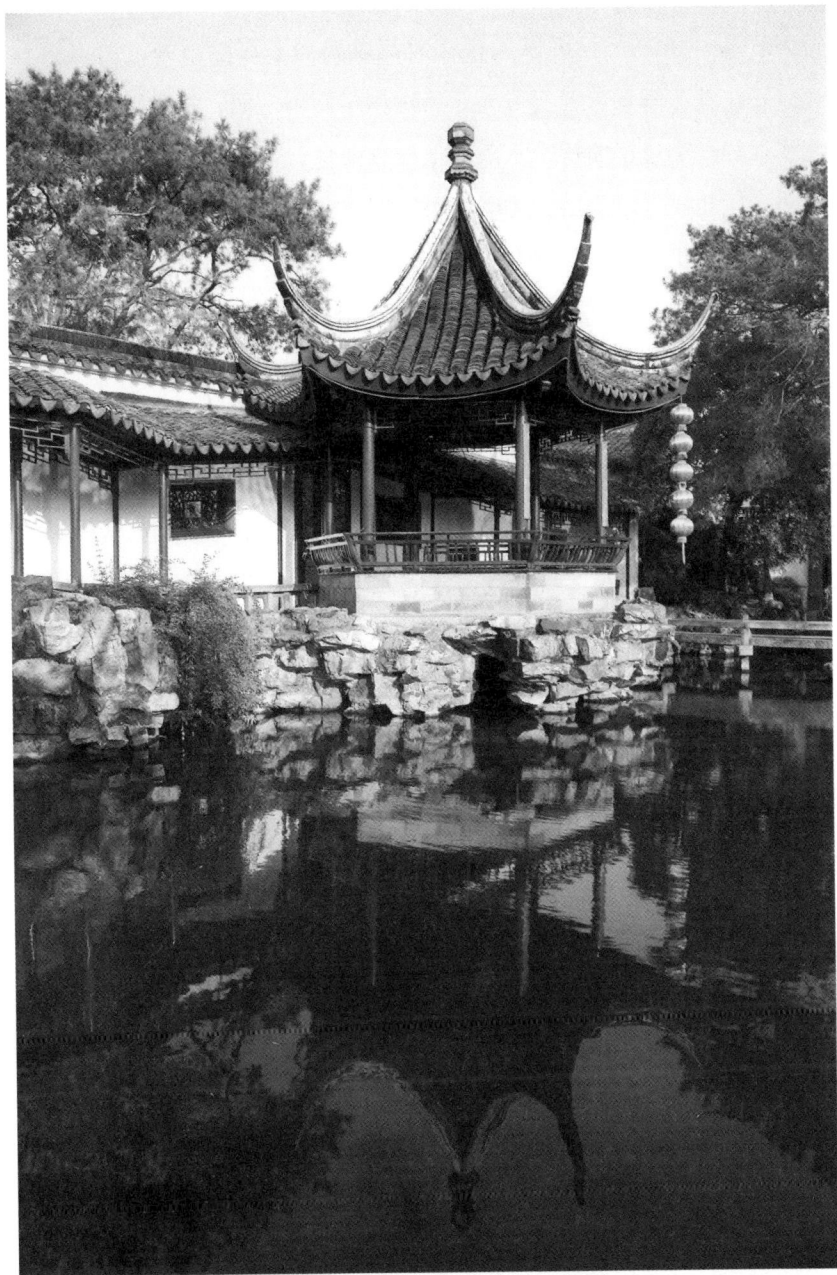

苏州拙政园 中国图库提供

上有一荷风四面亭，三者位在三个角度上，恰恰形成鼎足之势，而三处都可观莲，因为都是面临莲塘的。香洲贴近水边，可以近观，倚玉轩隔一条花街，可以远观；而荷风四面亭翼然高处，可以俯观，好在莲花解意，婉娈可人，不论你走到哪一面，都可以让你尽情观赏的。穿过了曲桥，从假山上拾级而登，就见一座楼，叫作见山楼，凭北窗可以看山，凭南窗可以观莲，并且也可以远观远香堂后的千叶莲花了。

走进别有洞天，就到了园的西部，沿着起伏的曲廊向西行进，就看到一座美轮美奂的花厅，分作两半，一半是十八曼陀罗花馆，庭中旧时种有山茶十八株，而曼陀罗就是山茶的别号，因以为名。另一半是三十六鸳鸯馆，前临池沼，养着文羽鲜艳的鸳鸯，成双作对地在那里戏水，悠然自得。池中种着白莲，让鸳鸯拍浮其间，构成了一个美妙的画面；正如宋代欧阳修咏莲词所谓："叶有清风花有露，叶笼花罩鸳鸯侣"，真是相得益彰，而大可供人观赏，供人吟味的。

向西出了三十六鸳鸯馆，向北走过一条小桥，就到了留听阁，窗户挂落，都是精雕细刻，剔透玲珑。我们细细体味阁名，原来是从那句"留得残荷听雨声"的古诗句上得来的。这个阁坐落在西部尽头处，去莲塘不远，到了秋雨秋风的时节，坐在这里小憩一会儿，自可听到残荷上淅淅沥沥的雨声的。

周瘦鹃　（1895—1968），江苏省苏州市人。原名周国贤。现代作家、文学翻译家、盆景艺术家。曾任全国政协委员、苏州市博物馆名誉副馆长。1916年至1949年间，在上海历任中华书局、《申报》《新闻报》等单位的编辑和撰稿人，其间主编《申报》副刊达十余年之久。还主编过《礼拜六》周刊、《紫罗兰》《半月》《乐观月刊》等。解放后，一边写作，一边以相当大的精力从事园艺工作。他在自己的庭园里栽花培草，种植盆景，开辟了苏州有名的"周家花园"。

上海FASHION

程乃珊

弄　堂

　　上海人向来注重门面功夫，现代话叫"包装"。老上海的弄堂，哪怕那种最简陋的一楼一底的单开间石库门弄堂，弄口也必会矗起一个巍峨的牌坊式的门面，通常是用青灰或赭红的砖石砌成一个拱形的、很有点欧式味道的入口，就是上海人俗称的弄堂口。门洞的上方，配着一片圆满华美的西洋图案浮雕，用中国正楷刻着弄堂名字。中国楷书与西洋浮雕，本是风马牛不相干，似应配以龙凤如意更和谐，否则，总觉有点洋不洋、腔不腔。偏偏上海弄堂口的楷书与整个门框的西洋元素，却能如此相融相映，是因为司空见惯，见怪不怪，还是因为上海的传统文化与外来西方文化本身有个天然的契机，而聪敏的上海人及时抓住了这个契机。

　　上海有"弄堂"之说，应在晚清之时。那时尚未听说过有什么专业平面设计之说，却能创造出这样中西融合，祥和流丽的弄口设计。在这些弄堂名的下方，大多会庄重地标上竣工年代：1908，1915，1920，1933……当时的工匠们只是多凿了几刀，就给我们后人留下了无限的遐想空间，让我们在新上海的一片摩天楼群中，依然能捕捉到历史仓促离去的步子。

　　我很喜欢上海老弄堂的名字，平实的如"福康里"、"大福里"，就像上海人家的"大弟小弟"，"大妹小妹"，亲切上口；还有那等清雅的如"涌泉坊"、"绿阳新邨"、"沁园邨"、"古柏别墅"、"集雅公寓"等等，这样的名字令人联想到那种封面为很有平绒质感的、呈现各种幽深雅浅的一抹蓝的毛边线装书；更有那等充满海派的极艳丽的名，如"蝶来新邨"、"巴黎新邨"、"玫瑰别墅"、"春平坊"、"花园坊"……各色各味的弄堂名字，起得自然平实，乍闻其声，已闻到内里墙篱笆里飘出的栀子花、玉兰花的幽香。

上海弄堂的"里"、"坊"、"邨"乃至"别墅"、"公寓"，内里乾坤，可圈可点。

但凡称为××里的，大多属最市井最大路的弄堂。它们具备最原始、最标准的石库门房子格局，一般都无下水道、卫生设备，为上海开埠早期的民居，故而设施均不完善。连流行曲里都唱道"粪车是我们的报晓鸡"，就是因为天天早上头等大事，家家户户都要刷马桶。所谓七十二家房客，多集中在这××里内。当然也有例外，如今延安中路上的"明德里"，是一间一厢房的二上二下仍具备石库门外形及结构，而内里已经改良的高尚弄堂。一般讲，在上世纪20年代中前竣工的弄堂，大多仍习惯以××里为名。出名的如静安寺路上的"西摩里"，延庆路上的"大福里"，包括刚才提到的"明德里"。

20世纪30年代后造的弄堂大多兴叫××坊、××邨，如"四明邨"、"淮海坊"、"二元坊"等。但凡称为坊、邨的，不少外形已从传统石库门转型到西式元素更多的，上海人俗称"新式弄堂房子"的样式；它们在格局上仍保留正房和厢房的结构，但在装潢间隔上，有意划为餐厅、会客室、书房之功效，二楼客堂楼为主人房，另为儿童房或其他卧室，亭子间因其实用经济仍被保留下来。在建材上，开始铺设打蜡地板、新式钢窗，并有卫生间和煤气管道，正所谓"钢窗蜡地、煤卫齐全"，一度为上海上好住宅的代名词。在这些××邨、××坊内，应该讲七十二家房客现象不大有，不过，独门独户一家独住的，随着后来时局的动荡变迁，现在已属十分罕见了！

很多称为××新邨的，基本已具备花园联体小洋房的雏形，著名的如"裕华新邨"、"锦华新邨"、"中华新邨"、"巴黎新邨"，钢窗蜡地、煤卫齐全，前门口有一方用墙篱笆圈出的院子，也算一座小花园。至于一些叫××别墅的，只是地产商惯用的一种文字游戏，如"静安别墅"、"金城别墅"、"武宁别墅"。

无论如何，上海老弄堂的名字，就像一幅水墨画上加上一个小小的点染，毫无凿痕，一个个都衬得起上海的百年传奇和风云沧桑，那许多弄堂名也真如花团锦簇，竞秀争妍，曾经那么喧闹地装饰过一个人文茂盛的上海。相比之下，今日上海一些楼盘的名字虽挖空心思，仍呼不出那一片安居乐业、睦邻亲坊的韵味。今日的不少楼盘名字，就是生怕显不出高人一等的暴发户气；连带弄堂口的设计，都硬生生地搬出希腊女神和长着翅膀的小天使塑像，还有意大利文艺复兴时期的凉亭。曾经那样与上海本土文化相融相化的西洋文化，当原原本本克隆到上海今日社区时，为什么竟又会显得那样格格不入？真该去问问那早年的弄口设计者。

上海的弄堂，是上海民生地图一个十分重要的地理位置，上海人习惯的地标，岁月流逝的一只小小的马表。

"当年，我们就住在淮海坊……"

短短一句，有无穷无尽只有上海人才读得出的感慨、失落、怀念和回忆！

"等一息，我要去一趟月光邨！"

上海先生对太太说。

"月光邨"在外人听来，只是一条上海大街小巷都能见到的，没什么特别的弄堂，却是他们两人都心领神会的一个符号；夫妇生活地图上一个共识的地标，用一条弄堂的名字来代替，省略了许多啰啰嗦嗦的甚至会令其中一方尴尬的解释……

许多上海先生都是怕老婆的，有时要去找一个人，不论是因为公事还是私事，是太太不欢喜又阻止不了的，就用那人住的弄堂名提一提，大家心照不宣。

果然，先生话音一落，太太就没好气地横他一眼："这又奇了，啥月光邨日光邨的，管我啥事体，认也不认得的……"事实，她太认得太了解了。

上海弄堂名字，有时也可成为一种见识。

"三轮车，兆丰别墅。"没有路名没有门牌号的。

如果哪位三轮车夫眼睛一愣："什么别墅？什么丰？"那就像今天的出租车司机不认得新天地、百乐门一样，资格尚浅。

保姆去新东家见工，轻轻一句：

"从前在'沁园邨'做过……"

东家一听"沁园邨"做过就放了一半心，犹如今天去面试的人事部管理层听到你曾在"中信泰富"或"梅龙镇广场"写字楼上过班一样，算是见过世面的。

也有适得其反的。

"从前在'上方花园'做过？我们这里普通弄堂人家，小家小户过日子，比不得人家排场大！"

上海那几条名弄堂，出名倒不一定因为其豪华考究，更在于它们的悠长岁月或地理位置，特显包括内在发生过的社会新闻或住客的知名度。

上海的老弄堂，很适合闲时走走望望，穿进穿出之中，有一份实实在在的民生；挽着菜篮的"阿娘"与过街楼口的烟纸店老板娘互相抱怨和宽解着与媳妇的不满，孩子们在丛林地带般的晾衣竿间追逐戏耍，年纪轻轻已在都会之风吹拂下初晓风月的小大姐（小保姆），已倚在沿马路的理发铺后门口，与近水楼台先得月，一只飞机头吹得高高翘起的年轻小师傅，有一搭无一搭地打情骂俏……现在的社区楼盘门口，头往里探一探就马上有保安来查问，越来越不合适走走望望了。

从前的上海弄堂口，也没那样被科学地规划，虽没有那样卫生整齐，而且大都被一些不大体面的小铺小摊包围着：生煎馒头摊、老虎灶、小五金店、针线杂货店。因为这些配套生活设施并不是预先规划好的，而是如墙头草样自己生息出来，故而别具强盛的生趣，因为它们，弄内的生活才显得踏实方便。

上海人就这样，世世代代在弄堂口穿进穿出，生生息息，一枯一荣，如化为泥土的落叶，默默滋养着城市坚硬的柏油马路。

当推土机将大片大片留有1921年、1931年字样的弄堂口推倒，那弄内曾经辉煌过的生命，被永远完整地粘胶在一堆瓦砾中，犹如被封在琥珀内的史前生命。新的高楼在上面盖起，吮吸着老弄堂的营养，我们称之为历史积淀，我们的城市文化就是如此继往开来。

很怀念上海老弄堂独有的那种特别气场，想来不少上海人的童年回忆，总也离不开弄堂口烟纸店那抹蜜黄的灯光。这里很难用好或不好来做简单评述，但肯定可以用一个亦正亦邪的字——市井来形容。

市井，仿佛与现代都会的发展目标格格不入，但如人体内的免疫系统不时与病菌对抗，才能得以增强一样的道理，也如令面团膨胀松软的酵母菌一样；市井，令城市生活生猛，趣味盎然。中国城市的传统观念就是衙庙之前常是市井之地。毕竟，城市是有机体，是需要不断调整自己，以适应新的时空，不会因为我们的怀旧而停顿下来。只是，不要将市井看作现代化和国际化的障碍。市井是城市的个性基因，当上海老弄堂开始渐行渐远之际，不要将市井冲洗得干干净净。

亭 子 间

亭子间其实不仅为石库门的专利，花园洋房新里房子都设有亭子间。这是房子结构所决定的一个必然空间。精明的上海人发掘和利用了这个空间。一般讲，房子越好，亭子间也越考究。清末民初老洋房的亭子间，敞亮宽爽不要讲，还有柳桉木壁炉架；静安别墅这样的早期高尚住宅，亭子间都是套间式，俗称双亭子间。住房紧张时代，新婚夫妇分到这样双亭子间，犹如中上上签！上海人善于螺蛳壳里做道场，室雅何需大？上海人的亭子间，充分体现了后现代文化所提倡的"精致"，且早早走在前面。

记忆中最诡魅的亭子间，是外婆家三层楼那房门终日紧闭的亭子间，独住个布满白癜风的老妇，一口的糯苏州话手上香烟不离，一只桃子髻盘得油亮考究。听讲她是旧上海某大亨的宠妾。大亨被镇压了，她从同弄独幢房子搬到亭子间，落难后还定期有香港汇款来，听讲那是她一个老相好寄的。三楼后窗窥得到她墙上一张着色的穿一袭灰背皮草的全身照，妖媚之极。老妇早已作古，那则湮没在亭子间的传奇最终也找不到开启的密码。这令我抱憾至今！

铜仁路绿屋内宽敞的楼道如果封实，可算上海滩最华丽的亭子间。女主人却让人在这里支起裁缝的生活（工作）台。如是，在通顶落地镂花玻璃墙前，极不协调地时常晃动着一个草根气十足的老裁缝身影，还有一堆花花绿绿的衣料。绿屋内从太太到女佣闲来都乐意围集这里与他闲聊，目不识丁的老裁缝居然叮与各层次的女人都讲得投机——旧社会过来的做住家的裁缝，几乎都有一套八面讨巧的公关手法。霎时，这亭子间的部位原本显得苍白的绿屋生活成了最有生气的亮点。"文革"中女主人与小儿子三代四口被赶往一间七点六平方米亭子间，算起来或还没那裁缝做生活的空间大。难得老太太想得穿，嘻嘻哈哈活到九十三！

少女时代我的一次暗恋——如果这可以算的话——也与亭子间有关。"文革"前不少上海人家仍独住一幢，亭子间往往为子女房间。那日去同学家，走过二楼亭子间，门敞着没人，但见内里小小铁床吸壁靠墙上挂着把吉他，床尾一张湘妃竹小书架整齐垛着几列书。靠窗小书桌上放着本《基督山恩仇记》，还有装了一半的半导体及还在冒热气的电烙铁，床底下露出一双起码有42码的球鞋。

"那是我哥哥的房间。他是同济的学生……"同学很骄傲地轻声说。顿时我脑中出现一个高大阳刚又好情调的男生身影。好几次我借故去同学家，但那亭子间门都关着。我好想见到他，只因为那小亭子间的众多细节，组合成一个很诱人的谜面令我对那谜底心向神往！我至今仍未见过他。听说这位大学生后被分配到东北，在那里成家生根。如同那个时代众多志在四方的上海青年一样。他当然不会知道我，我可以肯定，夜深梦回，他一定常常回到自己那间小亭子间。它已与他一枕最美好的回忆结成一段生命血缘……

亭子间的单身租客，多半是落魄失意的，身后藏着一段不说也罢的身世，他们一生视自己为亭子间的过客，遗憾的是还是有不少在此终了一生！也有意气风发的，将此作为进军大上海所争到的第一块基石！许多大上海传奇就是Madein亭子间。在旧文人笔下，亭子间的男女单身住客充满悲欢离合，都会男女视这方寸之间为天涯海角间一个情感驿站。

在现实中，许多震撼全国人心的历史性文字都来自又小又暗的亭子间，正所谓星星之火可以燎原！小小亭子间要比众多华厦豪宅，更载得起一部沉甸甸的上海都会史！亭子间早已跳出建筑赋予的范畴，而成为一道特殊的上海文化符号。如果说上海是一部书，亭子间就是序，引申的，是一部移民血汗奋斗的史诗；如果读不懂亭子间代表的文化符号，就读不懂上海这本书！

程乃珊（1946—2013），上海人。当代作家。1965年毕业于上海教育学院英语专业。曾担任上海惠民中学英语教师，上海作家协会专业作家，中国农工民主党上海市委委员，上海基督教女青年会董事，上海市政协第六、七届委员，上海市文学发展基金会理事。1979年开始发表作品。1985年加入中国作家协会。代表作有中篇小说《蓝屋》，长篇小说《银行家》，纪实文集《上海探戈》《上海Lady》等。

秦淮拾梦记

黄　裳

在住处安顿下来，主人留下一张南京地图，嘱咐我好好休息一下就离开了。遵命躺在床上，可是无论如何也睡不着，只好打开地图来看，一面计划着游程。后来终于躺不住，索性走出去。

在珠江路口跳上电车，只一站就是新街口。这个闹市中心对我来说已经完全变成了一个陌生的地方，新建的市楼吞没了旧时仅有的几幢"洋楼"。二十年前，按照我的记忆，这地方就像被敲掉了满口牙齿的赤裸的牙床，只新装了一两颗"金牙"，此外就全是残留着参差断根的豁口。通往夫子庙的大路一眼望不到底，似乎可以一直看到秦淮河。

在地图上很容易就找到了就在附近的羊皮巷和户部街。

三十三年以前，报社的办事处就设在户部街上。这真是一个可怜的办事处，在十来亩大小的院落里，零落地放着许多大缸，原来这是一个酱园的作坊。前面有一排房子，办事处借用了两间斗室，睡觉、办公、写稿就都在这里。门口也没有挂什么招牌，在当时这倒不失为一种聪明的措置。

我就在这里紧张而又悠闲地生活过一段日子，也并没有什么不满足。特别是从《白下琐言》等书里发现，这里曾经有过一座小虹桥，是南唐故宫遗址所在，什么澄心堂、瑶光殿都在这附近时，就更产生了一种虚幻的满足。这就是李后主曾经与大周后、小周后演出过多少恋爱悲喜剧的地方，也是他醉生梦死地写下许多流传至今的歌词的地方，他后来被樊若水所卖，被俘北去，仓皇辞庙"垂泪对宫娥"之际，应当也曾在这座桥上走过。在我的记忆里，户部街西面的洪武路，也就是卢妃巷的南面有一条小河，河上是一座桥，河身只剩下一潭深黑色的淤泥，桥身下半也已埋在土里，桥背与街面几乎已经拉平。这座可怜的桥不知是否就是当年小虹桥的遗蜕。

三十年前的旧梦依然保留着昔日的温馨。这条小街曾经是很热闹的，每当华灯初上，街上就充满了熙攘的人声，还飘荡着过往的黄包车清脆的铃声，小吃店里的小笼包子正好开笼，咸水鸭肥白的躯体就挂在案头。一直到夜深，人声也不会完全萧寂。在夜半一点前后，工作结束放下电话时，还能听到街上叫卖夜宵云吞和卤煮鸡蛋的声音，这时我就走出去，从小贩手中换取一些温暖……总之，我已完全忽视并忘却这条可以代表南京市内陋巷风格而无愧的小巷的种种，高低不平的路面，从路边菜圃一直延伸过来的沟渠，污水面上还满覆了浮萍。雨后，路上就到处布满了一个个小水潭……

这一切，今天是大大变化了，但有的却没有什么变化。那个酱园作坊的大院子，不用说，是没有找到。户部街的两侧，已经新建了许多工厂、机关……再也没有了那样的空地，但街面依旧像当年一样逼仄。这时正在翻修下水道，路面中间挖起了一条深沟。人们只能在沟边的泥水塘中跳来跳去，要这样一直走到杨公井。寻找旧居的企图是失败了，但这跳来跳去的经验倒还与当年无异。

还是到秦淮河畔去看看吧！

在建康路下车，走过去就是贡院西街。我走来走去找了许久，也没有找到那座已经成为夫子庙标记的亭子。但我毫不怀疑，那拥挤的人群、繁盛的市场，那种特有的气氛，是只有夫子庙才会有的。晚明顾起元在《客座赘语》中提到这一带时说，"百货聚焉"、"市魁驵侩，千百嘈其中"。这样的气氛，依然保留了下来，但社会的性质完全改变了，一切自然也与过去不同。

　　与三十年前相比，黄包车、稀饭摊子、草药铺、测字摊、穿了长衫走来走去的人们都不见了，现在这里是各种类型的百货店、饮食店……还有挂了招牌，出售每斤九角一分的河蟹的小铺，和为一个热闹的市井所不可少的一切店铺，甚至在路边上我还发现了一个旧书摊。

　　穿过街去，就到了著名的秦淮。河边有一排精巧的石栏，有许多老人都在石栏上闲坐，栏杆表面发着油亮的光泽，就像出土的古玉，地上放着一排排鸟笼子。过去对河挂了"六朝小吃馆"店招的地方现在是一色新修的围墙。走近去凭栏一望，不禁吃了一惊。秦淮河还是那么浅，甚至更浅了，记忆中惨绿的河水现在变成了暗红，散发出来的气味好像也与从前不同了。

　　在文德桥侧边是新建的白鹭洲菜场，卡车正停在门口卸货。过桥就是钞库街，在一个堆了煤块的曲折的小弄墙角，挂着一块白地红字搪瓷路牌，上面写着"乌衣巷"。这时已是下午四时，巷口是一片照得人眼睛发花的火红的夕阳。

　　乌衣巷是一条曲折的小巷，不用说汽车，脚踏车在这里也只能慢慢地穿过。巷里的人家屋宇还保留着古老的面貌，偶然也能看到小小的院落、花木，但王谢家族那样的宅第是连影子也没有，自然也不会看到什么燕子。

　　巷子后半路面放宽了，两侧的建筑也整齐起来。笔直穿出去就是白鹭洲公园，但却紧紧地闭着铁门。向一位老人请教，才知道要走到小石坝街的前门才能进去。我顺便又向他探问了一些秦淮河畔的变迁，老人的兴致很好，热情地向我推荐了能吃到可口的蟹粉包子和干丝的地方，但也时时流露出一种惆怅的颜色，当我告诉他三十多年前曾来过这里时，老人睁大了眼睛："噢，噢，变了，变了。"他指引给我走到小石坝街去的方向，我道了谢，走开去，找到了正门，踏进了白鹭洲公园。

这是一处完全和旧有印象不同了的园林。一切都是新的，包括了草地、新植的树木和水泥制作的仿古亭台。干净、安谧，空阔甚至清冷。我找了一个临水的地方坐下，眼前是夕阳影里的钟山和一排城堞。我搜寻着过去的记忆，记得这里有着一堵败落的白垩围墙，嵌着四字篆书"东园故址"的砖雕门额，后面是几株枯树，树上吊着一个老鸦窠。这样荒凉破败的一座"东园"，今天是完全变了。

园里虽然有相当宽阔的水面，但这地方并非当年李白所说的白鹭洲。几十年前，一个聪明的商人在破败的"东园"遗址开了一个茶馆，借用了这个美丽的名字，还曾请名人撰写过一块碑记。碑上记下了得名的由来，也并未掩饰历史的真相，应该还要算是老实的。

在一处经过重新修缮彩绘的曲槛回廊后面，正举行着菊展，菊花都安置在过去的老屋里，这时暮色已经袭来，看不真切了。各种的菊花错落地陈列在架上、地上，但盆上并没有标出花的名色，像"幺凤"、"青鸾"、"玉搔头"、"紫雪窝"这样的名色，一个都不见。这就使我有些失望。我不懂赏花，正如也不懂读画一样，看画时兴趣只在题跋，看花就必然注意名色。从花房里走出，无意中却在门口发现了那块"东园故址"的旧额，真是如逢旧识。不过看得出来，这是被捶碎以后重新镶拼起来的，面上还涂了一层白粉。即使如此，我还是非常满意。整个白鹭洲公园，此外再没有一块旧题、匾对、碑碣……这是一座风格大半西化了的园林，却恰恰坐落在秦淮河上。

坐在生意兴旺的有名的店里吃着著名的蟹粉小笼包饺和干丝，味道确实不坏。干丝上面还铺着一层切得细细的嫩黄姜丝。这是在副食品刚刚调整了价格之后，但生意似乎并未受到怎样的影响。一位老人匆匆走进来和我同坐，他本意是来吃干丝的，不巧卖完了，只好改叫了一碗面。他对我说："调整了价格，生意还是这么好。

不过干丝是素的，每碗也提高了五分钱，这是没有道理的。"我想，他的意见不错。

杂七搭八地和老人谈话，顺便也向他打听这里的情形，经过他的指点，才知道过去南京著名的一些酒家，如六华春、太平洋……就曾开设在窗外的一条街上，我从窗口张望了一下，黝黑的一片，什么也看不见。我记起三十多年前曾在六华春举行过一次"盛宴"，邀请了南京电话局长途台的全体女接线员，请求她们协助，打破国民党反动派的干扰，使我每晚打出的新闻专电畅通无阻的旧事。这些年轻女孩子叽叽喳喳的笑语，她们一口就答应下来的爽朗、干脆的姿态，这一切都好像正在目前。

自公元3世纪以来，南京曾经是八个王朝的首都。宫廷政治中心一直在城市的北部、中部，城南一带则是主要的平民生活区。像乌衣巷，曾是豪族的住宅区，不过后来败落了，秦淮河的两岸变成了市民经济和文化生活的中心。明代后期这种发展趋势尤为显著，形成商业中心的各行各业、百工货物几乎都集中在这里，繁复的文化娱乐活动也随之而发展。这里既是王公贵族、官僚地主享乐的地方，也是老百姓游息的场所。不过人们记得的只是写进《板桥杂记》、《桃花扇》里的场景，对普通市民和社会下层的状况则所知甚少，其实他们的存在倒是更为重要的，是全部的基础。曾国藩在镇压了太平天国起义以后，第一件紧急措施就是恢复秦淮的画舫。他不再顾及"理学名臣"的招牌，只想在娼女身上重新找回封建末世的繁荣，动机和手段都是清清楚楚的。

穿着高贵的黑色华服的王谢子弟，早已从历史的屏幕上消失了；披了白袷春衫的明末的贵公子，也只能在旧剧舞台上看见他们的影子。今天在秦淮河畔摩肩擦背地走着的只是那些"寻常百姓"，过去如此，今后也仍将如此，不同的是今天的"寻常百姓"已经不是千多年来一直被压迫、被侮辱损害的一群了。

从饭店里出来，走到街上，突然被刚散场的电影院里拥出的人群裹住，几乎移动不得，就这样一路被推送到电车站，被送进了候车的人群。天已经完全昏黑了，我站在车站上寻思，在三十年以后我重访了秦淮，没有了河房，没有了画舫，没有了茶楼，也没有了"桨声灯影"，这一切似乎都理所当然地成了历史的陈迹。可是我们应该怎样更好地安排人民的休息、娱乐和文化生活呢？人们爱这个地方，爱这个祖祖辈辈的"游钓之地"，我们应该怎样来满足人民炽热的愿望呢？

补　记

偶然找到一张三十年前拍的旧照片，是当时白鹭洲公园的入口处，门上有"东园故址"的横额。

东园是明中山王徐达的东花园，又名太傅园，其西园即今天的瞻园，两园相去约四五里。可知徐达的赐第和私园都在秦淮附近，更可见其煊赫豪奢之状。可参阅王世贞《州名园记》和正德《江宁县志》。永乐中成为外戚府第的蔬圃，正德中又经过布置改建，遂为金陵名园之一。

清末，园已荒废。白鹭洲茶庐开始出现于辛亥革命之后，曾悬有一副对联——"此地为东园故址，其名出太白遗诗"，简单说明了取名的由来。原址辟为公园，则在北伐以后了。1971年南京大学吴新雷于园中发现一块断碑，系1924年所立之《白鹭洲茶庐建筑碑记》，茶庐的故事大抵见于此碑。碑今已不存。

至于李白所说的白鹭洲，据《景定建康志》，当在石头城外的长江中。余怀《咏怀古迹》说，应"在府西南大江傍"；余鸿客《金陵览古》说，"西出驯象门，滨河……河东为白鹭洲，广轮二十五里，无葭苇。村村植柳，柳阴相接。柳色照行人，衣白者皆碧。

旧有赏心、白鹭、二水三亭，踞城瞰洲。城下有折柳亭，宋张乖崖建，为送客之所。今城既变更，亭亦废没。"所记要算是详细的。这是清初的情况。大约在南宋以后因泥沙淤积，江流西移，洲址已与陆地相衔，不复存在了。现在这地方还有个白鹭村，属江东公社江东大队白鹭生产队。

黄裳 （1919—2012），祖籍山东益都，生于河北井陉。原名容鼎昌，满洲镶红旗。笔名黄裳、勉仲、赵会仪。当代散文家、高级记者、藏书家。中国作家协会会员，中国作家协会理事，上海文联委员。黄裳是一位学识渊博又很富有情趣的人，在戏剧、新闻、出版领域均有建树，与梅兰芳、盖叫天、巴金、吴晗等文化名人相交甚笃。代表作有散文集《锦帆集》《金陵五记》《来燕榭书跋》等。

我的老家"横桥吟馆"

高　阳

"横桥"为横河桥的简称。我家自明末由皖南迁杭州，清初即世居杭州。厉樊榭在雍正初年作《东城杂记》，中有一条云："横河，东运河之支流，西湖水灌市河，从城外过坝入焉。东西夹以双桥，如眉影窥镜。《梦粱录》云：'崇新门外，小粉场前普安桥，又名横河桥。'其东名广济桥，今但名东西横河桥，而小粉场则里人仍称之。"

南宋的地名，清初的老屋，实在很能满足我的考据癖。小粉场今称小粉墙，往南即为葵巷，袁子才幼居于此，由葵巷向西，过官巷口，一直到西湖边，是我儿时最熟悉的一条路。

横河东西向，北南两岸称为大小河下。大河下并列四座大宅，我家是西面第一座，东邻即庚园，经始于顺治十四年，历七载而竣工，"千金叠一丘，百金疏一壑"，其中最有名的一块"瘦、皱、透"的巨石，名为"玉玲珑"，原是宋徽宗艮岳旧物，居然亦南渡到杭州，先置于灵隐包氏别业，为庚园主人购得后，用数百人推挽，历时两月方始运到。园主本来姓沈，历经易主，最后归于我姐丈周家。园中已见荒凉，而正屋完好，曾经租给保安司令部当兵工讲习所；门禁森严，独不禁我，在那里结交了好些大朋友，有时甚至就睡在那里。那些大朋友的面貌如在眼前；华达呢军服上的气味，亦复缭绕鼻端，但他们的姓名却都记不得了。仿佛有一位叫吴国钧，以一瓣心香祷祝他健在。

这是我十一二岁之事，十三四岁后，即无缘再访"玉玲珑"，因为庚园租给一位老小姐办行素女中，以校规严厉出名，即令我是房东的至亲，而且还不到追求她的学生的年龄，亦不得越雷池一步。

庚园之东，不知是何人的产业，从我有记忆时起，那里就是横河小学，据说是杭州办得最好的一座小学。又东，又是一座学校，私立清华中学，是我曾祖姑丈、清末直隶总督陈夔龙先生的产业。

回头再谈我自己的家。引录杨文杰所著《东城记余》中"许氏科第"一段："嘉庆道光以来，仁和许氏科第最盛……钱塘许小范先生学范，乾隆戊子举人，壬辰进士；子乃来，乾隆癸卯举人；乃大，嘉庆辛酉举人；乃济，嘉庆庚申举人，己巳翰林；乃谷，道光辛巳举人；乃普，嘉庆丙子举人，庚辰榜眼；乃钊，道光戊子举人，乙未翰林；乃恩，道光癸卯举人，七子登科，海内所未有。"

前引文中"仁和"、"钱塘"，到底是哪一县？杭州府附郭两县，以市河为界，南为仁和，北为钱塘，横河桥桥面上如果发生命案，常会引起管辖权的争执，所以杭州有句俗语："钱塘不收，仁和不管。"我家大河下属于钱塘，对面小河下则是仁和：一河之隔，故易误会。

学范公生八子，第四子早夭，其余七子，四举人、三翰林，有一方御赐的"七子登科"匾额，悬于"中左门"。中门是一方直匾："榜眼第"。嘉庆二十五年庚辰榜眼乃普先生，行六，我家称之为"六老太爷"，官至吏部尚书。

我家的特色就是匾额多，五开间的门楣上就悬了五方。老屋中的匾额分两种，一种出于御赐，金底蓝字或黑字，四周饰以龙纹，正中上方有一方御玺。一种是白底黑字，专记科名"进士"、"举人"、"生员"，以出生迟早排列。御赐匾额中最大的一方是竖匾，宽约丈余，高则总有两三丈，寨巢大书"福寿龙虎"四字，为慈禧御笔。

竖匾两旁，一副木刻的楹帖，写作皆出于我的高祖信臣先生，讳乃钊，行七。七老太爷写一笔米字，用极软的鸡毫，写得力透纸背，当时也是达官中有名的书家之一。那副作为家训的对联，全文失忆，只记得有"兄弟休戚相关，则外侮何由而入"的句子。倒是柱子上梁同书写的一副抱对，却记得很清楚："世间数百年旧家，无非积德；天下第一件好事，还是读书。"

"横桥老屋"，八房同居而各饮，在保留着许多古老传统的生活方式、及雍雍睦睦的气氛笼罩之下，四时各有乐趣，过滤记忆，难以忘怀的不是春秋佳日，而是岁时伏腊。

我家一过冬至，年味就慢慢浓了。民国初年，先父经族人公推为"义庄"庄正，鞠躬尽瘁。先父在日，一过冬至，也就是他最苦恼的日子到了，清寒的族人，往往一大早上门，要求先父在义庄照例支给的钱米之外，额外通融若干。有个族兄，大概一年有两三次的表演，先听得一声："二叔"——先父行二，然后扑通一声跪倒，接下来是："二叔，你老人家救救我。"有时候自己打自己的嘴巴，噼噼啪啪，发声清脆，同时自责："侄儿荒唐，侄儿该死。"每听到这样的声音，我得赶紧跑远了，因为怕笑出声来，让先父发觉了挨骂。至于"表演"的结尾，往往是我那族兄用响亮欢愉的语声，在谈饮馔之乐。

对孩子们来说，一过冬至，最关心的一件事是哪天"烧纸"？挑的当然是黄道吉日，时间总在午后两三点钟。大厅上用四张特大号的八仙桌拼在一起，桌脚与桌脚缚紧，桌上除了"锡五供"（旧时专用于祭祀的五样锡制供器。编者注）以外，祭品分两种，一种是用五寸口径的高级锡盘，陈列各种黍米干果，不知是四十八样，还是六十四样，反正沿着桌边密密麻麻摆满了，如为这张"超级"大方桌镶了一道花边。

另一种便是"猪头三牲"，上插一面竹骨纸糊、有赵玄坛（即财神，编者注）骑黑虎画像的大纛旗，是孩子们最感兴趣的目标，能夺得这面旗，可以在人前夸耀好几日。不得已而求其次，是四角所插，三角形的剪花纸彩旗，但也只得青红黄黑四面，非眼明手快，不能到手。

这个祭奠是酬神。既云"烧纸"，少不了一个大火盆，朱漆木架云白铜，中设圆形铁栅，经过选择的长条木炭，四面受风，炽旺异常。那时族中十二岁以上的男丁，都应该到了。大人们长袍马褂，双手拢在袖子里，三五成群地小声交谈，显得火盆中干柏枝哗哗剥剥的爆裂声，格外醒豁。那种肃穆而带些神秘的气氛，非常动人。

行礼时，由族长上香。我儿时族长是三太爷。这位三太爷每逢祭祀磕头，都要将眼镜摘下来，捏在手中，礼毕再戴。有一回我问他是何缘故？他说："不恭敬。从前皇上召见，也没有谁敢戴了眼镜上殿的。"另一位堂伯，也有此习惯，他给我的解释是："明末清初的老祖宗，没有见过这东西，你给他磕头，他不认识你。"最后我明白了，是为了安全，有一回看人戴着眼镜磕头，不知怎么掉了下来，光线幽暗，此人又是高度近视，满地乱摸，找他的眼镜，以致失仪，还是摘下来比较保险。

族长上香毕，依行辈、年龄，轮次行三跪九叩的大礼。这个漫长的过程终了，便有年轻力壮的族人，抬着那张超级大方桌连同祭品，缓缓转一百八十度。原来祭神时，女眷是回避的，此时变成酬答家神土地，女眷方能出厅礼拜，而与男性族人见面问讯，一年中也只有这样一次机会。

全部仪式结束，往往天色将暮，于是孩子们夺旗而归，大人们聚饮散福。

过年"供祖宗"，自除夕至人日，每晚拜供，以后是上灯、元宵、十七各一次，次日便收起神像，结束祭奠。祭菜不外鸡鱼鸭肉，供毕分送各房散福。元宵晚上祭祀终了，照例要放花筒，又称烟火。火树银花，璀璨绮丽，孩子们没有一个不迷的，只是繁华转眼成空，想到正月十八收起神像，垦上空落落的，一片凄清寂寞，心头总有一丝难以言宣的空虚，谁说"少年不识愁滋味"？

高阳 （1922—1992），一说生于1926年。浙江杭州人。当代作家，以历史小说著称。本名许晏骈，谱名儒鸿，字雁冰。笔名高阳、郡望、吏鱼、孺洪等。抗战结束后，从事新闻工作。大学中途退学，考入国民政府空军军官学校书记，后在1949年随军赴台湾，驻居冈山。退伍后任台湾《中华日报》主编以及《中央日报》特约主笔。1951年，高阳开始了他的历史小说创作历程，代表性作品有《胡雪岩全传》三部曲、《慈禧全传》等。

弄堂里的春光

陈丹燕

　　要是一个人到了上海而没有去上海的弄堂走一走，应该要觉得很遗憾。下午时候，趁上班上学的人都还没有回来，随意从上海的商业大街上走进小马路，马上就可以看到梧桐树下有一个个宽敞的入口，门楣上写着什么里，有的在骑楼的下面写着1902，里面是一排排两三层楼的房子，毗邻的小阳台里暖暖的全是阳光。深处人家的玻璃窗反射着马路上过去的车子，那就是上海的弄堂了。

上海祥康里　摄影：刘彦

整个上海，有超过一半的住地，是弄堂，绝大多数上海人，是住在各种各样的弄堂里。

常常在弄堂的出口，开着一家小烟纸店，小得不能让人置信的店面里，千丝万缕地陈放着各种日用品，小孩子吃的零食，老太太用的针线，本市邮政用的邮票，各种居家日子里容易突然告缺的东西，应有尽有，人们穿着家常的衣服鞋子，就可以跑出来买。常常有穿着花睡衣来买一包零食的女人，脚趾紧紧夹着踩塌了跟的红拖鞋，在弄堂里人们是不见怪的。小店里的人，常常很警惕，也很热心，他开着一个收音机，整天听主持人说话，也希望来个什么人，听他说说，他日日望着小街上来往的人，弄堂里进出的人，只要有一点点想象力，就能算得上阅人多矣。

走进上海人的弄堂里，才算得上是开始看上海的生活，商业大街、灯红酒绿、人人体面后面的生活。上海人爱面子，走在商店里、饭店里、酒吧里、公园里，个个看上去丰衣足食，可弄堂里就不一样了。

平平静静的音乐开着；后门的公共厨房里传出来炖鸡的香气；有阳光的地方，底楼人家拉出了麻绳，把一家人的被子褥子统统拿出来晒着，新洗的衣服散发着香气，花花绿绿的在风里飘，仔细地看，就认出来这是今年大街上时髦的式样；你看见路上头发如瀑的小姐正在后门的水斗上，穿了一件缩了水的旧毛衣，用诗芬在洗头发，太阳下面那湿湿的头发冒出热气来；还有修鞋师傅，坐在弄口，乒乒地敲着一个高跟鞋的细跟，补上一块新橡皮，旁边的小凳子上坐着一个穿得挺周正的女人，光着一只脚等着修鞋，他们一起骂如今鞋子的质量和那卖次品鞋子的奸商。

还有弄堂里的老人，在有太阳的地方坐着说话。老太太总是比较沉默，老先生喜欢有人和他搭话，听他说说从前这里的事情，他最喜欢。

弄堂里总是有一种日常生活的安详实用，还有上海人对它的重视以及喜爱。这就是上海人的生活底色，自从18世纪在外滩附近有了第一条叫"兴仁里"的上海弄堂，安详实用，不卑不亢，不过分地崇尚新派就在上海人的生活里出现了。

19世纪50年代，由于上海小刀会在老城厢起义，上海人开始往租界逃跑，在租界的外国人为了挣到中国难民的钱，按照伦敦工业区的工人住宅的样子，一栋栋、一排排造了八百栋房子，那就是租界弄堂的发端，到1872年，玛意巴建起上海兴仁里，从此，上海人开始了弄堂的生活。

上海是一个大都市，大到就像饭店里大厨子用的桌布一样，五味俱全。从前被外国人划了许多块，一块做法国租界，一块做英国租界，留下一块做上海老城厢，远远的靠工厂区的地方，又有许多人住在为在工厂做事的人开辟出来的区域里，那是从前城市的划分。可在上海人的心里觉得这样区域的划分，好像也划分出了阶级一样，住在不同地方的人，彼此怀着不那么友好的态度，彼此不喜欢认同乡，因此也不怎么来往。这样，上海这地方，有时让人感到像里面还有许多小国家一样，就像欧洲，人看上去都是一样的人，仔细地看，就看出了德国人的板，法国人的媚，波兰人的苦，住在上海不同地域的人，也有着不同的脸相。所以，在上海从小到大住了几十年的人，都不敢说自己是了解上海的，只是了解上海的某一块地方。

从早先的难民木屋，到石库门里弄，到后来的新式里弄房子，像血管一样分布在全上海的九千多处弄堂，差不多洋溢着比较相同的气息。

那是上海的中层阶级代代生存的地方。他们是社会中的大多数人，有温饱的生活，可没有大富大贵；有体面，可没有飞黄腾达；经济实用，小心做人，不过分地娱乐，不过分地奢侈，勤勉而满意地支持着自己小康的日子，有进取心，希望自己一年比一年好，可也识时务，懂得离开空中楼阁。他们定定心心地在经济的空间里过着自己的日子，可一眼一眼地瞟着可能有的机会，期望更上一层楼。他们不是那种纯真的人，当然也不太坏。

上海的弄堂总是不会有绝望的情绪的。小小的阳台上晒着家制干菜、刚买来的黄豆，背阴的北面亭子间窗下，挂着自家用上好的鲜肉腌的咸肉，放了花椒的，上面还盖了一张油纸，防止下雨，在风里哗哗地响。窗沿上有人用破脸盆种了不怕冷的宝石花。就是在最动乱的时候，弄堂里的生活还是有序地进行着。这里像世故老人，中庸，世故，遵循着市井的道德观，不喜欢任何激进，可也并不把自己的意见强加于人，只是中规中矩地过自己的日子。

晚上，家家的后门开着烧饭，香气扑鼻，人们回到自己的家里来，乡下姑娘样子的人匆匆进出后门，那是做钟点的保姆最忙的时候。来上海的女孩子，大都很快地胖起来，因为有更多的东西可以吃，和上海女孩子比起来，有一点肿了似的。她们默默地飞快地在后门的公共厨房里干着活，现在的保姆不像从前在这里出入的保姆那样喜欢说话，喜欢搬弄是非了。可她们也不那么会伺候上海人，所以，厨房里精细的事还是主人自己做，切白切肉，调大闸蟹的姜醋蘸料，温绍兴黄酒，然后，女主人用一张大托盘子，送到自家房间里。

去过上海的弄堂，大概再到上海的别处去，会看得懂更多的东西。因为上海的弄堂是整个上海最真实和开放的空间，人们在这里实实在在地生活着，就是上海的美女，也是家常打扮，不在意把家里正穿着的塌跟拖鞋穿出来取信。

陈丹燕 （1958— ），女，广西平乐人。中国作家协会会员，上海作家协会理事。1982年毕业于华东师范大学中文系，上世纪80年代开始儿童文学创作，主要作品有《少女们》《女中学生三部曲》。80年代后期从事成人文学创作，主要作品有长篇小说《心动如水》《绯闻》《一个女孩》和上海三部曲《上海的风花雪月》《上海的金枝玉叶》《上海的红颜遗事》，散文集《写给女孩的私人往事》《唯美主义者的舞蹈》等。

老 房 子

王振忠

老房子在徽州随处可见，每一幢房子都是一段遥远的故事。

80年代初，在皖南的紫霞峰下，筹建了一处"明代民居博物馆"，号称"潜口民庄"。庄内采用原拆原建的办法，将散落在徽州各地的十幢老房子集中于此，形成了独具特色的明代山庄。主要建筑内部陈设有明代家具和其他生活用品，力图再现几个世纪以前徽州人的生活方式。

尽管曾多次参观此处山庄，但平心而论，我从未激起过太多的兴趣，这倒不完全是因为山庄崭新雪白的外墙缺乏一种历史感。说真的，我宁愿在荒烟蔓草的村僻之地看到一幢幢孤零零的老房子，尽管有时候显得十分残破，残破得让人惨目伤心，但那种独特的风致却是任何人为集成的山庄所无法比拟的。

然而，我也清楚地意识到，对于老房子，人们总是交集着种种复杂的情感。许多老房子在乡间之所以一直保留到现在，往往不是因为房屋的主人真的能从审美的愉悦中得到心理的满足，而是由于它们曾一度暌离现代生活的尘嚣。如今，随着时光的流逝，乡土文化的日渐逸散，点缀于村野间的老房子，或是倒塌，或是被拆得七零八落。于是，在屯溪老街，在西递巷口……处处都能看到从老房子上拆下的精美部件：雀替，窗棂，雕花栏板，等等等等。

作为极具个性特征的文化现象，徽州的老房子是在特定的自然地理和历史人文环境中逐渐形成的。

清康熙五十七年（1718年），侨寓扬州的徽州盐商程庭回歙县岑山渡省亲，在随后所作的《春帆纪程》中，记下了他所看到的徽州村落景观：

> 徽俗士夫巨室多处于乡，每一村落，聚族而居，不杂他姓。其间社则有屋，宗则有祠……乡村如星列棋布，凡五里、十里，遥望粉墙矗矗，鸳瓦鳞鳞，棹楔峥嵘，鸱吻耸拔，宛如城郭，殊足观也。

迄今，街贯巷连、黛瓦粉墙的老房子，仍然给人以一种明快淡雅的美感。不过，在历史时期，除了审美价值外，它无疑更具有诸多实用的功能。1954年安徽省博物馆曾对绩溪、歙县和休宁三县数十幢老房子做过调查，发现徽州民居的外墙都是用砖砌成，表面涂抹白灰，厚度约自二十八至三十四厘米不等。室内的间壁，均以芦苇秆编成，外表涂饰白灰。对此，早在明崇祯年间，徽州文人金声

安徽绩溪龙川　摄影：刘彦

就曾解释说：

> 入其（徽州）境而见村落有聚，庐舍高峻，墙图白
> 垩，不知其以地狭，故图得架阁而居，若夜航舟，构一庐
> 得倍庐之居，非能费财而高也。垣既随庐，不得不峻，畏
> 水浸而易圮，涂白垩以御雨，非能费财而饰也。

金声从自然生态的角度阐述了老房子产生的地理背景。根据他
的解释，徽州村落外观的粉墙，主要是为了防止雨水侵蚀，而不曾
有糜财装饰的意向。其实，"御雨"固然不差，但"非能费财而饰"
却与事实有着相当大的距离。稍早于金声的张瀚曾指出：

> 煮海之贾，操巨万资，以奔走其间，其利甚巨。自
> 安、太至宣、徽，其民多仰机利，舍本逐末，唱棹转毂，
> 以游帝王之所都，而握其奇赢，休、歙尤夥，故贾人几遍
> 天下。

服贾四方的徽商，或成巨富荣归故里。他们将域外更高层次的
文化引入境内，穷极土木、广侈华丽以明得志，构筑起一幢幢精巧
别致的民居建筑。故此，早在晚明时期，"入歙、休之境而遥望高
墙白屋"，就成为徽州村落的独特景观。

除了粉墙黛瓦外，高低错落的五叠式马头墙也以其抑扬顿挫的
起伏变化，体现了皖南民居独特的韵律感，加之脊饰吻兽、鳌鱼，
更使得山村民居构成为一幅幅动人心弦的画面，令初次踏上故土的
程庭顿生"宛若城郭"的美感。由于地狭人稠且聚族而居，徽州民
居"星罗棋布"，为了防止邻人失火殃及自家，普遍采用了高低错
落、富于变化的封火山墙。这种做法最初是为了防火，具有相当
实用的需要，但后来却成为一种装饰，在徽州民间俗称为"五岳

朝天"。

与"五岳朝天"并称的"四水归堂",也是徽派建筑的主要特征之一。徽州老房子多是以天井为中心的内向封闭式组合——四面高墙围护,唯以狭长的天井采光、通风及与外界沟通。外墙很少开窗,尤其是下层有时完全没有。即使开窗,也不过是以四五十公分的小窗数处稍事点缀。因此,老房子总给人一种幽暗凄迷的感觉。据当地人说,这样做除了防盗以外,还有对暗室生财的迷信。前者显然与大批徽州男子的外出经商有关,后者则源于古老的风水观念。

就单体民居而言,地狭人稠的乡土背景,使得老房子多楼上架楼。晚明旅行家谢肇淛就曾指出:"吴之新安,……地狭而人众。……余在新安,见人家多楼上架楼,未尝有无楼之屋也。计一室之居,可抵二三室,而犹无尺寸隙地。"徽州老房子一般均为二层或三层楼房,以二层居多,二层楼房有不少下层矮而上层高。一般认为,这是干栏式建筑的遗存,目的是防止居人与上升的地气直接接触,另外也为了预防洪水的骤然而至。楼层面临天井一周的弧形栏杆向外弯曲,俗称"美人靠",顾名思义是供深闺中的徽州妇女凭栏休息之用的。美人靠下部裙板用各种木雕装饰,雕工精湛,玲珑剔透,令人目迷心醉。

木雕是著名的徽州"三雕"(砖、木、石)之一,徽派建筑之所以成为三雕附丽的实体,在很大程度上与明清时期对民间营建制度的严格规定有关。以《明史·舆服志》为例,它对庶民庐舍的间架、彩饰,便有着相当明确的限制。因此,尽管不少徽州人赀累巨万,但一旦有所"僭越",无疑会触犯禁令而遭受惩处。休宁县就有一座"三槐堂",又称"王家大厅",原系明万历中叶举人王经天的故宅。这座砖木结构的宅院,有柱一百八十二根,主柱围粗一点四米,柱上支撑雕镂平盘斗,下垫刻花柱托和石雕柱磉,前、中两进之间开大天井,两侧配厅又各有小天井,总体结构气势宏伟,俗有"金銮殿"之称。"三槐堂"位于休宁县秀阳乡的一个偏僻小

徽州民居木雕　摄影：刘彭

村——溪头村，从县城坐车到最近的公路边，还要走上个把钟头才能到达。但即使是在这样的一个僻野荒村建造了"超标准"的豪华住宅，还是被人所发现，并被惩罚性地易名为"茅厕厅"。或许正因为如此，囊橐满盈的富商们才不得不将自己的住宅营建成小而精的样式，将更多的精力投注于雕花梁架、楹联字画上，通过丰富的乡土艺术语言，巧妙组合出令人愉悦的视觉形象。

……

就这样，明清徽州特定的自然和社会环境，给老房子的建筑形态以独特的限定。其后，在不断认同与相互适应中，又积淀而为一种不可动摇的程式，并最终孕育出独具个性的乡土建筑文化。

记得数年前第一次踏上徽州这块土地，但见烟树葱茏，掩映着栉比而立的黛瓦粉墙，将徽州民居衬托在水光山色之中，呈现出一派清新野逸的田园风光。犹如丹青妙笔在用枯笔淡墨，勾勒出疏树寒村的山水胜境。那种"柳暗花明又一村"的牵人情思，强烈地吸引着我深入画境，寻幽探胜而陶然忘返。此后，我又多次走访徽州，看到了历史与现实的诸多侧面，激情与冲动，渐次转化作平静的思考。

"徽式新屋"曾是一种非常时髦的民居型式，在徽州高移民输出的特殊时代里风靡一时。然而，一旦时过境迁，徽派老房子便愈来愈显现出它的弱点。早在清代中叶，抑郁满腹的汪士铎就曾写道：

> 绩溪不佳之处……雕镂房舍，屋皆楼，室太暗，……宫室制太雷同，太晦暗，房窄狭，黑暗如狱，如地狱无窗。

这是《汪悔翁乙丙日记》卷一中的一段话，"乙丙"是咸丰乙卯（1855年）和丙辰（1856年）的简称。当时正值咸丰兵燹期间，作者为避太平军之难从金陵返归故里绩溪。半个多世纪以后编纂的民国《歙县志》，对徽州老房子的缺陷更是直言不讳：

> （徽州）屋庐之制，因居山国，木植价廉，取材闳大，坚固耐久，今元代所营之室，村之旧者犹数见焉。然以山多田少，病居室之占地，多作重楼峻垣，屋中空地太少，开窗亦隘，严密有余，而光线不足，乃其短也。

老房子是徽商如日中天时期精雕细琢而成的，它表达了久远的历史，成为明清时期高层次地域文化的积淀。但从总体上看，内向封闭式的建筑隔断了人与自然的联系，不能提供有效的通风、采光条件，更无法营造舒适的生活环境，所以从现实生活功利的角度来看是有严重缺陷的。

老房子，作为一个生活舞台，人们生活的各种内容都要在这里一幕幕地上演。多数老房子都是数百年前由缙绅富商所建，他们大多衣食无忧，优哉游哉。明人汪道昆就曾刻画过这样的一类人：父母在徽州而子弟经营盐业于两淮，"主人终岁家食，跬步不出里门，坐收山林林木之利于其家，岁课江淮盐策之利于其子，不逐时而获，不握算而饶"。于是，……庭院之中，石台石桌，或设鱼池，或置盆景，将丘壑林泉浓缩于壶天之中，藉以营造梦境般的绮丽空间，排遣文人雅士诗书之外的闲情逸致，在俗务萦怀的内心深处，留存山林隐逸的净土一片。

时至今日，"舞台"早已"尘封"，随着生活方式的巨大变化，老房子已愈来愈不能适合新主人的需要了！一位徽州文化人对它的变迁做了精彩的描绘：

> 经历了百余年的历史变迁，应着那"千年屋，百家主"的俗语，大多数古民居都是数易主人。如今居住在这些豪华、精美的古宅居中的主人，他们所操的生业，绝大部分已不是当年离乡背井、求利天下的商人。他们中多数是终年胼手胝足、脸朝黄土背朝天、躬耕垄亩的农民。他们的祖先也许是家财万贯的商人，而他们现在却不得不在泥土中刨着一粒一粒的粮谷，以谋求生存。
>
> 于是外来的游人惊异地发现，中国唐代诗人刘禹锡的"旧时王谢堂前燕，飞入寻常百姓家"的名句，成了黟县古民居的真实写照。往昔喜庆吉辰悬挂彩灯的吊钩上，垂下了农家累累的瓜果种子；精美的木雕上，嵌进了钉子，挂着蓑衣、农具。人们走近那环境优雅的书斋，却惊异地发现这已是个堆放杂物的仓库。……虽然游人看了这些，心里并不十分舒坦，甚至有点沉甸甸地，但这毕竟是一种现实，一幕活生生的历史。（余治淮《桃花源里人家》，黄山书社1993年4月版，页12）

徽州文化是各种区域文化在皖南这一狭小地区的融合。绩溪人胡适先生就曾有过"小绩溪"和"大绩溪"的比喻，他认为"若无那'大绩溪'，小绩溪早已不成个局面"。对于整个徽州而言，"大徽州"也同样是"小徽州"命脉之所系！徽州人"世治则出而贸易，世乱则归家"（《汪悔翁乙丙日记》卷一），当国内战乱频仍，交通梗塞，徽州商人文化的没落便是一个必然。在这样的背景下，徽州人如何还能保持不变的生活方式？

一位读过拙文《斜阳残照徽州梦》（载《读书》1994年第9期）的大学生朋友，走访西递后，记下了与我不同的观感：

> 熟读"杏花春雨江南"的人们总是非常怀念那些烟雨中的村庄，那些青青的石板路和斑驳的竹林。然而在一个本来就没有竹林的年代里，强自居住在竹林里的人物是否也会体悟到同样的诗情和画意？（斯越：《出入村庄——关于皖南》，载华东师范大学《大夏之声》1994年9月15日，第58期）

斯越在一所最显赫的宅子里，看到了郑板桥手书的一副对联：

安徽屯溪老街　摄影：刘彪

"以八千岁为春，之九万里而南"。好大的气魄！但在惊叹之余，主人又告诉他，这屋子里白蚁太多，每年要花很多的精力来保护那些已经几百年了的木柱。斯越不禁感慨道："西递的古宅也许就是这样古怪，辉煌和没落总相依相缠。……百年的老屋，斑驳的粉壁以及楼梯口潮腐的空气没有一样不使人感觉，这分明是个被时间淹没并正在努力残喘的村庄。"

是啊！和我一样，不少人都曾赞美、并陶醉于老房子——深厚的文化积淀，确实展示了落花的矜持与自尊，但其间却又夹杂着多少的落寞与无奈?！数百年来，一以贯之的徽州乡土建筑，与节奏徐缓的田园生活方式相适应，但如今这种节奏同现代社会已拉开了长长的距离。那么该如何实现历史与现实的兼容？

在新安江东岸的南溪南，有一幢老房子矗立于荒烟蔓草中——习见的粉墙黛瓦，岁月的印痕给墙体涂上了斑驳的黑色，倾欹的屋顶让人看到了房子的内部。村民告诉我，这曾是清代一位吏部尚书的旧宅……

不知怎的，近年来每次到徽州，我总要抽空渡过烟雨迷蒙的新安江，去看看这幢老房子——是留恋最后的一线风景？还是有老屋将倾之虞？我自己也说不清楚。看到附近的公路从脚下蜿蜒而过，便想起老房子揖别当代的日子已为时不远了……

由此我也体会到潜口民庄设计者的一片苦心。

王振忠 （1964— ），福建福州人。国内"徽（州）学"的主要研究者之一。现为复旦大学历史地理研究中心专职教授，兼任复旦大学历史系明清社会文化史方向博士生导师，复旦大学文史研究院亚洲宗教、艺术与历史研究方向博士生导师，上海社会科学院历史研究所历史地理方向研究生导师。2007年入选教育部"新世纪优秀人才支持计划"，2008年入选"上海市领军人才"。

快阁的紫藤花

徐蔚南

细雨蒙蒙，百无聊赖之时，偶然从《花间集》里翻出了一朵小小的枯槁的紫藤花，花色早褪了，花香早散了。啊，紫藤花！你真令人怜爱呢！岂令怜爱你；我还怀念着你的姊妹们——一架白色的紫藤，一架青莲色的紫藤——在那个园中静悄悄地消受了一宵冷雨，不知今朝还能安然无恙否？

啊，紫藤花！你常住在这诗集里吧；你是我前周畅游快阁的一个纪念。

快阁是陆放翁饮酒赋诗的故居，离城西南三里，正是鉴湖绝胜之处；去岁初秋，我曾经去过了，寒中又重游一次，前周复去是第三次了。但前两次都没有给我多大印象，这次去后，情景不同了，快阁的景物时时在眼前显现——尤其使人难忘的，便是那园中的两架紫藤。

快阁临湖而建，推窗外望，远处是一带青山，近年是隔湖的田亩。田亩间分出红黄绿三色：红的是紫云英，绿的是豌豆叶，黄的是油菜花。一片一片互相间着，美丽得远胜人间锦绣。东向，丛林中，隐约间露出一个塔尖，尤有诗意，桨声渔歌又不时从湖面飞来。这样的景色，晴天固然极好，雨天也必神妙，诗人居此，安得不颓放呢！放翁自己说：

桥如虹，水如空，一叶飘然烟雨中，天教称翁。

是的，确然天叫他称放翁的。

阁旁有花园二，一在前，一在后。前现的一个又以墙壁分成为二，前半叠假山，后半凿小池。池中植荷花；如在夏日，红莲白莲，盖满一地，自当另有一番风味。池前有春花秋月楼，楼下有匾额曰"飞跃处"，此是指鱼言。其实，池中只有很小很小的小鱼，要它跃也跃不起来，如何会飞跃呢？

园中的映山红和踯躅都很鲜艳，但远不及山中野生的自然。

自池旁折向北，便是那后花园了。

我们一踏进后花园，便有一架紫藤呈在我们眼前。这架紫藤正在开最盛的时候，一球一球重叠盖在架上的，俯垂在架旁的尽是花朵。花心是黄的，花瓣是洁白的，而且看上去似乎很肥厚的。更有无数的野蜂在花朵上下左右嗡嗡地叫着——乱哄哄地飞着。它们是在采蜜吗？它们是在舞蹈吗？它们是在和花朵游戏吗？……

我在架下仰望这一堆花，一群蜂，我便想象这无数的白花朵是一群天真无垢的女孩子，伊们赤裸裸地在一块儿拥着，抱着，偎着，卧着，吻着，戏着；那无数的野蜂便是一大群的男孩，他们正在唱歌给伊们听，正在奏乐给伊们听。渠们是结恋了。渠们是在痛快地享乐那阳春。渠们是在创造只有青春只有恋爱的乐土。

这种想象绝不是仅我一人所有，无论谁看了这无数的花和蜂都将生出了种神秘的想象来。同钱块儿去的方君看见了也拍手叫起来，他向那低垂的一球花朵热烈地亲了个嘴，说道："鲜美呀！呀，鲜美！"他又说："我很想把花朵摘下两枝来挂在耳上呢！"

离开这架白紫藤十几步，有一围短短的东青，穿过一畦豌豆，又是一架紫藤。不不定期这一架是青莲色的，和那白色的相比，各有美处。但是就我个人说，却更爱这青莲色的，因为淡薄的青莲色呈在我眼前，便能使我感到一种和平，一种柔婉，并且使我有如饮了美酒，有如进了梦境。

很奇异，在这架花上，野蜂竟一只也没有。落下来的花瓣在地上已有薄薄的一层。原来这架花朵的青春已逝了，无怪野蜂散尽了。

我们在架下的石凳上坐了下来，观看那正在一朵一朵飘下的花儿。花与知道求人爱怜似的，轻轻地落了一朵在膝上，我俯下看时，颈项里感得飕飕地一冷，原来又是一朵。它接连着落下来，落在我们的眉上，落在我们的脚上，落在我们的肩上。我们在这又轻又软又香的花雨里几乎睡去了。

猝然"骨碌碌"一声怪响，我们如梦初醒，四目相向，颇形惊诧。即刻又是"骨碌碌"地响了。

方君说："这是啄木鸟。"

临去时，我总舍不得这架青莲色的紫藤，便在地拾了一朵夹在《花间集》里。夜深人静的时候，我每取出这朵花来默视一会儿。

徐蔚南 （1900—1952），江苏盛泽人。原名毓麟，笔名半梅、泽人。现代散文家。1925年起在复旦大学实验中学任国文教员，并从事文学创作，以散文《山阴道上》誉满文坛。自1928年任世界书局编辑，主编《ABC丛书》。抗日战争胜利后，主持《民国日报》的复刊工作。建国后在上海文献委员会任副主任。著有《春之花》《都市的男女》《乍浦游简》《艺术哲学》等。译有《莫泊桑小说集》《屠格涅夫散文诗》《印度童话集》等。

巷

柯　灵

巷，是城市建筑艺术中一篇飘逸恬静的散文，一幅古雅冲淡的图画。

这种巷，常在江南的小城市中，有如古代的少女，躲在僻静的深闺，轻易不肯抛头露面。你要在这种城市里住久了，和她真正成了莫逆，你才有机会看见她，接触到她优娴贞静的风度。它不是乡村的陋巷，揪隘破败，泥泞坎坷，杂草乱生，两旁还排列着错落的粪缸。它也不是上海的里弄，鳞次栉比的人家，拥挤得喘不过气；小贩憧憧来往，黝黯的小门边，不时走出一些趿着拖鞋的女子，头发乱似临风飞舞的秋蓬，眼睛里网满红丝，脸上残留着不调和的隔夜脂粉，颓然地走到老虎灶上去提水。也不像北地的胡同，满目尘土，风起处刮着弥天的黄沙。

这种小巷，隔绝了市廛的红尘，却又不是乡村风味。它又深又长，一个人耐心静静走去，要老半天才走完。它又这么曲折，你望着前面，好像已经堵塞了，可是走了过去，一转弯，依然是巷陌深深，而且更加幽静。那里常是寂寂的，寂寂的，不论什么时候，你向巷中踅去，都如宁静的黄昏，可以清晰地听到自己的足音。不高不矮的围墙挡在两边，斑斑驳驳的苔痕，墙上挂着一串串苍翠欲滴的藤萝，简直像古朴的屏风。墙里常是人家的竹园，修竹森森，天籁细细，春来时还常有几枝娇艳的桃花杏花，袅袅婷婷，从墙头殷勤地摇曳红袖，向行人招手。走过几家墙门，都是紧紧地关着，不见一个人影，因为那都是人家的后门。偶然躺着一只狗，但是决不会对你猜猜地狂吠。

小巷的动人处就是它无比的悠闲。无论谁，只要你到巷里去踯躅一会儿，你的心情就会如巷尾不波的古井，那是一种和平的静穆，而不是阴森和肃杀。它闹中取静，别有天地，仍是人间。它可能是一条现代的乌衣巷，家家有自己的一本哀乐账，一部兴衰史，可是重门叠户，讳莫如深，夕阳影里，野草闲花，燕子低飞，寻觅旧家。只是一片澄明如水的气氛，净化一切，笼罩一切，使人忘忧。

你是否觉得劳生草草，身心两乏，我劝你工余之暇，常到小巷里走走，那是最好的将息，会使你消除疲劳，紧张的心弦得到调整。你如果有时情绪烦躁，心境悒郁，我劝你到小巷里负手行吟一阵，你一定会豁然开朗，怡然自得，物我两忘。你有爱人吗？我建议不要带了她去什么名国胜境，还是利用晨昏时节，到深巷中散散步。在那里，你们俩可以随意谈天，心贴得更近，在街上那种贪婪的睥睨，恶意的斜觑，巷里是没有的；偶然呀的一声，墙门口显现出一个人影，又往往是深居简出的姑娘，看见你们，会娇羞地反身回避了。

巷，是人海汹汹中的一道避风塘，给人带来安全感；是城市喧嚣扰攘中的一带洞天幽境，胜似皇家的阁道，便于平常百姓徘徊倘徉。

爱逐臭争利，锱铢必较的，请到长街闹市去；爱轻嘴薄舌，争是论非的，请到茶馆酒楼去；爱锣鼓钲镗，管弦嗷嘈的，请到歌台剧院去；爱宁静淡泊，沉思默想的，深深的小巷在欢迎你！

柯灵　（1909—2000），祖籍浙江绍兴，生于广州。原名高季琳，笔名朱梵、宋约。中国电影理论家、剧作家、评论家。1948年到香港《文汇报》工作，担任副社长兼副总编辑。1949年回到上海，曾任《文汇报》副社长兼副总编、上海电影剧本创作所所长、上海电影艺术研究所所长、《大众电影》主编、上海作协书记处书记、上海影协常务副主席等职。

移天缩地在君怀

圆明园劫灰

张中行

　　近几年来，复兴圆明园的呼声忽然高起来。这当然是好事，因为合于大家的心愿。据《御制圆明园图咏》一类书所记，园中的胜景有四十处，也就是有四十处建筑群；但要知道，这还不包括较后向东延展的长春园和万春园。现在很多人去凭吊、瞻仰的圆明园遗迹，俗名西洋楼，正名远瀛观的，其实是长春园里的建筑，严格说是在圆明园之外的。总之，依通俗叫法统称为圆明园，这园就大得使人惊讶，东西约长七华里；富丽得使人惊叹，可以算是集中外园林建筑艺术之大成，大至湖山殿阁，小至一砖一瓦，都那么精美。如果这样一个园子能够复原，不要说我们本国人，就是把全世界几十亿人统括在内，有谁能够不拍手称善呢？

　　可喜的是有不少好心人真在做。有写文章说如何如何必要的。据说还为恢复成立了什么研究会。似乎还有什么动手做的机构。是三四年以前，北京大学（原燕京大学）西北部湖岸上横竖卧着的几块大理石雕刻不见了，不久之后我也去看圆明园园史展览，地点在西洋楼东北几十步，望见西洋楼对面有了新的布置，走近一看，原来就是卧在北京大学的那几块，移到这里站起来了。不只此也，由此东行出大门，还看见蹲着两个大石狮子。看来复原工作是在进行了，实在使人振奋。不过我有时想，理想与希望只是事物的一面，还有另一面是事实与可能。这两个方面在小事上常常协调，在大事上就未必。万一不协调而成为冲突，胜利的又常常不是前者而是后者。就以圆明园的复原工作说吧，我也切盼能够成功，但总是担心困难太大。财力且不说，工，料，还有技术，能够找到康、雍、乾时候那样的吗？这使我想到历史，想到时兮时兮不再来。

就由我的近邻说起。北京大学还有"勺园"的名字，据说在学校西南部。勺园是明朝晚年西郊海淀的名园，大名士米万钟的，明蒋一葵《长安客话》卷四有详细介绍，可是现在已经毫无痕迹。出北京大学西门，南行一二十步是畅春园的东北角，那里现在还留有界石，上书"畅春园东北界"。畅春园是以明朝李伟的清华园为基础扩建的，康熙皇帝在其中晏驾，盛极一时可以想见。可是就在爱新觉罗氏的大力庇护之下，至晚到清末，也是痕迹毫无，成为村庄和稻田，仅有的例外是东北角的恩佑寺和恩慕寺的两座寺门。圆明园被烧是突变，加上其后的渐变，因为时间近，所以还剩一些痕迹，但是也少得很可怜了。

据说，大的渐变是在民国年间，大鱼吃大的，小鱼吃小的。具体说是拆，把可用的拉走，用在自己的什么建筑上。大的，据我所见，最显眼的是北京图书馆门内和燕京大学门内的华表，共两对，来自圆明园西北部的安佑宫。这里还有个笑话，不知道出于哪位动手拉的人的疏忽，比如一、二是一对，三、四是一对，两家竟是一家拉了一和三，另一家拉了二和四，至今仍是阴错阳差，不成对。燕京大学拉走的当然不只华表两件，校门外的一对石狮，办公楼前的一对石麒麟，以及石雕台阶，也显然是圆明园中物。北京图书馆的石狮和石雕台阶呢，也多半是圆明园中物。

庞然大物，有目共睹。小物分散，见到较难，自然数量更多。绝大多数已经埋没在各类人家的建筑中，辨认也不容易了。又，民国年间，有不少人从古董铺买到铺地的金砖，方而大，面作黑色，发漆光，用作院内茶几的面，雅而美观。我来北京晚一些，没有遇见完整的金砖，只是一次游碧云寺，由水泉院卖旧物的小摊上买得一块瓦，长市尺一尺许，宽半尺多，绿色，右上方有凹下字两个，"工部"，显然也是圆明园中物。

我第一次游圆明园遗址，已经是30年代中期。徘徊较久的地方是西洋楼，许多雕刻的大理石柱伸向半空，使人想见昔日的雄伟豪华。地上残破的砖瓦很多。其西的海晏堂也是这样，只是没有挺立的大理石柱，所以不像西洋楼那样引人注目。对于抱残守缺，我那时候还兴趣不大，所以断续去了几次，都是空手而返。

70年代我移住西郊，地点在万春园（或说圆明园东部）南墙外，几乎是越墙就可以入园，又，有个时期较闲，所以就常到园内去看遗迹。对照园图，是由万春园大门的两侧北行，过凝晖殿、中和堂等建筑之西，涵秋馆之东，沿小山向西再北行就是旧圆明园和长春园的交界。一直北行，东面一个湖，中心是长春园的海岳开襟。再北行，西面是旧圆明园东北部的方壶胜境。向右转东行入长春园，过了路北的万花阵、方外观就是有名的海晏堂。再东行，远远看见许多大理石柱挺立在高基之上，就是游者的集中地西洋楼。

这时期去，因为遗物越来越少，物以稀为贵，就想拾一些好玩的残片，小者做镇纸用，大者，如残金砖，可以制砚。残琉璃瓦片、瓷片、玻璃片拾到一些。想多得的是残砖，可是比30年代少了，可见已经有不少同好捷足先登，所剩的一些不是太小就是不成形。别处看看，反而没有西洋楼和海晏堂多。听园里住的一个农民说，海岳开襟有很多大块的。由稻田间小路过去，登上圆形残基看，果然不少，只是质量差，费力磨成砚形不值得。几次摸索，研究，知道质量以西洋楼的为第一，于是集中力量在那里找。三番五次，所得不过十几块。磨成砚，有的还写了铭。时过境迁，不再去找，存的多被朋友拿走，所剩不过三两方。其中一方质量最好，方形，每边约四寸，面如漆，光而润，内作绛色。我在背面写了砚铭。是："古甓曰金，黑面赤心。居之砚林，墨磨人兮几沉吟。"这里说磨墨，实则砖的原料是澄浆泥，烧前压而不锤，烧后柔腻而不坚，并不适于磨墨。不能耕的砚田我还保存着，只是因为它是圆明园的劫灰而已。

张中行 （1909—2006），原名张璇，学名张璿。河北省香河县河北屯乡石庄（今属天津市武清区河北屯镇）人。现当代学者、散文家。主要从事语文、古典文学及思想史的研究。曾参加编写《汉语课本》《古代散文选》等，编著有《文言常识》《文言津逮》《佛教与中国文学》《负暄琐话》等。20世纪末未名湖畔三雅士之一，与季羡林、金克木合称"燕园三老"。

午门外

祝　勇

在中国的古迹中，没有一处像故宫这样拥有显赫的位置，如同一条无用的旧闻，却仍占据着头版头条。

对于许多从没进去过的人来说，故宫是他们想象中的天堂。在很长的时间中，只有很少数身份高贵的人才能走进它，才能目睹它的华丽与神圣。绝大多数普通人，只有蹲在故宫外的筒子河边，通过高于树梢的城堞，揣测它的细节。宫墙保守着宫廷的秘密。即使站在合适的角度上，他们也只能看到故宫上面的白云。

我看见一片白云停在午门的正上方。红色城墙以蓝天为背景，显得格外夺目。手里攥着一张门票，我迟迟不往里走。我望着午门发呆，想象着很多年前一介平民对于故宫的想象。

高大的午门为这种想象确定了最初的比例尺。我们仅仅根据巨人的脚印就能推知巨人的高度。由午门，我们大抵可以知道，这里的度量单位远远超出我们的日常经验。午门已经不是普通意义上的院门，它的意义不仅仅是供人出入，它代表着一种权威、一种信仰，甚至，一种宗教。

人们为什么要建造巨大的宫殿？是与广阔的疆域形成几何上的比例关系，还是与丰富的世界构成视觉上的平衡？无疑，宫殿改变了人与自然的比例尺。即使从远处观看，宫殿依然显得威武和高大，因为与宫殿相比，那些参照物显得那么弱小。帝王站在宫墙上，会看到什么？他是否会通过空间来索取时间，观察到未来的秘密？时间的谜底是死亡。死不是瞬间的事，它永远是正在进行时。

从出生那一天起，死亡的进程就开始了，每一天都在靠近那个黑色的终点。死亡以后，死还会继续进行。但是绝大多数帝王看不到这些。从宫殿中他们看到了基业的永恒。那是他们的错觉。场面宏大的宫殿迷惑了他们，他们往往迷失在自己建造的迷宫里。没有人会在几案上巴掌大的玩具迷宫里迷失。迷宫的规模越大，丢失自己的可能性越大。从这个意义上说，宫殿像是一个欺骗性极强的巨大的谎言。

贝尔托卢奇的《末代皇帝》中，有宣统站在午门城楼上的镜头。那时的他，正沉浸在君临天下的神圣感中。显然，巨大的宫殿改变了皇帝注视世界的视角。他试图在二维的世界上获得第三维，他甚至企图获得上帝那样的全知视角，而这一切，必须借助于巨大的建筑。是宫殿，使得圣君主不再像俗众那样，只是匍匐在万物脚下的一只生灵。然而，令我怀疑的却是，那欢腾的万众，是否能看清他们领袖的身影？宫殿将他托举到最高点的同时，也将他的身影弱化为最小，这并非仅仅取决于物理的法则，更合乎哲学的辩证法。也许，这就是城楼的意义，它将一个具体的肉躯抽象为一个符号式的图腾。他是否站立在宫城之上已显得并不那么重要，即使上面站立的是一具木乃伊，万众一样会顶礼膜拜。午门的三面城墙形成一个"凹"字，刚好适合聚拢广场上的欢呼，并把它加工到悦耳的强度。

注视着午门的时候，我胡思乱想。如果我有选择颜色的自由，我会给午门漆上什么颜色？是土地似的棕黄，还是天空似的瓦蓝？那样的童话色彩无疑会消解帝王的尊严。只有血的颜色，是对权力最恰当的注解。它既诠释了权力的来路，又标明了权力的价值。如果有人对宫墙所庇护的权威感到质疑。那么，请你用等量的血来交换。宫墙简单明了地注明了权力的暴力内涵。如果你不进入权力系统，宫墙只是你视线中的风景，那大跨度的直线与大弧度的曲线展现着世界上最大胆的设计；如果你对皇权发出挑战，那被残阳照亮的城墙便时刻提醒你，你所准备的勇气和牺牲是否足够。

我曾见过黑色的午门。是在一个风大的夜里，我从午门外走过。天上没有星辰和月亮，午门的广场上没有路灯和行人，只有高高的城楼，寂寞地兀立着。在深蓝的夜空下，午门的剪影轮廓清晰。那是一个无比巨大的黑影，如一个黑洞，看不见里面包容的任何细节。我感到莫名的恐惧，只因那无以复加的空旷和黑暗。我不敢叫喊，我知道哪怕是轻微的呻吟和呼喊，在这里都会被惊人放大。

我听见一个声音在说，梦想就是给我们提供恐惧的契机。

祝勇 （1968— ），原籍山东东明，生于辽宁省沈阳市。当代作家、学者，现供职于故宫博物院故宫学研究所。1991年开始发表作品，担任过多部大型历史纪录片总撰稿。先后荣获第21届中国电视星光奖，第25、26届大众电视金鹰奖优秀纪录片奖，中国十佳纪录片奖，中国纪录片学院奖，第18届中国纪录片年度特别作品奖等。代表作有长篇历史小说《旧宫殿》《血朝廷》，历史散文集《纸天堂》《反阅读：革命时期的身体史》等。

恭王府小记

陈从周

是往事了！提起神伤。却又是新事，令人兴奋。回思1961年冬，我与何其芳、王昆仑、朱家晋等同志相偕调查恭王府（相传的大观园遗迹），匆匆已十余年。何其芳同志下世数载，旧游如梦！怎不令人黯然低徊。去冬海外归来，居停京华，（冯）其庸兄要我再行踏勘，说有可能筹建为曹雪芹纪念馆。春色无边，重来天地，振我疲躯，自然而然产生出两种不同的心境，神伤与兴奋，交并盘旋在我的脑海中。

记得过去看到英国出版的一本orvald sirien所著的《中国园林》，刊有恭王府的照片，楼阁山池，水木明瑟，确令人神往。后来我到北京，曾涉足其间，虽小颓风范而丘壑独存，红楼旧梦一时涌现心头。这偌大的一个王府，在悠长的岁月中，它经过了多少变幻。"词客有灵应识我"，如果真的曹雪芹有知的话，那我亦不虚此行了。

恭王府在什刹海银锭桥南，是北京现存诸王府中，结构最精，布置得宜，且拥有大花园的一组建筑群。王府之制，一般其头门不正开，东向，入门则诸门自南往北。当然，恭王府亦不例外，可惜其前布局变动了，尽管如此，可是排场与气魄依稀当年。围墙范围极大，唯东侧者，形制极古朴，"收分"（下大上小）显著，做法与西四羊市大街之历代帝王庙者相同，而雄伟则过之，此庙为明代嘉靖九年（公元1729年）重修。于此可证恭王府旧址由来已久矣。府建筑共三路，正路今存两门，正堂（厅）已毁，后堂（厅）悬"嘉乐堂"额，传为乾隆时和珅府之物。则此建筑年代自明。东路

恭王府雪景 中国图库提供

共三进，前进梁架用小五架梁式，此种做法，见代计成《园冶》一书，明代及清初建筑屡见此制，到乾隆后几成绝响。其后两进，建筑用材与前者同属挺秀，不似乾隆时之肥硕，所砌之砖与乾隆后之规格有别，皆可初步认为康熙时所建。西路亦三进，后进垂花门悬"天香庭院"额，正房有匾名"锡晋斋"，皆为恭王府旧物。柱础施雕，其内部用装修分隔，洞房曲户，回环四合，精美绝伦，堪与故宫乾隆花园符望阁相颉颃。我来之时，适值花期，院内梨云、棠雨、丁香雪，与扶疏竹影交相成曲，南归相思，又是天涯。后部横楼长一百六十米，阑干修直，窗影玲珑，人影衣香，令人忘返。其置楼梯处，原堆有木假山，为海内仅见孤例。就年代论此楼较迟。以整个王府来说似是从东向西发展而成。

楼后为花园，其东部小院翠竹丛生，廊空室静，帘隐几净，多雅淡之趣。虽属后建，而布局似沿旧格，垂花门前四老槐，腹空皮留，可为此院年代之证物。此即所谓潇湘馆。而廊庑周接，亭阁参差与苍松翠柏古槐垂杨，掩映成趣。间有水石之胜，北国之园得无枯寂之感。最后亘于北垣下，以山作屏者为"蝠厅"，抱厦三间突出，自早至暮，皆有日照，北京唯此一处而已，传为怡红院所在，以建筑而论，亦属恭王府时代的，左翼以廊，可导之西园。厅前假山分前后二部，后部以云片石叠为后补，主体以太湖石叠者为旧物，上建阁，下构洞曲，施石过梁视乾隆时代之做法为旧，山间树木亦苍古。时期固甚分明。其余假山皆云片石所叠，树亦新，与其附近鉴园假山相似，当为恭王府时期所添筑。西部前有"榆关"、"翠云岭"，亦后筑。湖心亭一区背出之，今水已填没，无涟漪之景矣。园后东首的戏厅，华丽轩敞，为京中现存之完整者。俞星垣（同奎）先生谓："花园在恭王府后身，府系乾隆时和珅之子丰绅殷德娶和孝固伦公主赐第。"可证乾隆前已有府第矣。又云："公元1799年（清·嘉庆四年）和珅籍没，另给庆禧亲王，并在府后添建花园。"此恭王府由来也。足以说明乾隆间早已形成王府格局，后来必有所增建。

四十年前单士元同志曾写过《恭王府考》载《辅仁大学学报》，有过详细的文献考证。我如今仅就建筑与假山做了初步的调查，因为建筑物的梁架全为天花板所掩，无从做周密的检查，仅提供一些看法而已。

在国外，名人故居都保存得很好，任人参观凭吊。恭王府虽非确实的大观园，曹氏当年于明珠府第必有所往还。雪芹曾客南中，江左名园亦皆涉足，故我与俞平伯先生同一看法，认为大观园是园林艺术的综合，其与镇江金山寺的白娘娘水斗，甘露寺的刘备招亲，同为民间流传了的故事。如今以恭王府作为《红楼梦》作者曹雪芹的纪念馆，则又有何不可呢？并且北京王府能公开游览者亦唯此一处。用以显扬祖国文化，保存曹氏史迹，想来大家一定不谓此文之妄言了。

陈从周　（1918—2000），原名郁文，晚年别号梓室，自称梓翁。浙江杭州人，世界闻名的中国古建筑园林艺术专家。同济大学建筑系教授、博士生导师。1985年受聘为美国贝聿铭建筑设计事务所顾问，曾任中国建筑学会建筑史学术委员会副主任、中国园林学会顾问等。擅长文、史，兼工诗词、绘画。著有《苏州园林》《扬州园林》《说园》等。

我与地坛（节选）

史铁生

我在好几篇小说中都提到过一座废弃的古园，实际就是地坛。

许多年前旅游业还没有开展，园子荒芜冷落得如同一片野地，很少被人记起。

地坛离我家很近。或者说我家离地坛很近。总之，只好认为这是缘分。地坛在我出生前四百多年就坐落在那儿了，而自从我的祖母年轻时带着我父亲来到北京，就一直住在离它不远的地方——五十多年间搬过几次家，可搬来搬去总是在它周围，而且是越撤离它越近了。我常觉得这中间有着宿命的味道：仿佛这古园就是为了等我，而历尽沧桑在那儿等待了四百多年。

它等待我出生，然后又等待我活到最狂妄的年龄上忽地残废了双腿。四百多年里，它一面剥蚀了古殿檐头浮夸的琉璃，淡褪了门壁上炫耀的朱红，坍圮了一段段高墙又散落了玉砌雕栏，祭坛四周的老柏树愈见苍幽，到处的野草荒藤也都茂盛得自在坦荡。

这时候想必我是该来了。十五年前的一个下午，我摇着轮椅进入园中，它为一个失魂落魄的人把一切都准备好了。那时，太阳循着亘古不变的路途正越来越大，也越红。在满园弥漫的沉静光芒中，一个人更容易看到时间，并看见自己的身影。

自从那个下午我无意中进了这园子，就再没长久地离开过它。

我一下子就理解了它的意图。正如我在一篇小说中所说的："在人口密聚的城市里，有这样一个宁静的去处，像是上帝的苦心安排。"

两条腿残废后的最初几年，我找不到工作，找不到去路，忽然间几乎什么都找不到了，我就摇了轮椅总是到它那儿去，仅为着那儿是可以逃避一个世界的另一个世界。我在那篇小说中写道："没处可去我便一天到晚耗在这园子里。跟上班下班一样，别人去上班我就摇了轮椅到这儿来。园子无人看管，上下班时间有些抄近路的人们从园中穿过，园子里活跃一阵，过后便沉寂下来。"

"园墙在金晃晃的空气中斜切下一溜荫凉，我把轮椅开进去，把椅背放倒，坐着或是躺着，看书或者想事，撅一杈树枝左右拍打，驱赶那些和我一样不明白为什么要来这世上的小昆虫。""蜂儿如一朵小雾稳稳地停在半空；蚂蚁摇头晃脑捋着触须，猛然间想透了什么，转身疾行而去；瓢虫爬得不耐烦了，累了祈祷一回便支开翅膀，忽悠一下升空了；树干上留着一只蝉蜕，寂寞如一间空屋；露水在草叶上滚动，聚集，压弯了草叶轰然坠地摔开万道金光。"

"满园子都是草木竞相生长弄出的响动，窸窸窣窣片刻不息。"这都是真实的记录，园子荒芜但并不衰败。

除去几座殿堂我无法进去，除去那座祭坛我不能上去而只能从各个角度张望它，地坛的每一棵树下我都去过，差不多它的每一米草地上都有过我的车轮印。无论是什么季节，什么天气，什么时间，我都在这园子里呆过。有时候呆一会儿就回家，有时候就呆到满地上都亮起月光。记不清都是在它的哪些角落里了。我一连几小时专心致志地想关于死的事，也以同样的耐心和方式想过我为什么要出生。这样想了好几年，最后事情终于弄明白了：一个人，出生了，这就不再是一个可以辩论的问题，而只是上帝交给他的一个事实；上帝在交给我们这件事实的时候，已经顺便保证了它的结果，所以死是一件不必急于求成的事，死是一个必然会降临的节日。这样想过之后我安心多了，眼前的一切不再那么可怕。比如你起早熬夜准备考试的时候，忽然想起有一个长长的假期在前面等待你，你会不会觉得轻松一点？并且庆幸并且感激这样的安排？剩下的就是怎样活的问题了，这却不是在某一个瞬间就能完全想透的、不是一次性能够解决的事，怕是活多久就要想它多久了，就像是伴你终生的魔鬼或恋人。所以，十五年了，我还是总得到那古园里去、去它的老树下或荒草边或颓墙旁，去默坐，去呆想，去推开耳边的嘈杂理一理纷乱的思绪，去窥看自己的心魂。

十五年中，这古园的形体被不能理解它的人肆意雕琢，幸好有些东西是任谁也不能改变它的。譬如祭坛石门中的落日，寂静的光辉平铺的一刻，地上的每一个坎坷都被映照得灿烂；譬如在园中最为落寞的时间，一群雨燕便出来高歌，把天地都叫喊得苍凉；譬如冬天雪地上孩子的脚印，总让人猜想他们是谁，曾在哪儿做过些什么、然后又都到哪儿去了；譬如那些苍黑的古柏，你忧郁的时候它们镇静地站在那儿，你欣喜的时候它们依然镇静地站在那儿，它们

地坛　摄影：刘炎

没日没夜地站在那儿从你没有出生一直站到这个世界上又没了你的时候；譬如暴雨骤临园中，激起一阵阵灼烈而清纯的草木和泥土的气味，让人想起无数个夏天的事件；譬如秋风忽至，再有一场早霜，落叶或飘摇歌舞或坦然安卧，满园中播散着熨帖而微苦的味道。味道是最说不清楚的。味道不能写只能闻，要你身临其境去闻才能明了。味道甚至是难于记忆的，只有你又闻到它你才能记起它的全部情感和意蕴。所以我常常要到那园子里去。

史铁生　（1951—2010），祖籍河北涿县，出生于北京。1967年毕业于清华大学附属中学，1969年去延安一带插队，因双腿瘫痪于1972年回到北京。曾自称"职业是生病，业余在写作"。曾任中国作家协会全国委员会委员，北京作家协会副主席，中国残疾人协会评议委员会委员。2002年获华语文学传媒大奖年度杰出成就奖。代表作长篇小说《务虚笔记》《我的丁一之旅》，散文《我与地坛》《病隙碎笔》等。

国 子 监

汪曾祺

为了写国子监，我到国子监去逛了一趟，不得要领。从首都图书馆抱了几十本书回来，看了几天，看得眼花气闷，而所得不多。后来，我去找了一个"老"朋友聊了两个晚上，倒像是明白了不少事情。我这朋友世代在国子监当差，"侍候"过翁同龢、陆润庠、王垿等祭酒，给新科状元打过"状元及第"的旗，国子监生人，今年七十三岁，姓董。

国子监，就是从前的大学。

这个地方原先是什么样子，没法知道了（也许是一片荒郊）。立为国子监，是在元代迁都大都以后，至元二十四年（公元1288年），距今约已七百年。

元代的遗迹，已经难于查考。给这段时间作证的，有两棵老树：一棵槐树，一棵柏树。一在彝伦堂前，一在大成殿阶下。据说，这都是元朝的第一任国立大学校长——国子监祭酒许衡手植的。柏树至今仍颇顽健，老干横枝，婆娑弄碧，看样子还能再活个几百年。那棵槐树，约有北方常用二号洗衣绿盆粗细，稀稀疏疏地披着几根细瘦的枝条，干枯僵直，全无一点生气，已经老得不成样子了，很难断定它是否还活着。传说它老早就已经死过一次，死了几十年，有一年不知道怎么又活了。这是乾隆年间的事，这年正赶上是慈宁太后的六十"万寿"，嚄，这是大喜事！于是皇上、大臣赋诗作记，还给老槐树画了像，全都刻在石头上，着实热闹了一通。这些石碑，至今犹在。

国子监是学校，除了一些大树和石碑之外，主要的是一些作为大学校舍的建筑。这些建筑的规模大概是明朝的永乐所创建的（大体依据洪武帝在南京所创立的国子监，而规模似不如原来之大），清朝又改建或修改过。其中修建最多的，是那位站在大清帝国极盛的峰顶，喜武功亦好文事的乾隆。

一进国子监的大门——集贤门，是一个黄色琉璃牌楼。牌楼之里是一座十分庞大华丽的建筑。这就是辟雍。这是国子监最中心，最突出的一个建筑。这就是乾隆所创建的。辟雍者，天子之学也。天子之学，到底该是个什么样子，从汉朝以来就众说纷纭，谁也闹不清楚。照现在看起来，是在平地上开出一个正圆的池子，当中留出一块四方的陆地，上面盖起一座十分宏大的四方的大殿，重檐，有两层廊柱，盖黄色琉璃瓦，安一个巨大的镏金顶子，梁柱檐饰，皆朱漆描金，透刻敷彩，看起来像一顶大花轿子似的。辟雍殿四面开门，可以洞启。池上围以白石栏杆，四面有石桥通达。这样的格局是有许多讲究的，这里不必说它。辟雍，是乾隆以前的皇帝就想到要建筑的，但都因为没有水而作罢了（据说天子之学必得有水）。到了乾隆，气魄果然要大些，认为"北京为天下都会，教化所先也，大典缺如，非所以崇儒重道，古与稽而今与居也"（《御制国学新建辟雍圜水工成碑记》）。没有水，那有什么关系！下令打了四口井，从井里把水汲上来，从暗道里注入，通过四个龙头（螭首），喷到白石砌就的水池里，于是石池中涵空照影，泛着潋滟的波光了。二、八月里，祀孔释奠之后，乾隆来了。前面钟楼里撞钟，鼓楼里播鼓，殿前四个大香炉里烧着檀香，他走入讲台，坐上宝座，讲《大学》或《孝经》一章，叫王公大臣和国子监的学生跪在石池的桥边听着，这个盛典，叫作"临雍"。

这"临雍"的盛典，道光、嘉庆年间，似乎还举行过，到了光绪，据我那朋友老董说，就根本没有这档子事了。大殿里一年难得打扫两回，月牙河（老董管辟雍殿四边的池子叫作四个"月牙河"）里整年是干的，只有在夏天大雨之后，各处的雨水一齐奔到这里面来。这水是死水，那光景是不难想象的。

然而辟雍殿确实是个美丽的、独特的建筑。北京有名的建筑，除了天安门、天坛祈年殿那个蓝色的圆顶、九梁十八柱的故宫角楼，应该数到这顶四方的大花轿。

辟雍之后，正面一间大厅，是彝伦堂，是校长——祭酒和教务长——司业办公的地方。此外有"四厅六堂"，敬一亭，东厢西厢。四厅是教职员办公室。六堂本来应该是教室，但清朝另于国子监斜对门盖了一些房子作为学生住宿进修之所，叫作"南学"（北方戏文动辄说"一到南学去攻书"，指的即是这个地方），六堂作为考场时似更多些。学生的月考、季考在此举行，每科的乡会试也要先在这里考一天，然后才能到贡院下场。

六堂之中原来排列着一套世界上最重的书，这书一页有三四尺宽，七八尺长，一尺许厚，重不知几千斤。这是一套石刻的十三经，是一个老书生蒋衡一手写出来的。据老董说，这是他默出来的！他把这套书献给皇帝，皇帝接受了，刻在国子监中，作为重要的装点。这皇帝，就是高宗纯皇帝乾隆陛下。

国子监碑刻甚多，数量最多的，便是蒋衡所写的经。著名的，旧称有赵松雪临写的"黄庭"、"乐毅"，"兰亭定武本"；颜鲁公"争座位"，这几块碑不晓得现在还在不在，我这回未暇查考。不过我觉得最有意思、最值得一看的是明太祖训示太学生的　通敕谕：

恁学生每听着：先前那宗讷做祭酒呵，学规好生严肃，秀才每循规蹈矩，都肯向学，所以教出来的个个中用，朝廷好生得人。后来他善终了，以礼送他回乡安葬，沿路上著有司官祭他。

近年著那老秀才每做祭酒呵，他每都怀着异心，不肯教诲，把宗讷的学规都改坏了，所以生徒全不务学，用著他呵，好生坏事。

　　如今著那年纪小的秀才官人每来署学事，他定的学规，恁每当依著行。敢有抗拒不服，撒泼皮，违犯学规的，若祭酒来奏著恁呵，都不饶！全家发向烟瘴地面去，或充军，或充吏，或做首领官。

　　今后学规严紧，若有无籍之徒，敢有似前贴没头帖子，诽谤师长的，许诸人出首，或绑缚将来，赏大银两个。若先前贴了票子，有知道的，或出首，或绑缚将来呵，也一般赏他大银两个。将那犯人凌迟了，枭令在监前，全家抄没，人口发往烟瘴地面。钦此！

　　这里面有一个血淋淋的故事：明太祖为了要"人才"，对于办学校非常热心。他的小学的政策只有一个字：严。他所委任的第一任国子监祭酒宗讷，就秉承他的意旨，订出许多规条。待学生非常的残酷，学生曾有饿死吊死的。学生受不了这样的迫害和饥饿，曾经闹过两次学潮。第二次学潮起事的是学生赵麟，出了一张壁报（没头帖子）。太祖闻之，龙颜大怒，把赵麟杀了，并在国子监立一长竿，把他的脑袋挂在上面示众（照明太祖的语言，是"枭令"）。隔了十年，他还忘不了这件事，有一天又召集全体教职员和学生训话。碑上所刻，就是训话的原文。

　　这些本来是发生在南京国子监的事，怎么北京的国子监也有这么一块碑呢？想必是永乐皇帝觉得他老大人的这通话训得十分精彩，应该垂之久远，所以特地在北京又刻了一个复本。是的，这值得一看。他的这篇白话训词比历朝皇帝的"崇儒重道"之类的话都要真实得多，有力得多。

　　这块碑在国子监仪门外侧右手，很容易找到。碑分上下两截，下截是对工役膳夫的规矩，那更不得了："打五十竹篦"！"处斩"！"割了脚筋"……历代皇帝虽然都似乎颇为重视国子监，不断地订立了许多学规，但不知道为什么，国子监出的人才并不是那样的多。《戴斗夜谈》一书中说，北京人已把国子监打入"十可笑"之列：

京师相传有十可笑：光禄寺茶汤，太医院药方，神乐观祈禳，武库司刀枪，营缮司作场，养济院衣粮，教坊司婆娘，都察院宪纲，国子监学堂，翰林院文章。

国子监的课业历来似颇为稀松。学生主要的功课是读书、写字、作文。国子监学生——监生的肄业、待遇情况各时期都有变革。到清朝末年，据老董说，是每隔六日作一次文，每一年转堂（升级）一次，六年毕业，学生每月领助学金（膏火）八两。学生毕业之后，大部分发作为县级干部，或为县长（知县）、副县长（县丞），或为教育科长（训导）。另外还有一种特殊的用途，是调到中央去写字（清朝有一个时期光禄寺的面袋都是国子监学生的仿纸做的）。从明朝起就有调国子监善书学生去抄录《实录》的例。明朝的一部大丛书《永乐大典》，清朝的一部更大的丛书《四库全书》的底稿，那里面的端正严谨（也毫无个性）的馆阁体楷书，有些就是出自国子监高材生的手笔。这种工作，叫作"在誊桌上行走"。

国子监 摄影：刘迓

国子监监生的身份不十分为人所看重。从明景泰帝开生员纳粟纳马入监之例以后，国子监的门槛就低了。尔后捐监之风大开，监生就更不值钱了。

国子监是个清高的学府，国子监祭酒是个清贵的官员——京官中，四品而掌印的，只有这么一个。做祭酒的，生活实在颇为清闲，每月只逢六逢一上班，去了之后，当差的在门口喝一声短道，沏上一碗盖碗茶，他到彝伦堂上坐了一阵，给学生出出题目，看看卷子；初一、十五带着学生上大成殿磕头，此外简直没有什么事情。清朝时他们还有两桩特殊任务：一是每年十月初一，率领属官到午门去领来年的黄历；一是遇到日蚀、月蚀，穿了素雅到礼部和太常寺去"救护"，但领黄历一年只一次，日蚀、月蚀，更是难得碰到的事。戴璐《藤阴杂记》说此官"清简恬静"，这几个字是下得很恰当的。

但是，一般做官的似乎都对这个差事不大发生兴趣。朝廷似乎也知道这种心理，所以，除了特殊例外，祭酒不上三年就会迁调。这是为什么？因为这个差事没有油水。

查清朝的旧例，祭酒每月的俸银是一百零五两，一年一千二百六十两；外加办公费每月三两，一年三十六两，加在一起，实在不算多。国子监一没人打官司告状，二没有盐税河工可以承揽，没有什么外快。但是毕竟能够养住上上下下的堂官皂役的，赖有相当稳定的银子，这就是每年捐监的手续费。

据朋友老董说，纳监的监生除了要向吏部交一笔钱，领取一张"护照"外，还需向国子监交钱领"监照"——就是大学毕业证书。照例一张监照，交银一两七钱。国子监旧例，积银二百八十两，算一个"字"，按"千字文"数，有一个字算一个字，平均每年约收入五百字上下。我算了算，每年国子监收入的监照银约有十四万两，即每年有八十二三万不经过入学和考试只花钱向国家买证书而取得大学毕业资格——监生的人。原来这是一种比乌鸦还要多的东西！这十四万两银子照国家的规定是不上缴的，由国子监官吏皂役按份摊分，祭酒每一字分十两，那么一年约可收入五千银子，比他的正薪要多得多。其余司业以下各有差。据老董说，连他一个"字"也分五钱八分，一年也从这一项上收入二百八九十两银子！

老董说，国子监还有许多定例。比如，像他，是典籍厅的刷印匠，管给学生"做卷"——印制作文用的红格本子，这事包给了他，每月例领十三两银子。他父亲在时还会这宗手艺，到他时则根本没有学过，只是到大栅栏口买一刀毛边纸，拿到琉璃厂找铺子去印，成本共花三两，剩下十两，是他的。所以，老董说，那年头，手里的钱花不清——烩鸭条才一吊四百钱一卖！至于那几位"堂皂"，就更不得了了！单是每科给应考的举子包"枪手"（这事值得专写一文），就是一笔大财。那时候，当差的都兴喝黄酒，街头巷尾都是黄酒馆，跟茶馆似的，就是专为当差的预备着的。所以，像国子监的差事也都是世袭。这是一宗产业，可以卖，也可以顶出去！

老董的记性极好，我的复述倘无错误，这实在是一宗未见载录的珍贵史料。我所以不惮其烦地缕写出来，用意是在告诉比我更年轻的人，封建时代的经济、财政、人事制度，是一个多么古怪的东西！

国子监，现在已经作为首都图书馆的馆址了。首都图书馆的老底子是头发胡同的北京市图书馆，即原先的通俗图书馆——由于鲁迅先生的倡议而成立，鲁迅先生曾经襄赞其事，并捐赠过书籍的图书馆；前曾移到天坛，因为天坛地点逼仄，又挪到这里了。首都图书馆藏书除原头发胡同的和建国后新买的以外，主要为原来孔德学校和法文图书馆的藏书。就中最具特色，在国内搜藏较富的，是鼓词俗曲。

汪曾祺 （1920—1997），江苏高邮人。当代作家、戏剧家，"京派"作家的代表人物。早年毕业于西南联大，历任中学教师、北京市文联干部、《北京文艺》编辑、北京京剧院编辑。在短篇小说创作上颇有成就，对戏剧与民间文艺也有深入钻研。著有小说集《邂逅集》，小说《受戒》《大淖记事》，散文集《蒲桥集》。其散文《端午的鸭蛋》和《胡同文化》被选入中学语文课本。

陶 然 亭

张恨水

　　陶然亭好大一个名声，它就跟武昌黄鹤楼、济南趵突泉一样。来过北京的人回家后，家里一定会问："你到过陶然亭吗？"因之在三十五年前，我到北京的第一件事，就是去逛陶然亭。

　　那时候没有公共汽车，也没有电车。找了一个三秋日子，真可以说是云淡风轻，于是前去一逛。可是路又极不好走，满地垃圾，坎坷不平，高一脚，低一脚。走到陶然亭附近，只看到一片芦苇，远处呢，半段城墙。至于四周人家，房屋破破烂烂。不仅如此，到处还有乱坟葬埋。虽然有些树，但也七零八落，谈不到什么绿荫。我手拂芦苇，慢慢前进。可是飞虫乱扑，最可恨是苍蝇蚊了到处乱钻。我心想，陶然亭就是这个样子吗？

　　所谓陶然亭，并不是一个亭，是一个土丘，丘上盖了一所庙宇。不过北西南三面，都盖了一列房子，靠西的一面还有廊子，有点像水榭的形势。登这廊子一望，隐隐约约望见一抹西山，其近处就只有芦苇遍地了。据说这一带地方是饱以沧桑的，早年原不是这样，有水，有船，也有些树木。清朝康熙年间，有位工部郎中江藻，他看此地还有点野趣，就盖了此座庭院。采用了白居易的诗："更待菊黄家酿熟，与君一醉一陶然"的句子，称它作陶然亭；后来成为一些文人在重阳登高宴会之所。到了乾隆年间，这地方成了一片苇塘。乱坟本来就有，以后年年增加，就成为三十五年前我到北京来的模样了。

　　过去，北京景色最好的地方，都是皇帝的禁苑，老百姓是不能去的。只有陶然亭地势宽阔，又有些野景，它就成为普通百姓以及士大夫游览聚会之地。同时，应科举考试的人，中国哪一省都有，到了北京，陶然亭当然去逛过。因之陶然亭的盛名，在中国就传开了。我记得作《花月痕》的魏子安，有两句诗说陶然亭，诗说："地匝万芦吹絮乱，天空一雁比人轻。"就要说到气属三秋的时候，说陶然亭还有点像。可是这三十多年以来，陶然亭一年比一年坏。我三度来到北京，而且住的日子都很长，陶然亭虽然去过一两趟，总觉得："地匝万芦吹絮乱"句子而外，其余一点什么都没有。真是对不住那个盛名了。

1955年听说陶然亭修得很好；1956年听说陶然亭更好，我就在6月中旬，挑了一个晴朗的日子，带着我的妻女，坐公共汽车前去。一望之间，一片绿荫，露出两三个亭角，大道宽坦，两座辉煌的牌坊，遥遥相对。还有两路小小的青山，分踞着南北。好像这就告诉人，山外还有山呢。妻说："这就是陶然亭吗？我自小在这附近住过好多年，怎么改造得这样好，我一点都不认识了。"我指着大门边一座小青山说："你看，这就是窑台，你还认得吗？"妻说："哎呀！这山就窑台？这地方原是个破庙，现在是花木成林，还有石坡可上啊！"她是从童年就生长在这里的人，现在连一点都不认得了。从她吃惊的情形就可以感觉到：陶然亭和从前一比，不知好到什么地步了。

陶然亭公园里面沿湖有三条主要的大路，我就走了中间这条路，路面是非常平整的。从东到西约两里多路宽的地方，挖了很大很深的几个池塘，曲折相连。北岸有游艇出租处，有几十只游艇，停泊在水边等候出租。我走不多远，就看见两座牌坊，雕刻精美，金碧辉煌，仿佛新制的一样。其实是东西长安街的两个牌楼迁移到这里重新修起来的。这两座妨碍交通的建筑在这里总算找到了它的归宿。

走进几步，就是半岛所在，看去两旁是水，中间是花木。山脚一座凌霄花架，作为游人纳凉的地方。山上有一四方凉亭。山后就是过去香冢遗迹了。原来立的碑，尚完整存在，一诗一铭，也依然不少分毫。我看两个人在这里念诗，有一个人还是斑白胡子呢。顺着一条岔路，穿了几棵大树上前，在东角突然起一小山，有石级可以盘曲着上去。那里绿荫蓬勃，都是新栽不久的花木，都有丈把高了。这里也有一个亭子，站在这里，只觉得水木清华，尘飞不染。我点点头说：这里很不错啊！

西角便是真正陶然亭了。从前进门处是一个小院子，西边脚下，有几间踊落不堪的屋子。现在是一齐拆除，小院子成了平地，当中又栽了十几棵树，石坡也改为泥面的。登上土坛，只见两棵二百年的槐树，正是枝叶葱茏。远望四围一片苍翠，仿佛是绿色屏障，再要过了几年，这周围的树，更大更密，那园外尽管车水马龙，一概不闻不见，园中清静幽雅，就成为另一世界了。我们走进门去过厅上挂了一块匾，大书"陶然"二字。那几间庙宇，可以不必谈。西南北三面房屋，门户洞开，偏西一面有一带廊子，正好远望。房屋已经过修饰，这里有服务外卖茶，并有茶点部。坐在廊下喝茶，感到非常幽静。

近处隔湖有云绘楼，水榭卜面，清池一湾，有板桥通过这个半岛。我心里暗暗称赞："这样确是不错！"我妻就问："有一些清代小说之类，说起饮酒陶然亭，就是这里吗？"我说："不错，就是我们坐在这里。你看这墙上嵌了许多石碑，这就是那些士大夫们留的文墨。至于好坏一层，用现在的眼光看起来，那总是好的很少吧。"

坐了一会儿，我们出了陶然亭，又跨过了板桥，这就上了去绘楼。这楼有三层，雕梁画栋，非常华丽。往西一拐，露出了两层游廊，游廊尽处，又是一层，题曰清音阁。阁后有石梯，可以登楼。这楼在远处觉得十分富丽雄壮，及向近处看，又曲折纤巧。打听别人，才知道原来是从中南海移建过来的。它和陶然亭隔湖相对，增加不少景色。

公园南面便是旧城脚下，现已打通了一个豁口。沿湖岸东走，处处都是绿荫，水色空蒙，回头望望，湖中倒影非常好看。又走了半里路，面前忽然开朗，有一个水泥面的月形舞场，四周柱灯林立。舞池足可以容纳得下二三百人。当夕阳西下，各人完了工，邀集二三友好，或者泛舟湖面，或者就在这里跳舞，是多好的娱乐啊！对着太平街另外一门，杨柳分外多，一面青山带绿，一面是清水澄明，阵阵轻风，扑人眉发。晚来更是清静。再取道西进，路北有小山一叠，有石级可上，山上还有一亭小巧玲珑。附近草坪又厚又软。这里的草，是河南来的，出得早，萎枯得晚，加之经营得好，就成了碧油油的一片绿毯了。

回头，我们又向西慢慢地徐行。过了儿童体育场，和清代时候盖的抱冰堂，就到了三个小山合抱的所在，这三个小山，把园内西南角掩藏了一些。如果没有这山，就直截了当地看到城墙这么一段，就没有这样妙了。

园内几个池塘，共有二百八十亩大，1952年开工，就只挖了一百七十天就完工了，挖出的土就堆成七个小山，高低参差，增加了立体的美感。

这一趟游陶然亭公园，绕着这几座山共走了约五里路，临行还有一点留恋。这个面目一新的陶然亭，引起我不少深思。要照从前的秽土成堆，那过了两三年就湮没了。有些知道陶然亭的人，恐怕只有在书上找它陈迹了吧？现在逛陶然亭真是其乐陶陶了。

张恨水 （1895—1967），原籍安徽潜山，生于江西广信。原名张心远。现代章回小说大家。历任《皖江报》总编辑、北平《世界日报》编辑、上海《立报》主笔、南京人报社社长、北平《新民报》主审兼经理，1949年后任中央文史馆馆员。1917年开始发表作品。1952年加入中国作家协会。代表作有长篇小说《春明外史》《金粉世家》《啼笑因缘》《八十一梦》等。

人在胡同第几槐

刘心武

五十八年前跟随父母来到北京，从此定居此地再无迁挪。

北京于我，缘分之中，有槐。童年在东四牌楼隆福寺附近一条胡同的四合院里居住。那大院后身，有巨槐。来北京之前，父母就一再地说，北京可是座古城。果然古，别的不说，我们那个大院的那株巨槐，仰起头，脖子酸了，还不能望全它那顶冠。树皮上不但有老爷爷脸上那样的皱褶，更鼓起若干大肚脐眼般的瘤节，我们院里四个小孩站成大字，才能将它合抱。巨槐春天着叶晚，不过一旦叶茂如伞，那就会网住好大好大一片阴凉。最喜欢它开花的时候，满树挂满一嘟噜一嘟噜白中带点嫩黄的槐花，于是，就有院里还缠着小脚的老奶奶，指挥她家孙儿，用好长好长的竹竿，去采下一筐箩新鲜的槐花，而我们一群小伙伴，就会无形中集合到他们家厨房附近，先是闻见好香好香的气息，然后，就会从那老奶奶让孙儿捧出的秫秸制成的圆形盖帘上，分食到用鸡蛋、蜂蜜、面粉和槐花烘出的槐花香饼……

父母告诉我，院里那株古槐，应该是元朝时候就有了。元朝是多少年前呀？那时不查历史课本和《新华字典》后头的附录，就不敢开口。反正是很久很久以前。但随着岁月的推移，古槐在我眼里，似乎反而矮了一些、细了一轮，不用四个伙伴合围，两个半人就能将它抱住——原来是自己和同龄人的生命，从生理发育上说，高了、粗了、大了。于是头一次有了模模糊糊的哲思：在宇宙中，做树好呢，还是做人好呢？树可以那样地长寿，默默地待在一个地方，如果把那当作幸福，似乎不如做人好，人寿虽短，却是地行仙，可以在一生里游历许多的地方，而且，人可以讲话，还可以唱歌⋯⋯

果然我后来虽然一直定居北京，祖国的三山五岳也去过一些，海外的美景奇观也看到一些，开口说出了一些想出的话，哼出了一些出自心底的歌，比那巨大的古槐，生命似乎多彩多姿。但搬出那四合院子，依然会在梦里来到那巨槐之下。梦境是现实的变形，我会觉得自己在用一根长长的竹竿，吃力地举起——不是采槐花，而是采槐花谢后结出的槐豆——如果槐花意味着甜蜜，那么槐豆就意味着苦涩。过去北京胡同杂院里生活困难的人家，每到槐豆成熟，就会去采集。我的小学同学，有的就每天早上先去大机关后门锅炉房泄出的煤灰里，用一个自制的铁丝耙子扒煤核，每天晚上做完功课，就举着带铁钩的竹竿去采槐豆。而每到星期天，则会把煤粉和成煤泥，把槐豆铺开晾晒——煤泥切成一块块干燥后自家烧火取暖用，槐豆晾干后则去卖给药房做药材⋯⋯在梦里，我费尽力气也揪不下槐豆来，而巨槐顶冠仿佛乌云，又化为火烫的铁板，朝我砸了下来，我想喊，喊不出声，想哭，哭不出调⋯⋯噩梦醒来是清晨。但迷瞪中，也还懂得喟叹：生存自有艰难面，世道难免多诡谲⋯⋯

院子里的槐树，可称院槐。其实更可爱的是胡同路边的槐树，可称路槐。龙生九种，种种有别。槐树也有多种，国槐虽气派，若论妩媚，则似乎略输洋槐几分。洋槐虽是外来，但与西红柿、胡萝卜、洋葱头⋯⋯一样，早已是我们古人生活中的常客，谁会觉得胡琴是一种外国乐器，西服不是中国人穿的呢？洋槐开花在春天，一株大洋槐，开出的花能香满整条胡同。还有龙爪槐，多半种在四合院前院的垂花门两边，有时也会种在临街的大门旁边。

北京胡同四合院树木种类繁多，而最让我有家园之思的，是槐树。

东四牌楼（现在简称东四，一些年轻人简直不知道是什么意思，我宁愿永远不惮其烦地写出这个地方的全名）附近，现在仍保留着若干条齐整的胡同。胡同里，依然还有寿数很高的槐树，有时还会是连续很多株，甚至一大排。不要只对胡同的院墙门楼木门石礅感兴趣，树也很要紧，槐树尤其值得珍视。青年时代，就一直想画这样一幅画，胡同里的大槐树下，一架骡马大车，静静地停在那里，骡马站着打盹，车把式则铺一张凉席，睡在树阴下，车上露出些卖剩的西瓜……这画始终没画出来，现在倘若要画，大槐树依然，画面上却不该有早已禁止入城的牲口大车，而应该画上艳红的私家小轿车……

过去从空中俯瞰北京，中轴线上有"半城宫殿半城树"一说，倘若单俯瞰东四牌楼或者西四牌楼一带，则青瓦灰墙仿佛起伏的波浪，而其中团团簇簇的树冠，则仿佛绿色的风帆。这是我定居五十八年的古城，我的童年、少年、青年、壮年的歌哭悲欢，都融进了胡同院落，融进了槐枝槐叶槐花槐豆之中。

不过，别指望我会在这篇文章里，附和某些高人的高论——北京的胡同四合院一点都不能拆不能动，北京作为一座城市正在沉沦……城市是居住活动其中的生灵的欲望的产物，尽管每个生灵以及每个活体群落的欲望并不一致甚至有所抵牾，但其混合欲望的最大公约数，在决定着城市的改变，这改变当然包括着拆旧与建新，无论如何，拆建毕竟是一种活力的体现，而一个民族在经济起飞期的亢奋、激进乃至幼稚、鲁莽，反映到城市规划与改造中，总会留下一些短期内难以抹平的疤痕。我坚决主张在北京旧城中尽量多划分出一些保护区，一旦纳入了保护区就要切实细致地实施保护。在这个前提下，我对非保护区的拆与建都采取具体的个案分析，该容忍的容忍，该反对的反对。发展中的北京确实有混乱与失误的一面，但北京依然是一只不沉的航空母舰，我对她的挚爱，丝毫没有动摇。

最近我用了半天时间，徜徉在北京安定门内的旧城保护区，走过许多条胡同，亲近了许多株槐树，发小打来手机，问我在哪儿？我说，你该问：岁移小鬼成翁叟，人在胡同第几槐？

刘心武　（1942— ），四川成都人，当代作家、红学研究专家。笔名刘浏、赵壮汉等。曾任《人民文学》主编、中国作协理事、全国青联委员，加入国际笔会中国中心。其作品以关注现实为特征，以《班主任》闻名文坛，长篇小说《钟鼓楼》获得第二届茅盾文学奖。曾在中央电视台《百家讲坛》栏目举办《红楼梦》系列讲座，对"红学"在民间的普及与发展起到促进作用。

四 合 院

邓友梅

报纸上说，今后北京的城市建设，要注意保持京城特点、原有风貌了。此举令人感到高兴，但做起来不易。别的不说，连毛泽东主席都承认是北京特征的四合院，如今还剩下几处？剩下来的也被改得面目全非。少有几个完整的，又大半因无力维修，正在颓圮！

我不想做保守派，更无意复古。时代在发展，历史在前进，旧建筑物不能满足现代人的需要，要新陈代谢世界才会进步……这些道理我全懂。就是有一条还没把握：要完全没有四合院了，这儿还算北京吗？

欧洲也有个名城，叫巴黎。巴黎人在塞纳河边盖了一两组现代派超高层建筑后，越看越别扭，感到照那么干下去就没有巴黎了。于是做出决定，绝不在老城区再盖那类建筑，旧建筑毁了照样复制。维修也整旧如旧，原来砌错了一块石头，画坏了一块壁画，修复时要照样砌错画错，不准改正。要盖新建筑另找地方，巴黎还是巴黎。

如果他们的做法值得借鉴，咱北京拆四合院时也别那么手狠。新盖楼房不一定非在老建筑地盘上除旧布新。既然花钱找地方盖假大观园假荣国府，不如留下点真王府，真园子，用盖假古董的地方盖新楼。

不只是王府宅门，普通而标准的四合院，典型的小胡同，保留几处也绝不算多余。它们有存在理由，有保留的价值。就是从经济着眼，长远看也比拆了盖宾馆上算。

四合院不只是几间房子。它是中国古人伦理、道德观念的集合体、艺术、美学思想的凝固物，是中华文化的立体结晶。不是砌几堵墙盖上个顶，就叫四合院。四合院是砖瓦石当作笔墨纸，记载了中国人传统的家族观念和生活方式。不要说整个宅院，就那个大门口便有不少讲究。

要进院子先得入门，四合院好比一本大书，这大门就是封面。人们见到一本书，都先看封面。了解一下它是谁写的，什么内容？四合院也一样，生人到此，在门前一站，上下左右一瞧，对这家主人就能知道个大概齐，是官宦还是商民？若是官员又是什么品级？是否王公贵族？有什么爵位？受什么封赏？从这大门上都能找到记号，看到标志。如果要进去拜访，知道这些就不致失礼露怯。从这也看出中国人对大门的重视。要不怎么说亲讲究"门当户对"、交友要问"门第如何"呢！人们还把"奇怪"叫"邪门儿"；"没有希望"叫作"门儿都没有"；老年间要是就有电视剧，那剧名绝对不会叫"爱你没商量"。八成得叫："爱你认准了这一门儿"。

要说整个的四合院太费工夫，我也没那么大学问。对四合院的研究我还刚"入门儿"。所以凑合着能介绍一下这"门儿"。要想把大门看清楚，得先把它关上。咱们站在大门之前，台阶之下，从上往下看。

北京的四合院，大多是明清建筑。多数建的是"屋宇式"正门。这种门实际是一排房子，中间开个过道。这一排是几间？房顶用的什么瓦？门上钉多少钉？却处处有讲究，事事有学问。在有皇上的时代，这些居然连皇帝都过问，并降旨实为制度。不守制度就叫"逾制"，逾制皇上是要治罪的。

这·套本是汉族统治者兴起来的，满洲皇帝入关后在这一点上则全盘汉化了。满洲八旗入关前本来是不住四合院的。民居多是"三面篱笆一面房，南北大炕生火墙"。冬天室内外温差大，窗纸糊在屋内便会被水气沤烂，屋架不高，在房梁拴根绳，吊起个篮子就可做小孩的睡床。因而"东北三大怪"中有两怪是"窗户纸糊在外，养活孩子吊起来"。但在沈阳故宫却可看到，入关前皇帝的住房已开始受四合院的影响了。所以进关后全盘接受四合院建筑规制绝非偶然，顺治九年皇帝便命政府对四合院建筑的使用做了新的规定。按这个规定，亲王府正门是一溜七间。其中有三间开门，上盖用绿琉璃瓦，每门金钉六十有三。世子府减亲王七分之二，也就是五间。到贝勒就只能是正门三间，启门一间了。这几间门房上边用大屋脊，设吻，脊上有仙人走兽（就是房顶四角上那一溜小人小兽，建筑业的行话管那叫"走投无路"！因为最前边骑凤鸟的仙人位置在房顶的四角尖上，前边就是空中，没一点前进余地了）。

这是王府，贝勒贝子府的规制。普通百姓，一般官家没这份威风。大门用房别说七开间、五开间，连三开间也不允许。归里包堆只准用一间房。更没资格用琉璃瓦。不过不用担心，以为这么一来其他那些人门口就没了讲究缺少看头。不，这些四合院才是大多数。既有官宅也有民宅。中国人是不会不想办法在划定的跑道中跑出花样来的。官有大小，就要表示出不同的等级，民分贫富，也得区别出不同身份。这就创造出了四合院中使用最为广泛、变化最为多样的"广亮大门"。

一开间的面积，若直不笼统就在中间开个门，那不仅没看头，许多象征性的装饰也无法安排。建筑师们就从门两边想办法。既然是一开间，两侧最边上必定是山墙。就叫这两座山墙向外扩张，伸出两根柱子样的墙腿来像两边的镜框，正面的墙体缩在后边就像是镜面。制度只规定一开间的宽度，可没限制深度。那就在前后方打主意，门框立在屋子中线脊檩之下。门外有足够"余地"。再把地基垫高，使整个大门的地面高出门前街道。大门与街道之间，用层次鲜明、等级繁复的石头台阶联系起来。里边人出来在门口一站，有居高临下之势，外来人要进门，有步步登高之感。这一来就透着点高贵、威严。但是，光这还不够。还不知道这宅门里是当官家的还是民户。为此在大门以上，顶瓦之下跟房檐挨有两件装饰物叫作

"雀替"和"三幅云"。这两件东西本是本结构的部件之一，中国建筑家巧妙地把它变化成了房屋的肩章和军衔。只要看一眼有它没有，就知道是不是官家。如果有，再看一看颜色花样，便分出是几品几级了。而这两样装饰物之下，紧挨着就是叫作走马板的地方。那地方恰好是一块横宽竖短的长方形空地，就给挂匾创造了条件。要是状元府，就挂一块"状元及第"的四字匾。若是进士出身就挂上"进士第"三字额。即使是举人出身也可以悬上"文魁"两个大字。做过外任地方官少不了当地绅商送的"爱民如子""清廉方正"等颂德匾，这些就分悬在正匾的左右。

如果没有雀替、三幅云，不用说那是民家。对民家来说这走马板所挂的匾额就更为重要。我上小学时和同学打闹，从课桌上掉下来摔坏了臂骨。家人带我到一位著名的正骨大夫家诊治。进了那条胡同，家家都是大宅门。正不知如何打听正骨大夫住的是哪一号，我有位舅舅有学问，就挨门看匾。写"热心教育"的是位某学校校董，写"陶朱遗风"的是绸缎庄东家，直到找着写"妙手回春"、"是乃仁术"他才大胆地去敲门。果然就是医生的住所。也有没匾额的，没关系，人们不会叫那块走马板白闲着，画儿幅彩绘一样能透出富贵吉祥气氛。

再往下这才是安门框的地方。

七开间者启五门，五开间的中间三间开门，这都既好办也好看。较难办的是一开间。若整面墙全敞开就安两扇门，空空荡荡一览无余，未免粗俗简陋。中国人不会露这个空子的。办法是只在中心留个门口，门口高低宽窄以可以使轿车通行为度。多余的部分，门口上下左右全用木板镶嵌填补起来。上边那块是走马板，刚才说了正好挂匾额。左右则做成边框，既可以漆成朱红、墨绿等色，也可以在框心画画，成为门口装饰的一部分。而下边则是一块可装可卸的高门槛，在车通行时把它拔出来，车过后再把它镶上。而中心才是钉了木钉的两扇大门。

大门既要安得稳当，又得开头灵活，这上下两个"轴承"才是真正的"关键"。四合院的这两轴承都有专门的设计。上边一对叫门簪。成长方形从门框左右上角伸出来，把门框、联楹联成一体。里边中间掏个洞正好把门的上轴插入。而外边一头从门上两侧伸出来像两根触角。头部正好雕刻成各种花样作为装饰，常见有四季花草，有"吉祥如意"等字幅，有的干脆就一个大福字大寿字。下边一对轴承因为托着门扇承重，则用石制。这石头长长的像枕头，故称门枕石。里边一半简单，只在平面上打出两个窝放置门轴就行，而伸到外边的一半则要大做文章。可以雕成石狮，也可以做成抱鼓。不论狮子还是抱鼓石都有多种样式，与它前边的石头台阶配合起来组成一个石雕群体。

这中心部位经过匠心巧运，装修得多彩多姿，相对之下那两边的山墙腿子又显得粗陋寒碜了。中国人小事讲究的是完美周到，九十九拜都拜了不能闪下这一哆嗦。于是这两边山墙上也做出学问来。

最上边挨着瓦檐处，高高在上最为显眼，恰是砖雕艺术显能的地方，因而多做立体浮雕。花样有多种，既有动物浮雕（工人称为会喘气儿的），也有花卉蕃草。下边还要做上盘头等线脚，最下边多半用作一个小花篮为这一组花雕垫底。因为是大门，人们不光能看见正面，而且能从两侧看到侧面，这侧面也不能马虎了事。于是也用砖雕出柿子、如意、万字等花样，并带有"事事如意"、"万事如意"的祝愿。

看到这算完了吗？还没有。您看完了门的正脸，难保不回身瞧瞧身后，再不然由远处走来，你会左顾右盼。既看了大门本身，绝不会不瞧瞧它的对面。门前大街两侧是一个建筑单元，一个艺术空间。大门修得再好，对面乱七八糟也不成体统，也造不成完整的艺术形象。

大门对面作为陪衬和对应的建筑物就是影壁。

这院外的影壁是段独立的墙壁。有一字形与八字形两种。不论哪种，上边都要起脊，其做法与屋顶一样。下边则要建须弥座或碱墙。

影壁的要点是影壁心，影壁心有硬心与软心之分。硬心要用斧刃方砖磨砖对缝斜砌而成，四周及中间可以加上各种雕饰花样。按雕饰花样多少而分，又可分作中心四岔带三层檐、中心四岔带柱枋、中心带雕砖匾牌……多种。而中心雕砖的中间又有钩子莲、凤凰牡丹、荷叶莲花、松竹梅岁寒三友等等花色。有柱枋的柱顶上头要做瓶形花样，须弥座上也需雕有花草饰物。而匾牌上则必用"鸿喜"、"迎祥"、"迪吉"、"戬"等词句。

说到这儿，就不妨闭上眼设想一下：您因事初次拜访一户人家。顺着胡同由远而近走过来，迎面看见这一家宅门，左边是八字形又高又大的影壁，影壁顶上是黑色筒瓦元宝脊，影壁下面是汉白玉的须弥座。影壁四边是雕的万字不到头的边框，往里又是砖雕梅兰竹菊花卉。影壁中心砖雕匾牌大书"戬榖"二字。往右看好大一个门楼，门楼顶上起脊，屋角却没有仙人走兽。便知道这一户不是王府贝勒。可是往下一看，房檐下却是彩画的雀巢，三幅云紧挨着走马板上悬挂的匾额，黑匾金字上写的是"化被草木"、"勤政爱民"，便知也绝不是百姓，而是这位官员的府邸了。再往下看，果然乌漆大门上兽关门环，门环旁漆书门对。上联写"诗书继世"，下联对"忠厚传家"。门框两侧楹联用的是"书为至宝一生用，心作良田万世耕"，便进一步知谙这是位科举出身的文官。门上方两侧伸出精雕彩绘的门簪，门簪上刻着吉祥如意，门下边两边石狮把门，汉白玉石阶一直辅到当街。街边又有上马石拴马桩。大门两侧凸出的山墙腿子磨砖对缝，上下都有雕花。两个墙腿子之间，门前顶棚之下一溜悬挂着四盏皮灯。置身于此，必然被一种庄重、高雅的气氛所感染。然后才带着谦恭的态度走上石阶扣响门环。

您也许以为大门这一部分已经观赏完毕，可以入门了，等门内一阵响动，大门洞开，这时您才发现看了半天才只看完一半，原来大门是安在脊檩之下的，恰好是门楼的正中间，大门之内还有一半。里边那一半比外边更辉煌、更多彩。同是一个屋顶，大门外边一半是天花，大门以里则是吊顶；两侧墙面被梁柱隔成了数块大小不等的长方形墙面。每块都以其形状做成浮雕或彩画，块小的可以雕刻花鸟竹石，块大的可以画人物故事。"松下问童子"，"渔樵耕读"，"钟子期听琴"，有情有景，百观不厌。靠近山墙顶部的那块三角墙面，被梁柱割得块更小了，人们称作"五花象眼"，则干脆用黑白两种灰连刻带塑做出半立体的图案或图画来。山墙下边沿着东西各放一条春凳。越过春凳往里看，迎着大门却又立着了一面影壁，影壁前树着假山石，种了碧桃、海棠。东西两边又各有一道矮墙，墙中各开了一个月亮门洞。月亮门洞中是绿色大漆洒金粉的屏门……到这为止，你才算看见"大门"这一组艺术空间的全部。但也只是看到了大门，至于四合院里边是什么样，还没看见，那是入门以后的事。咱看了半天，编辑给的时间已经用完，还没"入门"呢！

由此可以相信，四合院确实是中国人在建筑艺术的一大创造，对世界文化一大贡献，称得上是一门学问。要叫它消失在咱们手里，对祖宗对后人都不好交代。所以我拥护有关部门的主张，有选择有计划地抢救保留部分四合院。愿文化界朋友，为保持北京独有面貌多做点呼吁、游说工作。一个没有城墙的北京城已经成为世界的遗憾了，别再叫北京成为没有四合院的北京。

邓友梅 （1931— ），笔名右枚、方文、锦直等。祖籍山东省平原县，出生于天津，当代作家。历任北京市文联专业作家，中央文学研究所第二期学员，北京第三建筑公司支部书记，北京市文联书记处书记、党组成员，中国作协书记处书记、副主席及名誉副主席。全国第八、九届政协委员。代表作品《在悬崖上》《话说陶然亭》《那五》《烟壶》等。

超越四合院

李国文

北京市加快大规模城市改造步伐，大批老旧四合院将成为历史，再次引发了关于四合院的讨论。我也就再来个老调重弹，谈谈我对北京四合院的认识。

北京的四合院，无论"庭院深深深几许"的深宅大院，还是"苍茫古木连穷巷"的胡同人家，门户永远都是紧紧关闭着的。1949年从上海到北京，对这个现象很觉新鲜，后来才明白，这就是四合院人家的风格。其实，读宋人诗，如苏轼"谁道人生无再少，门前流水尚能西"，如王安石"一水护田将绿绕，两山排闼送青来"，如刘攽"唯有南风旧相识，偷开门户又翻书"，如李清照"枕上诗篇闲处好，门前风景雨来佳"，至少在宋代，家家户户并不都是"雨打梨花深闭门"的。

所以，中国人要不从心灵里走出这种紧闭着的四合院，要想有大发展，大成就，恐怕也难。直到今天，这种"四合院心态"，还影响着中国人的心理健康。

刚到解放不久的北京，自然也就住进了四合院。住得较好的，院里有种西府海棠的，春天开放的时候，满院显得格外亮丽；住得较孬的，全院共用一个水龙头，一到三九天，水管一冻，人人没辙；住得较大的，据说为13号凶宅的，其实也就不过院子套院子显得阴森而已；住得较小的，一明两暗三间，东倒西歪。住了那么多种四合院，体验下来，虽有高低之别，好坏之分，但那方方正正的结构，坐北朝南的位向，上尊下卑的次序，内高外低的级差，是万变不离其宗的。这种典型的体现封建社会等级观念的建筑物，自成一体的"小院昨夜又东风"的独立状态，"关起门来当皇上"的自我封王，妄自尊大，很带有一点封建制度下诸侯分封的特点。

　　一条胡同里，有若干独立体的四合院，有的院独门独户，有的院数家共居。除了居委会，检查卫生，扫除四害，敲门进户，察东看西外，各个四合院之间，院内的各户之间，都本着"鸡犬之声相闻，老死不相往来"的精神，大家保持着一种相安无事的局面。"串门走户"，"说东道西"，"伸头探脑"，"眼观六路，耳听八方"，在北京的胡同人家的语言系统里，不能算是褒义词；相反，"各人自扫门前雪"，"井水不犯河水"，才是四合院里居民敬奉的最高原则。

　　汉字中有一个"囿"字，住在四合院中，对这个字体会最深。四合院就是这样一个方框，方框里什么都"有"，因此封闭得紧紧的，是四合院最大的特色。由于封闭，便免不了保守；由于保守，自然也就狭隘；由于狭隘，对四合院外的人和院外的事物，必持一种疑惧的态度，就是不可避免的了。而疑惧的结果，就会拒绝，就会不宽容，就会偏执，以至于最后排他、排外，这就是住得太久以后，潜移默化而成的四合院心态。

　　在四合院里住着，最让我捏鼻子的，是厕所；最令我伤脑筋的，是来去自由的猫和耗子，以及说得出名目和说不出名目的昆虫；最叫我不畅快的，是普遍的采光不足。但是，也有使我感兴趣的，就是那几处安全设施，例如大门上的顶门杠，门栓，和暗藏于门栓内的"消息"，以及没有电铃以前的"拉铃"，让我感叹老北京人的工于设防的心计。所谓"消息"，相当于现代的暗锁，全木制，极精巧，复杂的机窍，构思的巧妙，真难为前人琢磨得出来。不过，在佩服古代木匠聪明的同时，也能体会到礼貌谦恭的北京人，对于院外一切的那种十分在意的警惧心态。

　　早些年，要是一位不速之客访问四合院，站在门口敲门，里面是听不到的。这时，必须拉动门上由一根铁丝系着的小木条，院子里的小铃响了几声，才有人走出来。别以为主人马上会开门，必须在门缝里将来客"验明正身"后，才打开"消息"，拉开门栓，启动大门。这千万不要奇怪，要是了解中国人生活在小农经济社会下数千年，过惯了不靠人、不求人，也不希望别人靠、别人求的自给自足、独善其身的日子，对四合院那道紧闭的门，也就坦然了。

其实，在老北京，皇帝住的地方，那高高的城墙，那墙外的护城河，那四角箭楼里卫士警惕的目光，也是竭尽可能地内外隔绝。所以说，紫禁城，其实就是乘以许多倍的巨无霸四合院。虽然琉璃瓦的色彩，要比胡同里灰色的院落亮丽，高大的宫殿要比百姓家的狭窄湫隘的门户堂皇，但住在皇宫里的帝王，和住在四合院里的百姓一样，同样都会受到这种封闭式结构的环境影响。别看紫禁城巍峨壮丽，金碧辉煌，那不过是更高更大更束缚人的四合院。居住环境对于帝王心灵所造成的负面作用，似乎更大一些，因为老百姓的四合院还有邻居，而皇帝的四合院只有永远的孤独。

所以，我一直在思索，中国从汉、唐的外向型开放国家，逐步变为内向型的封闭国家，特别是明末、清末，中国人铁定了心要与世隔绝，虽然是由许多因素促成的，但是元以后，明清两代人所形成的自闭心理、内向心态、保守精神、惧外情结，与这种桎梏思想、束缚灵魂的四合院居住环境有些什么因果关系，实在值得人们去研究。

数百年来，在这个封闭的方框内，有人自得其乐，有人自我满足，有人夜郎自大，有人自我封王，便不是什么值得惊讶的事。对方框外的一切，那种拒绝感，那种陌生感，那种警惧感，那种不信任感，也就是自然而然的正常反应。由于这个方框在空间概念上是有限的，因此，缺乏宽容，缺乏包涵，对于异体的排斥，对于外人的戒备，便是四合院居民最最小心眼而不大气的表现，也是四合院家庭纠纷的根源，大杂院无尽无休争吵的最原始的起因。更由于四合院是无法再拓展的空间，其中任何一人要想得到更多，另外一人就得被剥夺，所以，利益的驱使，鸡毛蒜皮，斤斤计较，鼠目寸光，窝里起哄，就是四合院里那一支永远唱不完的锅碗瓢盆交响曲。

任何一个城市，如果不能随着时代的进展而变化的话，这座城市就必然要衰落下去。北京城可以建设得越来越现代化，但北京人要是不能超越那种四合院心态的话，就像背负着沉重翅膀的鸟，要想飞得更高更远，那还会是步履艰难的事咧！

李国文 （1930— ），祖籍江苏盐城，出生于上海。1949年毕业于南京戏剧专科学校理论编剧专业。曾任《小说选刊》主编、中国作家协会第四届理事。长篇小说《冬天里的春天》于1982年获首届茅盾文学奖，散文集《大雅村言》获第二届鲁迅文学奖。

记忆中的北京胡同

王辛笛

大凡在北京住过的人，一旦离开了，就总会不断惦念着它，惦念那里大大小小的胡同以及那一扇扇门开向胡同的四合院。每逢春秋佳日，抬头望见胡同和四合院上空高高覆盖着的蓝天，耳边还听得一阵阵传来清越的鸽哨，顿然会惹起无限遐思，有时胡同里还会迈进来一列长长的运煤驼队，那沉重的蹄声和漫长的驼铃时响应和，立刻就会让人意识到离北京城不远就是长城和长城外的朔方沙漠。

胡同，在北京系指街巷通称，据说始于元代。当然，还有不少就干脆叫作某某街、某某巷之类，其长度宽度一般也和胡同相仿。不论是胡同或街巷，大都是两端通向其他街道，这和上海的里弄大都是一端闭不通行，大不一样。偶尔也有不通行的，则恒在巷口标明为"死胡同"。

北京是座历史遗产无比丰富的首都。不仅有些胡同从寺庙取名，如老君庙、白衣巷、隆福寺街；有些胡同就以旧朝代衙门所在地为名，如司马仓、禄米仓、刑部街、外交部街；还有些胡同很形象地冠以生活实物，如绒线胡同、劈柴胡同等等，表明原本是某一行业集中交易或生产之地，几于随处可见。还有的把一系列胡同按号码编排，如东四几条之类，为了简便，把胡同二字省略掉了。有的胡同还显示着过去的高贵门第，如恭王府、遒兹府、遂安伯胡同以至大户人家如史家胡同等等。解放前，北京城南的"红灯区"是所谓的"八大胡同"，但也并不都带有胡同字样，既有叫百顺胡同的，也有叫韩家潭的。总之，北京的胡同如果好好下功夫研究一番，各有其来历和特点，真可谓是一门饶有民俗趣味的地方志哩。

像我这样住在北京日子奇短的人，知之甚少，实在谈不出多少历史掌故来的。但是，尽管如此，北京的胡同在我的心目中，多少年来，还是不失其为非凡魅力之所在。我在青年读书时代，有幸考入北京清华大学，但一连四年都住在西郊，只有到了周末，才有闲暇进城访师友，淘旧书以至打牙祭。从东单米市大街青年会门前下了校车，就急急忙忙走过金鱼胡同，奔向东安市场内几家旧书店如中原书店等，有时兴之所至，也会搭电车去琉璃厂看看旧线装书。

倒是1935年夏天毕业后，我到北京城内教两所中学，一所是南长街的艺文中学，一所是灯市口贝满女子中学，开始在甘雨胡同六号住了下来。这个胡同和金鱼胡同平行，在北面，相隔两条小巷，东端通米市大街，西端就是王府井大街，地点适中，我每天去两校教课也方便。甘雨六号实则是一所小得不起眼的道观，香火久废，住持的道人索性把它改作变相的北方公寓，供单身客人租用，他就变作二房东了。我还依稀记得道人是个红光满面和善豪爽的胖子，见面总是天气哈哈哈，多话也无。我住在道观后面的右方小院，住房仅一小间，但关起院门，自成院落，显得十分幽静，和大殿前院隔着一道短墙，彼此各不相扰，相安无事。小天井中就在窗前还长着一棵山桃树，有时也会飞来几只小鸟，在枝头啁啾为乐，平添一些野趣。我在备课或批改课卷之余，也不时有友好或同学来访，谈笑之声达于户外，由于偏处一隅，俨然另成一个世界。我在处女作《珠贝集》中收入的《丁香、灯和夜》一诗，所吟咏的正是在这小院中夜景的风致：

今夜第一次/我惊见灯下/我的树高且大了/花的天气
里夜的白色/映照中一个裙带的柔和/今夜第一次/我试着
由廊下探首窗间/绿窗有无声息/独自为主人/描一个轻鸽

的梦吗

我自以为这样凭感觉写来是否可称为印象派的手法呢。

但这样怡然自得的首蓿生涯在大动乱时代中，毕竟是不能持久的。如此，仅仅过了一年，日寇进犯华北，日趋严重，我在1936年夏天不得不和这静好的小居相别，和这"垂死的城"相别，而提前应同窗的邀约去欧洲进修了。尽管这里还有温馨的友人、风沙的游戏、工作的愉快、窗下有花和一些醉酒的地方，但我已预见到风景与人物都会因空气的腐朽而变的，毅然决心离去。

> 去了／远了／死之后何来永生之叹／"朋友，你要坚强"／——在沉沉睡了的茫茫夜／无月无星／独醒者与他的灯无语无言／阴湿的四壁以哑的回声说／从今不再是贝什的珠泪／遗落在此城中

这《垂死的城》一诗最后几行系1936年夏别去北平，题《珠贝集》尾时写下的，主人就是这样怀着惆怅地走了，但甘雨胡同六号的故事还没有完。诗友南星非常赞赏这个小居，那年正是他在北京大学毕业，和HY在热恋中，因之后来就住进去了，并在那里写下了他的《石像辞》诗集中多首悱恻动人的抒情诗篇，这是我们的友谊中值得纪念的回忆之一。他在开卷《寄远》一诗中写道：

> 记得你的故居么，／让我们同声说胡同的名字。／告诉你昨夜我有梦了，／梦见那窗前山桃花满枝，／梦见我敲那阴湿的屋门，／让你接这没有伞的泥水中的来客。／哦，你应当感觉到这是冬天了，／我常常对自己讲说风霜雪，／爱丁堡的寒意是你多思么，／想到我时请你想到火吧。／来不来一起看红色的焰苗？／…………／愿意我做你故居的寄寓

者么，/你就快回来敲"我的"屋门吧，/听两个风尘中的主客之相语。

　　偌大的北京城中该有多少条富有故事性的胡同啊。甘雨胡同仅是无数条胡同之一。虽然经过最近十五年开拓的岁月，以北京为首的各大城市都是广厦如云，高楼林立，蓬蓬勃勃，风貌全新，但我深信在北京这座古老、博雅而又崭新的首都，必将仍然保留一些胡同街巷，作为历史的轨迹来欢迎海内外来客寻根访旧吧。

王辛笛　（1912—2004）祖籍江苏淮安，生于天津。原名馨迪。诗人。1935年毕业于清华大学外文系。1936年至1939年，在英国爱丁堡大学英国语文系进修。回国后，任暨南大学、光华大学教授。1948年加入中国民主同盟。建国后，历任上海烟草工业公司、上海食品工业公司副经理，中国作协第四届理事、中国作协上海分会副主席。著有诗集《珠贝集》《手掌集》《辛笛诗稿》等。

四合院札记

张锐锋

一

以前，我看过一篇回忆文章。它记录了一个人在50年代的一次空中穿越：一天，他乘飞机飞越北京城时，从圆形的舷窗向下俯瞰，发现北京城被一片绿色的森林覆盖，只有一些代表着皇权的巨大建筑的飞檐和尖顶，偶尔显露。

整个北京城被隐藏起来了，就像一个传说中的森林古城。这与他对北京平时的了解完全不同。他曾在北京居住多年，一直认为这个城市的树木很少，街道两旁，几乎看不到多少绿色，只有帝王时代遗留下来的皇宫红墙和各种古建筑的影子，压倒了稀少的树木带来的夏日阴凉。但事情的真相需要从空中被揭示。

那么多的树木究竟隐藏在哪里？它们究竟有多少？于是，这位先生从1953年开始，利用假日进行了长达几年的业余调查。他几乎走遍了京城的每一个角落，不断地推开一扇又一扇四合院的街门，发现那么多的各种树木都隐藏在一条条曲折的胡同和一个个大杂院里，北京城竟然是世界上树木品种和数量最多的绿色城市，它们深藏于一个巨大的迷宫中，这里含有卧虎藏龙的东方奥秘。

二

一切都来源于大自然。青砖和青瓦来自泥土，木料来自树木，这样的建筑材料造就了中国的房屋和四合院。我们生活于其中，并营造了一个小小的、方形空间里的自然环境。它优雅、静谧、恬然安详，象征着我们对生活以及世界的理解。

这些房屋不同于华丽的欧洲建筑，也不同于简陋的洞穴式居所，它蕴含着文化中悠然自足的诗意。它的整齐排列的瓦垄，和以一定弧度构成的从屋脊到屋檐的截面，具有数学意义上的精确性和生活中的实用意义。它可以让雨水最快地落到地面上。直到近代，瑞士数学家伯努利兄弟用不同的方式证明了"最快落径问题"，就是说，雨水最快下落的路径，不是一条简单的斜线，也不是简单的某一弧线，而是一条数学上的滚轮线。他们的这一数学证明，推动了数学变分法和泛函分析，但是，中国人早在宋代就已经在自己的房屋建筑中使用了这样的曲线。

20年代，一位法国诗人，在法国西部的森林里被植物刺伤倒下，再也没有起来，他的身边放着一本莎士比亚剧作。他的生前经历极像沙剧中某些戏剧性情节，充满历险的种种悬念。他曾以医生、诗人、文化学者、考古学家、旅行家等各种身份，在中国居住了五年多时间。1909年冬天，他住入了天安门附近的一个四合院，并将自己的书房布置得古色古香。他从清晨被"柔和的叫卖豆腐脑的声音吵醒之后"，开始一天的工作，直到夜晚来临，"在坐南朝北的睡眠中参与了整个城市的生命"。他认为，北京城是一件神秘的杰作，这里的四合院是"梦寐以求的最理想的居家之地"。

著名作家萧乾也曾讲述过一个故事。

英国作家哈罗德·爱克顿在30年代来北京大学教书，短短几年后，作家离开了北京。然而回到伦敦十几年后仍然一直交着北京寓所的房租，他一直渴望回到北京，这座古城的整体风貌和独特气氛使他深深迷恋。

北京四合院是古都风貌的重要部分，是北京城的文化符号之一。北京住宅的更新速度是很快的，现在的旧城区内已经找不到明代住宅，现存的四合院绝大多数是19世纪中叶至20世纪中叶的建筑。

一些历史文化学者的研究证明，北京四合院是中国北方文化和大陆性气候条件下产生的住宅形式，是一种中国传统住宅典型。北方的风沙侵袭，被有效地阻挡在用房屋围拢的空间之外，同时它还具有文化认识方面的种种价值和功能：从布局和形式上看，它充分体现以血缘为纽带的伦理等级制度，以及这种制度下人们的生活规范和生活形式。在北京城和中国的其他一些北方城市，它还是中国古代城市规划理念的重要组成部分，其文化思想内涵，包含了轴心统驭、秩序等级和风水学意义上的功能和象征意义。

著名的古建筑学家梁思成先生，曾对北京的四合院十分迷恋，他认为比之于西方建筑的封闭性空间特点，四合院是更加合理和优雅的住宅形式，它打通了住宅与自然的隔绝，体现了天人合一的古代哲学思想，生活在其中，我们只是忘掉了它的舒适性罢了。

三

金云臻先生曾在《庭院深深》一文中深情地回忆起老北京的四合院：

> 住在这种四合院里，对自然环境的变化太敏感了。四季轮转，各有不同的感受。大约在阴历四月，大部分庭院沉浸在枣花香中，绿树浓荫里能够看到树顶的鸦巢，不时听到乳鸦的刮刮叫声。夏季来临了，户外活动相对减少，庭院成为晚间闲坐纳凉的最好场所。一家人冰簟藤床，团团围坐，手持蒲扇，一边剥制和煮食鸡头米，这是孩子们最感兴趣的手工劳动。入秋之后，日常习见的花草各放异香。著名京剧艺术家梅兰芳先生，喜欢在庭院中养植牵牛花，观赏它的开放，必须起早。因而它是一代名家破晓练

功、闻鸡起舞的见证。

一个美国汉学家德克·博迪在自己的一本著名的《北京日记》中，描述了北京1948年9月份一天的开始。这一切都是从四合院里感受到的真实生活。他说，每天早上我们都被一连串的闹声吵醒，准得很，总是六点一过，天还没亮，那闹声就开始了。先是飞过屋顶的飞机的隆隆声……接着是士兵操练时的叫喊声……老百姓一天的生活开始了，这时候，天也亮了，你可以听到北京的鸽子成群结队地在天空中飞翔的嗡嗡声，鸽子的主人在它们的尾部绑上一根根小小的竹哨。接着，可以听到胡同里传来的各种叫卖声。

四合院的特殊结构培育了老北京的胡同文化，街邻之间的亲近感、平等和相互信任，超越了贫富贵贱形成的阶级层次，它成为老北京城文化的基本要素，造就善良正直、热爱生活的伟大人性。因而，如何在城市发展中，将这些旧城区中的四合院和由此形成的街区保存下来，就成为我们今天的考试课题。它意味着我们守护一个古都的文化气质和风貌，守护一种价值，守护我们的过去和未来。

实际上，皇帝的消失并不意味着一切都已消失。相反，一些无形的东西一直顽强地活着。它以自己的方式留在中国，留在京都。

翻阅《老照片》一书，偶然看到一张老照片。照片摄于1936年3月，一家普通的北京人四世同堂，秩序井然，它如实地反映了中国式的礼节，从座椅和排位可以判断出每一个人的辈分。我们从照片上看不出他们的笑容，却可以感受到每个人的心情舒畅和几代人其乐融融的团圆气氛。今天的人们可能会猜测，这一定是一个有着严明家规的、富有的封建家庭，实际上这不过是一个比较开明的一般平民家庭，他们居住在北京前门外东侧平民区内一个不成格局的小院里。

这个家庭两代单传，全家的重担就落在了一个中年男子的身上，他以小职员的微薄薪水维持着一家人的生活。可以看出，京城老百姓即使在贫穷中也从未放弃尊严，他们的表情和穿着中，透露出尊贵和见多识广的大方、大气。中年男子每天早上听到祖母起床，第一件事就是为祖母奉上一杯茶。在饭桌上，他总是亲自将筷子递给二位高堂。

这不是沉重的礼仪枷锁中毫无诗意的生活。相反，北京城的一切如同皇宫中的种种设计，严明的等级秩序中存在着生活享受和精神快乐。大清政权的建立，满清人的统治，一方面是对汉族的奴役，另一方面是自己的优越感和不愁衣食的闲散，为一个都城带来别样的生活情调。北京城不仅有建筑上的奇迹，还有众多的学者和艺术家，有书店、古玩店、剧院和各种娱乐场所，有纵横交错的胡同和林荫密布的深深庭院，有取之不尽的文化源泉。即使这个城市面临最为严峻的局面时，也总是能为人提供某种精神安慰。

一个昔日的北京家庭太像一个王朝的缩影，一种皇权文化的仿制品，或者是一种不知不觉的必然对应，只不过它要温柔得多，和谐得多。礼仪和秩序的精神融入到了皇城投影中的民间，它比物质的力量更大、也更持久。事情不仅仅是偶然和凑巧，那一照片中的老祖母在这个独特的城市，经历了中国的近代化过程，她曾有过教会生活，不仅识文断字，而且还能够流利地用英语会话。她是这个家庭的统治者，儿媳和女儿都是顺从的，在传统文化中，"孝"是"忠"的翻版，是国家君臣关系向家庭关系的概念延伸。在一个具有几百年历史的都城中，这种文化更有亲和力，也更为深入民心。这里深含着都城文明中伟大的理性精神和世俗中深厚美好的人情。

四

几十年前，我曾在一个贫穷的乡村居住过一些日子。

我常常在早上到村边的小路上散步，一切都是我所预料到的样子——马车轧轧地穿行于由各种渣滓铺筑的凸凹不平的路上，驭手的脸孔一成不变而僵硬地汇聚了以其一生累积的皱纹，像枯树的表皮一样离我越来越近又越来越远。马蹄的踢踏使路面上的灰渣飞溅到我的身上，它的节奏有如时钟。农夫们扛着木犁走到地头，放下肩上所荷的重负，然后抽起长长的烟袋——烟雾开始从嘴边升腾，他们从那烟雾所掩饰的景物里所看到的乃是四季轮回给人的虚幻安慰。时光似乎会年复一年地反转回来，但事实上又一直向前，它的箭头一直将人的目光引向黑暗的靶心。儿童们背着书包到邻村去上学，他们对自己所走的路似乎是熟悉的，但从他们从小就失去表情的脸上看去，他们的脚步每一次收起和落下都是陌生的，仿佛他们每一夜的噩梦都是相似的，但实际上又不相同。

在这乡村的路上，我并不全然专注于自己的脚步，因为时空里更为隐秘的脚步在我的脚步之前或脚步之后回荡，我必须关注我的前面和后面发生了什么或正在发生什么。在太阳出现之前我并不能看到我的影子，那是因为更大的影子遮挡住那些本属于我的事物。我看到旷野里乳白的地气冉冉上升，然而那其中的每一丝缕都清晰可辨，就像地上飘荡着白色的长鬃毛。我第一次见到这样壮观的景象，孤独的田间劳作者并未被这乳白的纱幕所淹没，而是那些在缓慢的动作里耗费自己的人显得更加寂寞，仿佛是一些分散于更大空间的、只在梦幻里闪烁的魂灵。事实上，在时光的曲线上生者与死者并无界线，中国古老的智慧似乎早已察明了这一点。其缘由是时光涵盖一切。我看到生存者犹如皮影戏一样仅仅闪现于幕布上——老牛打着喷嚏拉着弯曲的近似于简笔字的木犁，仿佛是静止的，因为旷野的广度使我的视觉失去了真实感。耕田者的鞭子挥到半空又久久落不下来，只有一部分农田的颜色变得浅了一点，它或许证实劳动的意义并非虚空。

在邻近的村庄，地气广阔的丝缕使我看到了大地所隐藏的哺育者的力量，看到了庄稼与草木萌动的秘密。可我也从那乳白色之后看到了一座著名的旧时代富商住宅，其高耸的屋脊和围墙有如年代

山西乔家大院　中国图库提供

更为久远的古堡，那便是山西省祁县境内的乔家大院。我的心仿佛被一柄短匕刺中，感到了一阵疼痛。我没想到在这贫穷的土地上能够看到昔日的富贵，昔日又离我们如此遥远。这里竟然变得如此安静，就像根本就不存在昨日一样。然而昨日分明是有的，它以物质的巨大规模告诉我们，它从来就不曾消隐，只是我们的目光匿藏于距离之中。昨日不让我们看到，只让我们知道它。

据说，我所看到的乔家大院恰好有这样的初始意向，如果人们从高空俯瞰，那庞大的建筑群正好构成一个"囍"字。这是一个人为自己的愿望所特制的汉字，其中含有我们一切复杂的祈求。它意味着人的欲望的终极满足。当年的主人就居住在这样一个抽象的汉字里，但他不可能在地上看到这一特殊汉字的形状。他看到的只是一间又一间房屋，一个又一个门和窗户，以及走廊、通道和由各种数目构成的台阶。他可以设计这个字并将其赋予物质的巨大的外形，却没有欣赏和理解这个字的权利。他可以站在这个字的某一个位置上，也可以在"囍"字所规定的线路上行走，却不能同时存在于这个字的每一个地方。那么他建造这个由一个字组成的人工物乃是为了使自己彻底地迷失于其中。对于任何一个人，一个字已是如此的不可理喻。

我从这一个字的拱形大门进入这个著名的宅院。里面竟然是如此清冷。

实际上，这是一个有一个四合院的套叠和组合。每一个四合院都是精巧的。四合院竟然作为一个个基本模块，组构了如此巨大的建筑存在。只有几个寥落的游人转动着眼睛，他们看到的仅仅是一些砖瓦和木头的构造，真正的构造不为他们显现。它只将一些微不足道的材料放置在外面，以那真实的作为幻象，又以幻象作为真实。当年的繁荣消失了，车马和人声被砌筑到墙壁里，金银的光芒凝聚到尘土的光芒里，大红灯笼被时光摘取到另一世界，只将那木柱上的挂钩置于人的视线里，告诉后人以烛光的易于熄灭和铁的真正含义——光亮要被拿走，而底座却要留下来。

我们需要的乃是烛光的照耀，可世界需要的是永恒烛台。

张锐锋 （1960— ），山西省原平市人。现为山西省作家协会党组成员、副主席，山西省文学院院长。曾做过农民、工人，后在《城市文学》《黄河》杂志社任编辑。1990年后从事专业创作。80年代末开始散文创作。1997年《大家》杂志特设"新散文"栏目，其大部分作品被列入"新散文"之中。长篇散文《飞箭》曾获第二届"大家·红河文学奖"。

胡　同

朱　湘

　　我曾经向子惠说过，词不仅本身有高度的美，就是它的牌名，都精巧之至。即如《渡江云》、《荷叶杯》、《摸鱼儿》、《真珠帘》、《眼儿媚》、《好事近》这些词牌名，一个就是一首好词。我常时翻开词集，并不读它，只是拿着这些词牌名慢慢地咀嚼。那时我所得的乐趣，真不下似读绝句或是嚼橄榄。京中胡同的名称，与词牌名一样，也常时在寥寥的两三字里面，充满了色彩与暗示，好像龙头井、骑河楼等等名字，它们的美是毫不差似《夜行船》、《恋绣衾》等等词牌名的。

　　胡同是胡衕的省写。据文字学者说，是与上海的弄一同源自巷字。元人李好古作的《张生煮海》一曲之内，曾经提到羊市角头砖塔儿，这两个字入文，恐怕要算此曲最早了。各胡同中，最为国人所知的，要算八大胡同；这与唐代长安的北里，清末上海的四马路的出名，是一个道理。

　　京中的胡同有一点最引人注意，这便是名称的重复：口袋胡同、苏州胡同、梯子胡同、马神庙、弓弦胡同，到处都是，与王麻子、乐家老铺之多一样，令初来京中的人，极其感到不便，然而等我们知道了口袋胡同是此路不通的死胡同，与"闷葫芦瓜儿""蒙福禄馆"是一件东西。苏州胡同是京人替住有南方人不管他们的籍贯是杭州或是无锡的街巷取的名字。弓弦胡同是与弓背胡同相对而定的象形的名称。以后我们便会觉得这些名字是多么有色彩，是多么胜似纽约的那些单调的什么Fifth Avenue，Fourteenth Street，以及上海的侮辱我国的按通商五口取名的什么南京路、九江路。那时候就是被全国中最稳最快的京中人力车夫说一句："先生，你多给俩子儿。"也是得偿所失的。尤其是苏州胡同一名，它的暗示力极大。因为在当初，交通不便的时候，南方人很少来京，除去举子；并且很少住京，除去京官。南边话同京白又相差的那般远，也难怪那些生于斯、卒于斯、眼里只有北京、耳里只有北京的居民，将他们聚居的胡同，定名为苏州胡同了。（苏州的土白，是南边话中最精彩的；女子是全国中最柔媚的。）梯子胡同之多，可以看出当初有许多房屋是因山而筑，那街道看去是如梯子似的。京中有很多的马神庙，也可令我们深思，何以龙王庙不多，偏多马神庙呢？何以北京有这么多马神庙，南京却一个也不见呢？南人乘舟，北人乘马，我们记得北京是元代的都城，那铁蹄直踏进中欧的鞑靼，正是修建这些庙宇的人呢？燕昭王为骏骨筑黄金台，那可以说是京中的第一座马神庙了。

京中的胡同有许多以井得名。如上文提及的龙头井以及甜水井、苦水井、二眼井、三眼井、四眼井、井儿胡同、南井胡同、北井胡同、高井胡同、王府井等等，这是因为北方水分稀少，煮饭、烹茶、洗衣、沐面，水的用途又极大，所以当时的人，用了很笨缓的方法，凿出了一口井之后，他们的快乐是不可言状的，于是以井名街，纪念成功。

胡同的名称，不特暗示出京人的生活与想象，还有取灯胡同、妞妞房等类的胡同。不懂京话的人，是不知何所取意的。并且指点出京城的沿革与区分：羊市、猪市、骡马市、驴市、礼士胡同、菜市、缸瓦市，这些街名之内，除去猪市尚存旧意之外，其余的都已改头换面，只能让后来者凭了一些虚名来悬拟当初这几处地方的情形了。户部街、太仆寺街、兵马司、缎司、銮舆卫、织机卫、细砖厂、箭厂，谁看到了这些名字，能不联想起那辉煌的过去，而感觉一种超现实的兴趣？

黄龙瓦、朱垩墙的皇城，如今已将拆毁尽了。将来的人，只好凭了皇城根这一类的街名，来揣想那内城之内、禁城之外的一圈皇城的位置吧？那丹青照耀的两座单牌楼呢？那形影深嵌在我童年想象中的壮伟的牌楼呢？它们哪里去了？看看那驼背龟皮的四牌楼，它们手拄着拐杖，身躯不支的，不久也要追随早夭的兄弟到地下了！

破坏的风沙，卷过这全个古都，甚至不与人争韬声匿影如街名的物件，都不能免于此厄。那富于暗示力的劈柴胡同，被改作辟才胡同了；那有传说做背景的烂面胡同，被改作烂漫胡同了；那地方色彩浓厚的蝎子庙，被改作协资庙了。没有一个不是由新奇降为平庸，由优美流为劣下。狗尾巴胡同改作高义伯胡同，鬼门关改作贵人关，勾阑胡同改作钩帘胡同，大脚胡同改作达教胡同。这些说不定都是巷内居者要改的，然而他们也未免太不达教了。阮大铖住南京的裆巷，伦敦的Botten Row为贵族所居之街，都不曾听说他们要改街名，难道能达观的只有古人与西人吗？内丰的人，外啬一点，并无轻重。司马相如是一代的文人，他的小名却叫犬子。《子不语》书中说，当时有狗氏兄弟中举。庄子自己愿意为龟。颐和园中慈禧太后居住的乐寿堂前立有龟石。古人的达观，真是值得深思的。

朱湘　（1904—1933），祖籍安徽太湖，生于湖南沅陵。现代诗人。1919年入南京工业学校预科学习一年，受《新青年》的影响，开始赞同新文化运动。1920年入清华大学，参加清华文学社活动。1922年丌始在《小说月报》上发表新诗，并加入文学研究会。此后专心于诗歌创作和翻译。1927年9月赴美国留学，为家庭生活计，他学业未完，便于1929年8月回国，应聘到安庆安徽大学任英国文学系主任。代表作有诗集《草莽集》《石门集》等。

山西民居

梁思成

　　山西的村落无论大小，很少没有一个门楼的。村落的四周，并不一定都有围墙，但是在大道入村处，必须建这种一座纪念性建筑物，提醒旅客，告诉他又到一处村镇了。河北境内虽也有这种布局，但究竟不如山西普遍。

　　山西民居的建筑也非常复杂，由最简单的穴居到村庄里深邃富丽的财主住宅院落，到城市中紧凑细致的讲究房子，颇有许多特殊之点，是值得注意的。但限于篇幅及不多的相片，只能略举一二，详细分类研究，只能等待以后的机会了。

　　穴居之风，盛行于黄河流域，散见于河南、山西、陕西、甘肃诸省，龙非了先生在《穴居杂考》一文中，已讨论得极为详尽。这次在山西随处得见；穴内冬暖夏凉，住居颇为舒适，但空气不流通，是一个极大的缺憾。穴窑均作抛物线形，内部有装饰极精者，窑壁抹灰，乃至用油漆护墙。窑内除火炕外，更有衣橱桌椅等等家具。窑穴时常据在削壁之旁，成一幅雄壮的风景画，或有穴门权衡优美纯净，可在建筑术中称上品的。

　　砖窑这并非北平所谓烧砖的窑，乃是指用砖发券的房子而言。虽没有向深处研究，我们若说砖窑是用砖来模仿崖旁的土窑，当不至于大错。这是因住惯了穴居的人，要脱去土窑的短处，如潮湿、土陷的危险等等，而保存其长处，如高度的隔热力等，所以用砖砌成窑形，三眼或五眼，内部可以互通。为要压下券的推力，故在两旁须用极厚的墙墩；为要使券顶坚固，故须用土做撞券。这种极厚

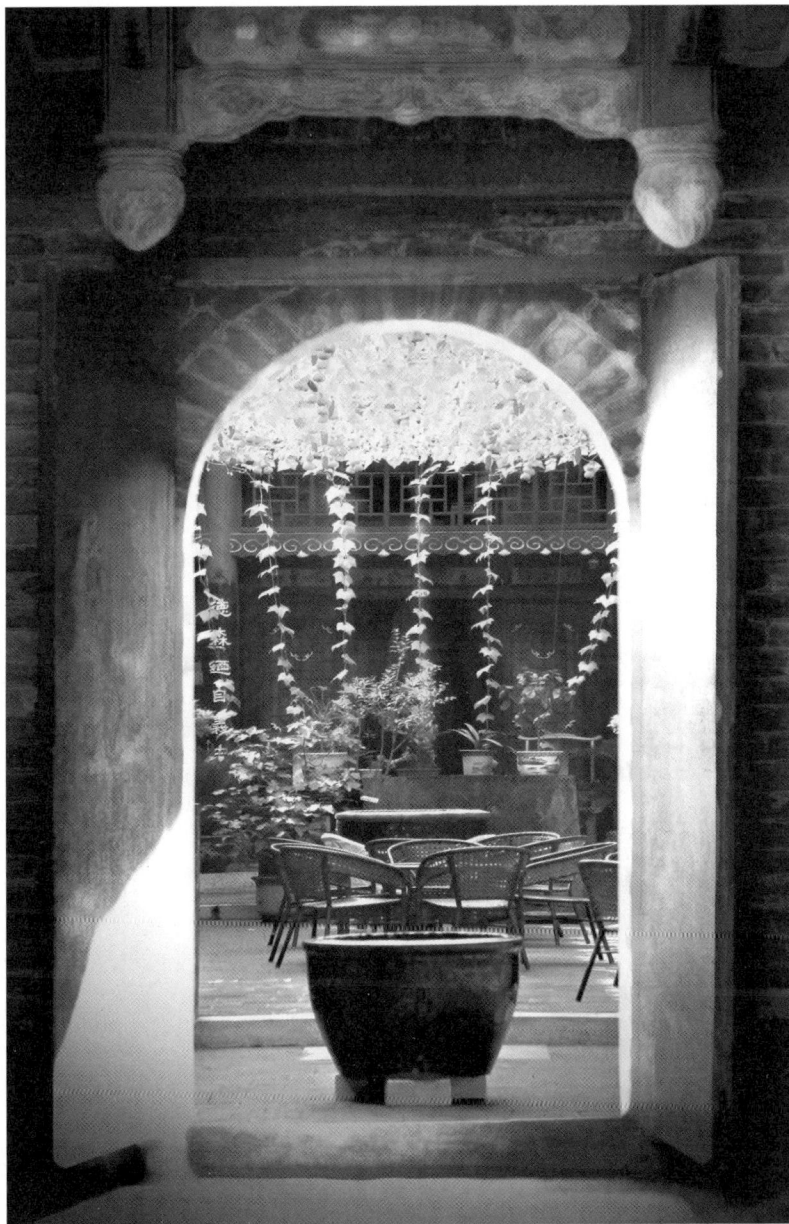

山西平遥民居　中国图库提供

的墙壁，自然有极高的隔热力的。

这种窑券顶上，均用砖墁平，在秋收的时候，可以用作曝晒粮食的露台。或防匪时村中临时城楼，因各家窑顶多相联，为便于升上窑顶，所以窑旁均有阶级可登。山西的民居，无论贫富，十分之九以上都有砖窑或土窑的，乃至在寺庙建筑中，往往也用这种做法。在赵城至霍山途中，见过一所建筑中的砖窑，颇饶趣味。

在这里我们要特别介绍在霍山某民居门上所见的木版印门神，那种简洁刚劲的笔法，是匠画中所绝无仅有的。

磨坊虽不是一种普通的民居，但是住着却别有风味。磨坊利用急流的溪水做发动力，所以必须引水入室下，推动机轮，然后再循着水道出去流入山溪。因磨粉机不息的震动，所以房子不能用发券，而用特别粗大的梁架。因求面粉洁净，坊内均铺光润的地板。凡此种种，都使得磨坊成一种极舒适凉爽，又富有雅趣的住处，尤其是峪道河深山深溪之间，世外桃源里，难怪被人看中做消夏最合宜的别墅。

由全部的布局上看来，山西的村野的民居，最善利用地势，就山崖的峻缓高下，层层叠叠，自然成画，使建筑在它所在的地上，如同自然由地里长出来，权衡适宜，不带丝毫勉强，无意中得到建筑术上极难得的优点。

梁思成 （1901—1972），广东省新会人。中国科学史事业的开拓者，著名的建筑学家和建筑学教育学家。毕生从事中国古代建筑的研究和建筑教育事业。系统地调查、整理、研究了中国古代建筑的历史和理论，是这一学科的开拓者和奠基者。曾参与人民英雄纪念碑等设计，是新中国首都城市规划工作的推动者，建国以来几项重大设计方案的主持者，新中国国旗、国徽评选委员会的顾问。

中国园林建筑之美

宗白华

飞动之美

《考工记》中已经讲到古代工匠喜欢把生气勃勃的动物形象用到艺术上去。这比起希腊来，就很不同。希腊建筑上的雕刻，多半用植物叶子构成花纹图案。中国古代雕刻却用龙、虎、鸟、蛇这一类生动的动物形象，至于植物花纹，要到唐代以后才逐渐兴盛起来。

在汉代，不但舞蹈、杂技等艺术十分发达，就是绘画、雕刻，也无一不呈现一种飞舞的状态。图案画常常用云彩、雷纹和翻腾的龙构成，雕刻也常常是雄壮的动物，还要加上两个能飞的翅膀。充分反映了汉民族在当时的前进的活力。

这种飞动之美，也成为中国古代建筑艺术的一个重要特点。《文选》中有一些描写当时建筑的文章，描写当时城市宫殿建筑的华丽，看来似乎只是夸张，只是幻想。其实不然。我们现在从地下坟墓中发掘出来实物材料，那些颜色华美的古代建筑的点缀品，说明《文选》中的那些描写，是有现实根据的，离开现实并不是那么远的。

现在我们看《文选》中一篇王文考作的《鲁灵光殿赋》。这篇赋告诉我们，这座宫殿内部的装饰，不但有碧绿的莲蓬和水草等装饰，尤其有许多飞动的动物形象：有飞腾的龙，有愤怒的奔兽，有红颜色的鸟雀，有张着翅膀的凤凰，有转来转去的蛇，有伸着颈子的白鹿，有伏在那里的小兔子，有抓着椽在互相追逐的猿猴，还有一个黑颜色的熊，背着一个东西，蹲在那里，吐着舌头。不但有动物，还有人：一群胡人，带着愁苦的样子，眼神憔悴，面对面跪在屋架的某一个危险的地方。上面则有神仙、玉女，"忽瞟眇以响象，若鬼神之仿佛。"在做了这样的描写之后，作者总结道："图画天地，品类群生，杂物奇怪，山神海灵，写载其状，托之丹青，千变万化，事各胶形，随色像类，曲得其情。"这简直可以说是谢赫六法的先声了。

不但建筑内部的装饰，就是整个建筑形象，也着重表现一种动态。中国建筑特有的"飞檐"，就是起这种作用。根据《诗经》的记载，周宣王的建筑已经像一只野鸡伸翅在飞，可见中国的建筑很早就趋向于飞动之美了。

空间的美感

建筑和园林的艺术处理，是处理空间的艺术。老子就曾说："凿户牖以为室，当其无，有室之用。"室之用是由于室中之空间。而"无"在老子又即是"道"，即是生命的节奏。

中国的园林是很发达的。北京故宫三大殿的旁边，就有三海。郊外还有圆明园、颐和园等等，这是皇帝的园林。民间的老式房子，也总有天井、院子，这也可以算作一种小小的园林。例如，郑板桥这样描写一个院落：

> 十笏茅斋，一方天井，修竹数竿，石笋数尺，其地无多，其费亦无多也。而风中雨中有声，日中月中有影，诗中酒中有情，闲中闷中有伴，非唯我爱竹石，即竹石亦爱我也。彼千金万金造园亭，或游宦四方。终其身不能归享。而吾辈欲游名山大川，又一时不得即往，何如一室小景，有情有味，历久弥新乎！对此画，构此境，何难敛之则退藏于密，亦复放之可弥六合也。

（《郑板桥集·竹石》）

我们可以看到，这个小天井，给了郑板桥这位画家多少丰富的感受！空间随着心中意境可敛可放，是流动变化的，是虚灵的。

宋代的郭熙论山水画，说"山水有可行者，有可望者，有可游者，有可居者"。（《林泉高致》）可行、可望、可游、可居，这也是园林艺术的基本思想。园林中也有建筑，要能够居人，使人获得休息。但它不只是为了居人，它还必须可游，可行，可望。"望"最重要。一切美术都是"望"，都是欣赏。不但"游"可以发生"望"的作用（颐和园的长廊不但领导我们"游"，而且领导我们"望"），就是"住"，也同样要"望"。窗子并不单为了透空气，也是为了能够望出去，望到一个新的境界，使我们获得美的感受。

窗子在园林建筑艺术中起着很重要的作用。有了窗子，内外就发生交流。窗外的竹子或青山，经过窗子的框框望去，就是一幅画。颐和园乐寿堂差不多四边都是窗子，周围粉墙列着许多小窗，面向湖景，每个窗子都等于一幅小画（李渔所谓"尺幅窗，无心画"）。而且同一个窗子，从不同的角度看出去，景色都不相同。这样，画的境界就无限地增多了。

明代人有一小诗，可以帮助我们了解窗子的美感作用。

一琴几上闲，
数竹窗外碧。
帘户寂无人，
春风自吹入。

这个小房间和外部是隔离的，但经过窗子又和外边联系起来了。没有人出现，突出了这个小房间的空间美。这首诗好比是一张静物画，可以当作塞尚画的几个苹果的静物画来欣赏。

不但走廊、窗子，而且一切楼、台、亭、阁，都是为了"望"，都是为了得到和丰富对于空间的美的感受。

颐和园有个匾额，叫"山色湖光共一楼"。这是说，这个楼把一个大空间的景致都吸收进来了。左思《三都赋》："八极可围于寸眸，万物可齐于一朝。"苏轼诗："赖有高楼能聚远，一时收拾与闲人。"就是这个意思。颐和园还有个亭子叫"画中游"。"画中游"，并不是说这亭子本身就是画，而是说，这亭子外面的大空间好像一幅大画，你进了这亭子，也就进入到这幅大画之中。所以明人计成在《园冶》中说："轩楹高爽，窗户邻虚，纳千顷之汪洋，收四时之烂漫。"

这里表现着美感的民族特点。古希腊人对于庙宇四围的自然风景似乎还没有发现。他们多半把建筑本身孤立起来欣赏。古代中国人就不同。他们总要通过建筑物，通过门窗，接触外面的大自然界。"窗含西岭千秋雪，门泊东吴万里船。"（杜甫）诗人从一个小房间通到千秋之雪、万里之船，也就是从一门一窗体会到无限的空间、时间。这样的诗句多得很。像"凿翠开户牖"（杜甫），"山川俯绣户，日月近雕梁。"（杜甫）"檐飞宛溪水，窗落敬亭云。"（李白）"山翠万重当槛出，水光千里抱城来。"（许浑）都是小中见大，从小空间进到大空间，丰富了美的感受。外国的教堂无论多么雄伟，也总是有局限的。但我们看天坛的那个祭天的台，这个台面对着的不是屋顶，而是一片虚空的天穹，也就是以整个宇宙作为自己的庙宇。这是和西方很不相同的。

为了丰富对于空间的美感，在园林建筑中就要采用种种手法来布置空间，组织空间，创造空间，例如借景、分景、隔景等等。其中，借景又有远借、邻借、仰借、俯借、镜借等。总之，为了丰富对景。

玉泉山的塔，好像是颐和园的一部分，这是"借景"。苏州留园的冠云楼可以远借虎丘山景，拙政园在靠墙处堆一假山，上建"两宜亭"，把隔墙的景色尽收眼底，突破围墙的局限，这也是"借景"。颐和园的长廊，把一片风景隔成两个，一边是近于自然的广大湖山，一边是近于人工的楼台亭阁，游人可以两边眺望，丰富了美的印象，这是"分景"。《红楼梦》小说里大观园运用园门、假山、墙垣等等，造成园中的曲折多变，境界层层深入，像音乐中不同的音符一样，使游人产生不同的情调，这也是"分景"。颐和园中的谐趣园，自成院落，另辟一个空间，另是一种趣味。这种大园林中的小园林，叫作"隔景"。对着窗子挂一面大镜，把窗外大空间的景致照入镜中，成为一幅发光的"油画"。"隔窗云雾生衣上，卷幔山泉入镜中。"（王维）"帆影都从窗隙过，溪光合向镜中看。"（叶令仪）这就是所谓"镜借"了。"镜借"是凭镜借景，使景映镜中，化实为虚（苏州怡园的面壁亭处境逼仄，乃悬一大镜，把对面假山和螺髻亭收入镜内，扩大了境界）。园中凿池映景，亦此意。

无论是借景、对景，还是隔景、分景，都是通过布置空间、组织空间、创造空间、扩大空间的种种手法，丰富美的感受，创造了艺术意境。中国园林艺术在这方面有特殊的表现，它是理解中国民族的美感特点的一个重要的领域。概括说来，当如沈复所说的："大中见小，小中见大，虚中有实，实中有虚，或藏或露，或浅或深，不仅在周回曲折四字也。"

这也是中国一般艺术的特征。

宗白华 （1897—1986），祖籍江苏常熟，生于安徽安庆。现代哲学家、美学大师、诗人，南大哲学系代表人物。1918年毕业于同济大学，1920到1925年留学德国。回国后，自30年代起仕中央大学（1949年更名为南京大学）哲学系教授，1949到1952年任南京大学教授，1952年院系调整，南京大学哲学系合并到北大，之后一直任北京大学哲学系教授，后兼任中华全国美学学会顾问。代表作有美学论文集《美学散步》《艺境》等。

往事知多少

老舍和丰富胡同

舒　乙

老舍先生最后的住所是一座普通的小院，位于北京东城区遁兹府丰盛胡同，门牌10号，几乎是在市中心，交通方便，离王府井商业街和著名的东安市场、隆福寺都很近，市立二中、育英中学、贝满中学就在附近，小孩子能就近上学，萃华楼、东来顺、灶温这样的老字号饭馆也近在咫尺，下小馆绝用不着发愁。

这小院的优点是能闹中取静，平常只有花上的蜜蜂和树上的小鸟能愉快地打破它的寂静。大门开在一个南北走向的小胡同里，胡同以明代一个公主的名字"丰盛"命名。胡同的南口通遁兹府，即奶子府大街（今称灯市口西街）。先生去世后，丰盛胡同改了名，叫丰富胡同，门牌也改了，现在是19号。

进了大门，有一座砖影壁，有两间小南房，是看门的工友住的，冬天也是石榴树、夹竹桃的避寒处。老舍先生搬进来之后，在大门里靠着街墙种了一棵枣树。砖影壁后面，老舍先生求人移植了一棵太平花，这是故宫御花园里才有的名花。后来长成了一人多高两米直径的一大簇，而且满树白花，送牛奶的工人一进大门就大声嚷嚷："好香啊！"小南屋房檐下还放着一大盆银星海棠，也是一人多高，常常顶着一团团的红花，老舍先生送客人出门时，常常指着它说："这是我的家宝！"

砖影壁的后面是个小外院，自成体系，有三处灰顶小房。外院有一街门通向遁兹府大街，但从不使用。外院的空地是老舍先生的花圃，种过菊花和大丽花，多达百余盆。

丰富胡同老舍纪念馆　摄影：刘彪

　　里院修饰之后还很像样子，有北房五间，东、西房各三间，全是起脊的瓦房，中间是一个方方正正的小院。进大门绕过太平花有一个二门通向里院，迈进二门又有一个木影壁，漆成绿色。有十字甬道通向东、北、西房。甬道之外是土地，可以栽花种树。老舍先生很看重这点，他一生喜爱花草，却少有机会实践。有了这块空地，可以试验了，完全随心所欲，去培育，去美化，去创作。头一件事是托人到西山移植了两棵柿子树，后来，夫人胡絜青为小院取名"丹柿小院"，称自己的画室为"双柿斋"。老舍先生去世后，日本作家水上勉先生连续写了三篇悼念文章，全以这两棵柿子做篇名——《蟋蟀葫芦和柿子》、《北京的柿子》、《柿子的话》，柿子成了这座小院的标志。在这座小花园中繁殖过许多种花草，其中有被老舍先生称为家宝级的植物，还有一棵昙花，一株腊梅，一大棵宁夏枸杞，两大盆山影，一大盆水葱，红白黄三种令箭荷花。

　　北屋正房三间中有两间是当客厅用的，靠东头一间是夫人的画室兼卧室。东耳房是卫生间，装有抽水马桶和洗澡盆。东耳房的墙外有一间小锅炉房，内装一台小暖炉，供冬季全院采暖用。西耳房是老舍先生的书房兼卧室，又黑又潮又小，住了几年，又做了一次大改动。原来的东西耳房和东西屋的东北墙之间都各有一块小天井，改造之后，分别加了灰顶，装了玻璃门和纱门。东边的冬天当餐厅；西边的和西耳房打通，成为一大间，还有棚顶上加开了天窗，增加了室内亮度，地面加铺了木地板，解决了"黑、潮、小"的问题。老舍先生在这间屋里生活了十六年，度过了他的晚年，创作了二十四部戏剧剧本和两部长篇小说，其中引起轰动的是《龙须沟》、《柳树井》、《西望长安》、《茶馆》、《女店员》、《全家福》、《正红旗下》，话剧《龙须沟》使他荣获了"人民艺术家"的光荣称号。话剧《茶馆》成为北京人民艺术剧院的保留剧目，曾代表中国话剧第一次走出国门，享誉欧美亚。而长篇小说《正红旗下》则成为和《猫城记》、《离婚》、《骆驼祥子》、《四世同堂》、《月牙儿》、《我这一辈子》、《微神》并列的传世之作，是他的小说代表作之一。遗憾的是，《正红旗下》没能写完，1963年以后的政治环境使小说的创作被迫中断。客厅里的陈设是严格按老舍先生的意图布置的，处处表现了他的情趣、爱好和性格。客厅除了花多之外，就是画多，墙上总挂着十幅左右的中国画，以齐白石、傅抱石、黄宾虹、林风眠的画作为主，宛如一个小小的美术画廊。

　　秋天是北京黄金季节，风小，天高气爽，菊茂蟹肥，也是老舍先生在家中最忙的时候，他也频频地邀请朋友到家来赏菊。他把东屋腾出两间来，将饭厅临时改作花的展厅，将上百盆独朵菊花按高低分行排列，供人观赏。赏菊之后，自然要"赏"一顿北京风味的吃食。

当一个充满了生活情趣的老人，以最大的热情营造一个梦寐以求的家的时候，这个家一定是别出心裁的，而老舍先生的家是以高度的东方文化色彩而光彩夺目的。它的确可爱，是个很有味道的家。

舒乙 （1935— ），北京人，满族，老舍之子。1954年9月留学苏联，历任中国林业科学院林产化工研究所实习员，北京光华木材厂科研室主任、科长、工程师、高级工程师、中国现代文学馆副馆长、常务副馆长、馆长、研究馆员，博士生导师，北京市第七、八、九届政协委员，全国第九届政协委员，担任中国博物馆学会副会长、中华民族团结进步协会常务理事、北京市民族联谊会副会长、中国和平统一促进会理事，是中国老舍研究会顾问。

八道湾老屋

邓云乡

读《知堂回想录》，前面有一张北京八道湾十一号周宅院子的照片，可惜只照了三间屋子。这里原是有三十来间房子的大院子，按北京老话说，是"大宅门"。

这所房子是民国八年八月间，周大先生亲手买的，原房主姓罗，房价是三千五百元银元，中佣银元一百七十五元。

当年北京买所房子，也是件不容易的事，不但要有钱，而且还要花点辛苦。有时看了许多所，也不一定看准一所。而且还要先托熟朋友，辗转找"房牙子"。即使如此，到实地一看，也不一定就能马上拍板。查《鲁迅日记》，在买定八道湾房屋之前，曾到报子街、铁匠胡同、辟才胡同、蒋宅口、护国寺等处看过房，都不中意，由二月到七月，奔波了半年，才看中八道湾的房子。

一般买房看房子，先看中房子，然后再谈价钱，买卖双方直接谈的也有，但很少，除非是熟朋友、自己人。一般都通过中人，即"房牙子"来讲价钱。讲时，在买卖双方之间，不用嘴说，只用捅袖子的方式秘密进行。当时，大家都穿长袍子，袖子很长，遮着手，房牙子把手伸给买主，在袖筒中把拇指、中指、二拇指并在一齐，伸给买主握着，说道："人家要这个整。"又把中指和拇指绞起来给买主握着，说道："这个零儿。"这就意味着整数是七，零头是五，或是十五百，或是七百五十等。同样买主还价，"只能出这个整，这个零。"也用这种方式进行。中人和卖主商量："人家只能出这个整，这个零。"也是这样捅袖子。由二拇指算，伸一指是一，伸二指是二，直到四，五前面已说，拇指与二拇指并是六，再并中指是七，拇指、二拇指分开是八，二拇指一勾为九。如果自己不会这一套，可由要好朋友帮助洽谈，八道湾房屋就是教育部徐吉轩先生帮助买的。自然价钱不会一次当面谈妥。这就要房牙子两头再奔波洽谈了。如果不当着买卖两方的面，就不必用捅袖子的秘密方式，只要口头讲就可以了。

价钱和条件谈妥，然后由买主在饭庄子订一桌席，买卖双方及中人和帮忙的朋友都来，立草约，交契纸，交价款，或全部、或一半。付中人佣金、房价百分之五，买主出三成，卖主出二成，所谓"成三破二"，全部佣金分十份，买卖双方再各扣一份，给家中佣人或亲友，谓之"门里一份，门外一份"。八道湾房价三千五百，故佣金一百七十五元。

北京当年，买到一所大房子，成交后，立约过契，照例要在大小饭庄子中办理，而且照例是买家出钱请客。买八道湾的房子，按《鲁迅日记》所记，是在宣武门外南半截胡同广和居请的客。过契过款，第一，先交房价二分之一，一千七百五十元大洋，再加一百七十五元中费，一共一千九百二十五元。如果连酒菜钱算上，周大先生这天开支，将近两千元，这在当时已是一个不小的数字。付钞票还方便，要付现大洋，一般五十元一札，要足足四十札，其重是以每枚库平七钱二计算，要足足老秤九十斤，以周大先生的力气，是拿不动的。当时自然也有人帮助拿钱，不过日记中未写明，不好瞎说了。

置三四千价值的产业，在当年的北京，虽不算大，也不算小了。因而立约、过款、交契等等，酒席也总得像个样子，馆子也总得在有点名气的饭庄子里。至于广和居，那是名闻中外的，虽然在一个偏僻的小胡同里，地方也不大，但却是百年老店，在清末连庆亲王、军机大臣张之洞都爱光顾这家馆子，认为是风流韵事。在这点上，十几层楼的北京饭店恐怕也比不上它。不过买八道湾房子在此请客，也并非完全因为它有名，更重要的原因是离绍兴县馆近在咫尺，当时周大先生（鲁迅）、周二先生（知堂）都住绍兴县馆中啊。买八道湾房屋，共过款三次，除第一次外，第二次付款四百元，收房九间，第三次付清，全部收房。这是什么意思呢？就是北京当年买房，都是买人家的老房，并非是像现在的高层楼宇，专门造了出卖的。人家的老房，卖时并非空房，还住着人家，大房子尤其如此。买主要等房子腾空之后，才能把房子陆续收回。所以不一次付清钱，要等陆续拿到空房，才把房价付清，如原来有出租的房客，也要由卖房的人付一些搬家费用，使得他们能另外租房，早日搬家。

八道湾房子原是西北城老北京人的老式房屋，原来一般连玻璃

八道湾周氏故居 摄影：刘彤

窗也没有，更不要说什么自来水、电话等设备了。八道湾房子买来后，还要到巡警分驻所及其他机关税契，即交钱办房契过户手续，还要修理、裱糊、装玻璃窗、装自来水等，一总也花了几百元钱。所以八道湾十一号周宅房产的总价值当年约是四千银元之数。民国八年还是北洋政府时期，北京的官吏很多，买好房子的人一不少，房价也是比较高的。八道湾在西北城，地点差些，所以房子卖不上价钱，这所大房子也只三千五百元，在当时说来，价值是不算贵的。

北京旧时代东西北城的房子，有不少都是大格局。临街先是车门，进来约有半亩大长方形的一块空地，是停车场，当年坐骡拉轿车，可停好几辆大鞍车。空场北面才是正式大门，大门里是一宅分为两院，有垂花门或月亮门的大四合院子。八道湾的房子就是这种格局。而且还有跨院、后院。在西北角是跨院，跨院往东，有一大排北屋，开间很大，每三间一组，中间开门。偏东两组成一排，西面则高出一些，连西边的西屋成一跨院。这排房子在过去是正院围房，自从成了"周宅"之后，这排房子却十分重要了。

中间三间，正斜对着通往前院的过道，外面看上去，原是三间北京老式房屋，花格木窗，中间风门，似乎一拉开就是一明两暗，两边隔扇的北屋，但是不是。这里面左手一间，完全改装成日本式，外装"障子"，里面是"榻榻米"。"障子"就是纸糊的木制拉门，就是人境庐主人黄遵宪《日本杂事诗》注中所说的："室皆离尺许，以木为板，借以莞席下承以槽，随意开阖，四面皆然，宜夏而不宜冬也。"不过黄遵宪所说的是纯日本式的，而周宅的日式房屋，倒是改造的，是中日合璧式的。

北方的老式房屋，靠山墙由窗前到后墙盘的炕，叫"顺山大炕"，即房间进深多少，这炕便有多长。周宅这间日本式房屋，大约有一丈二尺长，九尺阔，按日本计算方法，大约是六叠席吧。推开"障子"，上去就是六叠席的"榻榻米"的日式房间，所不同的，下了"榻榻米"，不是日式玄关，却是两间中国老式的大方砖地，还有半段木隔扇，靠墙都摆着大书架的书房。黄遵宪诗注中所说的"宜夏不宜冬也"，在这里是不存在的，冬天外屋生了大洋炉子，这间北京式老屋中的日式房屋，也只不过是带有暖阁的一条顺山大炕而已，不但温暖，而且挡风。这便是当年周二先生的一所住室。

八道湾十一号周宅，里面种有花木，如丁香、海棠之类，有的还是名人手栽，是很值得纪念的，此外有"苦雨斋"、"苦茶庵"，以及"知堂"、"药堂"等等，五六十年来，有世界名望的新旧文学家，中外学者，不知道有多少人出入过八道湾十一号周宅，其间在文化古城时期，俞平伯先生是八道湾常客。先生来函曾录示其《京师坊巷诗——八道湾》云：

> 转角龙头井，朱门半里长（旧庆王府）。南枝霜后减，西庙佛前荒。曲巷经过熟，微言引兴狂。流尘缁客袂，几日未登堂。

小诗写由东城老君堂坐洋车去八道湾所经路线。龙头井、定阜大街是必经之路。"曲巷"、"几日"结尾一联，可见其往来之频繁了。老辈故事，思之亦不胜风流过眼之感了。

邓云乡（1924—1999），学名邓云骧，山西省灵丘东河南镇人。1947年毕业于北京大学中文系。自幼受中国传统文化熏陶，具有深厚文史功底。学识渊博，兴趣广泛，善于思考，勤于撰述。与魏绍昌、徐恭时、徐扶明并称上海"红学四老"。代表作《红楼风俗谭》《鲁迅与北京风土》《文化古城旧事》等。

文学的遥远记忆

傅光明

　　人区别动物是因他有并非源于生物本能的思想的记忆。怀古幽思，追寻往昔，便是这种记忆最艺术的体现。当历史成为久远的时候，它却可以复活。令人惊奇的是，它往往会淘洗掉许许多多故去的斑驳泥沙，而只把亮丽的光影诗一般地留下来。尽管它很可能已经残破不全，像兀立于茫茫戈壁上的阳关和玉门关遗迹，只剩下苍凉、悲怆的历史留痕，或者像考古发掘出的文物断简残片，只剩下难以续写的历史遗憾，甚至什么也没有留下，只剩下"白云千载空悠悠"。但它所承载的历史沧桑，该是曾经多么辉煌厚重的生命乐章。

　　抗战爆发前二三十年代北平的文人文事，很多已经存贮在了我的记忆里，有时不经意间就诗性地复活了。这些文学的遥远记忆，使我的生命过程变得充实起来，也许还因为它们而有了价值。在我的想象中，我常常进入到我所喜爱的作家作品甚至他们的生活当中，有时还成为了他们中的一员，与他们对话、交流。鲁迅、周作人的"八道湾"，以及后来鲁迅的"老虎尾巴"；徐志摩石虎胡同的《新月》编辑部；沈从文的"达子营"新家；巴金常去的三座门大街《文季月刊》编辑部；冰心写出《繁星》、《春水》的中剪子巷的家；凌叔华史家胡同常有画会和文人聚会的凌家府院；林徽音在北总布胡同3号的"太太的客厅"；萧乾当北新书局学徒时住的北大红楼对面的大兴公寓……等等，我都仿佛在那些地方生活过。我与他们的影像邂逅、重叠，变成我精神世界不可分的一部分。

北京的现代都市化建设在日新月异着，许多文人的旧迹都只能在记忆里留存"老照片"了。我所居住的景山西街，临近三座门和五四大街，这是两处现代文学地图上重要的坐标。每每在现代文学的思绪梦影里拾零，一些与之相交融的文人旧事便浮现在脑际。那地图上还有两处特别打眼的坐标，一个是林徽音"太太的客厅"，一个是朱光潜和梁宗岱在景山后面慈慧殿3号寓所每月一次的"读诗会"。这两处是30年代北平著名的文学沙龙，是"京派"作家、批评家们经常聚会畅谈的场所。

我最早知道林徽音"太太的客厅"，是从我的文学师傅，被习惯称为"京派"后起之秀的萧乾先生的嘴里。他向我生动描述了他跟着他第一个文学师傅沈从文第一次迈进这个他神往已久的沙龙的情景，他说话时眼里流露出的神情感染了我，我仿佛和他一同回到了情境再现的从前。

1933年11月1日，沈从文将正在就读燕京大学新闻系三年级的萧乾的短篇小说处女作《蚕》，发表在他主编的天津《大公报》文艺副刊上。没几天，读了并喜欢这篇小说的林徽音致信沈从文，说："萧乾先生文章甚有味儿，我喜欢。能见到当感到畅快。"沈从文随即写信告诉萧乾，说有位"绝顶聪明的小姐"喜欢你的小说，要请你到她家去吃茶。就这样，兴奋而有点紧张的萧乾，穿着自己最好的蓝布大褂，与师傅一起叩响了北总布3号院的门扉。林徽音和沈从义之间，"发展了一种亲密的友谊。她对他有一种母亲般的关怀，而他，就和一个亲爱的儿子一样，一有问题就去找她商量要办法"（《梁思成与林徽音——一对探索中国建筑史的伴侣》，费慰梅著，中国文联出版公司1997年9月出版，第76页）。我觉得，萧乾对林徽音也有这样一种恋母般纯净的感情。

当时林徽音的肺病已经很严重了，却还常常与住在西总布21号院的费正清、费慰梅夫妇一起去骑马。萧乾第一次见她时，她刚刚骑马归来，身上还穿着骑马装，显得格外潇洒轻盈。哪看得出是个病人。聊起天来，谈锋甚健，几乎没有别人插嘴的机会。大家倒也乐得听漂亮的女主人滔滔不绝地阐述真知灼见。她是这里的中心，也是同道好友乐不思蜀的理由。徐志摩把这里视为他的第二个家，"每当他的工作需要他去北京时，他就住在那儿。他既是徽音的，也是思成的受宠爱的客人。在他们的陪伴下，他才会才华横溢，而他也乐意同他们一起和仍然聚集在他周围的那些气味相投的人物交往。"而且，"徐志摩此时对梁家最大和最持久的贡献是引见金岳霖——他最亲爱的朋友之一"（《梁思成与林徽音——一对探索中国建筑史的伴侣》，第56—57页）。而且，"老金"后来实际上了成了梁家的一员，他就住在隔壁一座小房子里，他那里的星期六"家常聚会"，也经常是胜友如云。徐志摩自然少不了，钱端升、陈岱孙、李济、陶孟和等，都是这里的常客。

其实，这里并非纯粹的"京派"俱乐部和文化沙龙，它还吸引着文学圈外的社会各界名流，话题也并不总都是文学。这里是志趣相投的朋友们谈天说地的场所，是议论时事政治，针砭社会弊端，交流思想感情的平台。

这座典型的老北京四合院，现在的门牌是24号。门口摆设拥挤得凌乱不堪，红漆的双扇大门油漆早已剥落。但也只有透过这院门，才能或多或少嗅闻到当年院落氛围的气息。因为，一进了院子，入眼的已是一幢不高的楼房，一切都已不复存在。我竟开始后悔找寻并进入了这个在记忆里充满了诗意的院子。当然，即便是院落完整地保存着，那道人文的风景也早已人去楼空，物是人非。记忆是用来弥补遗憾的。想到此，失落感也就不那么强烈了。

我在记忆里重新搭建了这座梁思成、林徽音一家住了七年的四合院，他们是1930年秋天搬来的。"高墙里面有一座封闭但宽广的院子，种着几株开花的树。沿着院子的四边，每一边都有一排单层的住房。它们的屋顶都有灰瓦铺成，房屋之间铺砖的走廊也是灰瓦顶子。面向院子的一面都是宽阔的门窗，镶嵌着精心设计的木格子。木格子里面都糊了或者是挂着漂白的稻草纸，以便让阳光进来而又让人看不见里边。在院子的北端有一条通向起居室的中央门廊，起居室比别的房间大一些并且直接朝南。梁氏夫妇把一些窗户宽阔的下层糊的纸换成了玻璃，以使他们可以看见院子里的树木花草，并在北京寒冷的冬天放进一些温暖的阳光来。但在每一块玻璃上面都有一卷纸，晚上可以放下来，使室内和外面隔绝。在前面入口处有一个小院子，周围的院子是仆人们的住房和工作区。"（《梁思成与林徽音——一对探索中国建筑史的伴侣》，第54页）

已故著名画家陈逸飞曾在和我的一次聊天中透露，他特别想拍一部反映二三十年代北平沙龙文化的电影。他说脑子里一想到那画面就觉得有一种诗意的韵律美。提到林徽音的"太太的客厅"，他说自己虽然了解不多，但觉得当时北平的文人是一批真正纯粹的文化精英、精神贵族。他们都受过很好的英美教育，都住在典型的四合院里，又都过着很西化的精神生活。那感觉就好像是"四合院里弹钢琴"。我很认可，也很中意他这个很别致的形容。

文学的遥远记忆里传来了四合院里的钢琴声，也算是我对现代文学史上北平文人文事的一个感觉吧。对我自己来说，当然特别愿伴着这迷人的乐音，让记忆走得更远！

傅光明　（1965— ），出生于北京。当代学者、作家。现任中国现代文学馆研究员、《中国现代文学研究丛刊》常务副主编、中国老舍研究会副会长。1988年开始发表作品。1997年加入中国作家协会。著有《书生本色》《文坛如江湖》《口述历史下的老舍之死》《书信世界里的赵清阁与老舍》等，译有《古韵》《我的童话人生——安徒生自传》《莎士比亚戏剧故事集》等。

访八大山人的故居

屠　岸

　　我小时候，见到母亲常常临摹的国画中，有一幅八大山人的石头。有人说那是赝品，母亲却不管，说即使是冒充的，那画本身也还是好的，却有八大山人的风格。由于母亲的缘故，我对八大山人产生了钦慕之情。但对这位画家的生平，却不甚了了。那幅不知是赝品还是真迹的八大山人的画，也在抗战期间毁于日军的炮火之中了。谁知过了四十多年，在母亲去世多年之后，我却有机会访问了八大山人的故居。

　　那是一个阳光明朗的秋日，我和几个同志由于偶然的机会，来到了南昌市南郊的青云谱。这里是八大山人的故居。门前有绿水环绕，那是一片池塘，又像一个小湖。一个农家小女孩，在水边晾晒稻谷。我们走过水上的石桥，到了门前。门上署"青云谱"三字，但门紧闭着。我们叩开侧门，进入了庭院。

　　庭院内，小径曲折，花木清幽。迎面扑来一阵浓香，仿佛芬芳的液体在向四处流溢。那是香水月季，正盛开。忽而又飘来一阵带有甜味的清香，那是木樨花，尽管只有一点余韵了，却还是那样缕缕不绝。曲径旁，一株老桂似在点头迎接我们。接待我们的吴同志说，这株桂树已是八百多岁的高龄了。这时，张九龄的一句诗"桂华秋皎洁"浮上了我的脑际。

　　青云谱，原名梅仙祠，建于西汉，距今已有两千多年。唐贞观时改名太已观。八大山人隐居的这里时，更名曰青云圃，有自耕自食之意。清乾隆时，有个状元，改其名曰青云谱，意为有谱可查。这名称也就沿用下来了。然而我觉得，还是青云圃好。

八大山人本名朱耷，生于1626年，死于1707年，活了八十一岁。他是明太祖朱元璋第十六子宁献王朱权的第九代后裔。朱权封藩在南昌，因而朱耷也称南昌人。1644年明亡时，朱耷十八岁。他对清朝的统治强烈不满，有反清复明的思想。他改了名字，做了和尚，又做道士，终身不仕清朝。他成了明末清初的著名画家，诗、书、画三者均有很高的成就。擅长花鸟山水，而以花鸟成就为最高。书法用秃笔，有其特有的风格。他的诗，已搜集到一百多首，但有不少诗内容隐晦，不大好懂。我们见到他的一张牡丹孔雀图片。这幅画上，除了石壁、竹叶、牡丹外，突出地画了两只拖着花翎子尾巴毛是三根的孔雀。原来，清朝的大官们，帽子后面都拖着皇帝戴的"花翎子"，以标志官员等级，戴到三翎，就是最高的等级。而那块站不稳的、很快就要倒下的石头，则是象征清朝的政权，画上还题诗一首："孔雀名花雨竹屏，竹梢强半墨生成。如何了得论三耳，恰是逢春坐二更。"三耳据说是暗示奴才听主子吩咐时耳朵特别尖，像比常人多一只耳朵。当时大臣们每晨上朝，这首诗强烈地讽刺了清朝的奴才和清朝的政权。

我们又到一展室中，欣赏了八大山人的许多幅真迹。我对画上签名"八大山人"四字的写法特别感到兴趣。他把这四个字写得十分奇特，看上去有的像"哭之"二字，有的像"笑之"。他为什么这样写呢？我想，大概是哭明一代的覆亡，笑腼颜世故的奴才们之可耻吧。八大山人有个弟弟叫牛石慧，也是个画家，而他的签名"牛石慧"三字写得更奇特，仔细看去，竟是"生不拜君"四个字。兄弟俩这样签名，显然是有意为之。他们不愿向清朝的君主叩头，不愿"低眉折腰事权贵"，骨头还是硬的。

硬骨头，或者叫作骨气，这个东西，有人认为可贵，有人认为没啥意思。你不侍奉清朝，不过是怀念明朝而已，两者都是封建王朝嘛！遗民，或者新贵，有什么本质的不同？然而我觉得，朱耷虽然是皇族后裔，但能保持一点民族气节，还是可爱的。他的反抗虽然是消极的，但毕竟是一种反抗。他宁肯把他的画赠给贫僧寒士，却坚决拒绝用它去向达官贵人献媚邀宠。他的画中透露出一种桀骜不驯的性格，愤世嫉俗的情态，"冷眼向洋看世界"的风度，这些，在他那个时代，还是难能可贵的。我们今天是处在社会主义时代，与旧社会有着本质的不同。但是这种坚持正义的硬骨头精神，也还是需要的。我们看到，就在我们的时代，那种"没骨花卉"并没有绝迹。在林彪、"四人帮"肆虐的十年间，我们看过各种人物的登台表演。有人的面孔一天可以变三变；有人的骨头是棉花做的；有人不仅骨头轻，而且心肠黑。他们为了钻营拍马，捞权夺利，可以诬陷发迹，告密升官，卖友求荣……对那些出卖自己的灵魂爬上高位的人，拿八大山人的画给他看，也许他会冒充风雅，但他是根本看不懂的。

青云谱是个芬芳、清静、高洁的所在。李白诗有云："猎客张兔置，不能挂龙虎。所以青云人，高歌在岩户。"（《送韩准裴政孔巢父还山》）朱耷可算是"青云人"，青云谱可算是"岩户"了。这个"青云"可是不同于薛宝钗柳絮词"好风凭借力，送我上青云"中的"青云"呵！

时候不早了，我们不得不告别青云谱。出得门来，又见到晾在水边的庄稼。那农家女孩不见了，但一大片黄灿灿的稻谷，依然开在日光下曝晒着，发出一阵阵香味来。忽然又闻到从墙内逸出的几丝若有若无的木樨花香，一会儿，这花香和稻香就融和在一起了。

归途中，酝酿了几个句子。回到旅舍，在台灯下，写成了这样一首诗：

八大山人有故居，青云圃挽碧莲湖。叩环只待榫迎客，问径欣逢花结庐。劲节仲昆留浪迹，伴狂哭笑入浮图。一生三绝诗书画，笔落人惊硬骨殊。

屠岸 （1923— ），江苏省常州市人。本名蒋璧厚，笔名叔牟。文学翻译家、作家、诗人、编辑。1941年开始发表作品。1946年肄业于上海交通大学。历任上海市军事管制委员会文艺处干部，华东地区文化部副科长，《戏剧报》编辑、编辑部主任，中国戏剧家协会研究室副主任，人民文学出版社现代文学编辑室副主任、主任、副总编、总编辑。曾获得"2011年中国版权产业风云人物"奖。

不堪细读三坊七巷

孙绍振

在这个明清风格的建筑群中，没有北京宫殿那气魄宏大的飞檐斗拱，没有江浙民居的黑瓦粉墙单纯的对比，它的围墙似乎太高，就是有一枝红杏也很难出墙令人惊艳。在外乡人看来，它多少有一点封闭，但是，它曾经是晚清思想解放的烽火台。且不说睁眼看世界的第一人林则徐的母亲就在这里出生，林家祠堂成了纪念馆，赭红墙体随着岁月流逝越发表现出某种精神显赫。

其实，福州三坊七巷的墙体似尚黑，风格是含蓄的，庄重中有一点神秘感。天井并不太大，仰首观天，仅见一方，回廊曲折，稍稍有点狭窄，不时擦到肩膀，园林也小巧，甚至逼仄。不能不令人惊异的是，就是在这样并不敞亮的建筑构架中，却容纳了那么宏大的历史风云和思想的惊雷。一进又一进，庭院深深，足踏历史的遗迹是肃穆、沉重的，英雄的血迹历历，鲜艳如旧。血脉相连的宗亲，从这里走向近代史舞台，义无反顾。

同样是二十三岁的青年，风华正茂，先是林旭出发，为变法维新喋血菜市口，把头颅献上了改革的祭坛；后继者是林觉民，广州慷慨赴义，义薄云天；严复从这里走向马尾，走向中国海军的摇篮——马尾船政学堂。亡国灭种之痛，凝聚在严复的《天演论》中："物竞天择，适者生存。"不适者，虽有五千年文化传统，难逃覆灭之命运。英雄并非超人，无情未必真豪杰，林觉民赴义之前留下了缠绵悱恻的《与妻书》："吾至爱汝……九泉下，闻汝哭声，当相和也"，至今仍在两岸四地，乃至华文世界，撼动赤子心灵。

英雄气概与儿女情长在这里水乳交融。

从这里出发的林长民，后来第一个把巴黎和会上中国被列强出卖的外交惨败公诸报刊，成为五四运动的导火线。对于这样的历史功勋，国人知之甚少。倒是他因之被遣去国，带上他年仅十六岁的女儿林徽因，后来邂逅徐志摩，酿成了惊天动地却又扑朔迷离的故事，数十年过去了，至今家喻户晓。如果不是这个才女，父亲林长民作为一介外交官员，可能被后人忘却。

历史不堪细读。历史中重要的人事几乎湮没无闻，没有多大重要性的，愈是久远，想象的基因却愈是活跃。对于林徽因和徐志摩那没有留下正面诗句的渺茫的感情，转移到另一个女子身上。林觉民的妻子陈意映避走之后，居所辗转到一个谢姓家族，这个家族后来出了才女冰心，她在五四时期的文学成就，再加上她活到百岁，又为这个无形的文化纪念馆的传奇色彩增添了一笔。

但是，历史又是应该细读的，只有在细读中才能读出许多偶然性的深邃的意味。当年林旭去京，意气风发，成为戊戌变法核心人物，途经杭州，邀约林纾同道，林纾仅仅因为初娶继室而未果，如果不是这样，则北京菜市口可能多了一名烈士，而五四新文化运动时期，是不是可能少了一个保守派呢？

历史不可假定，然而可以假想。假想固然有假想的趣味，而不可假设，有不可假设的意味，林旭是沈葆桢孙女婿，而沈葆桢又是林则徐的外甥兼次女婿。姻亲血缘关系既和宗法传统，又和那国族危亡关头的历史使命感结合在一起。福州作家对这建构了三坊七巷特殊的文化密码保持着特殊的敏感，可能不仅仅是因为籍贯。左宗棠三顾沈葆桢，林纾在这里参与陈衍吟诗作对，陈宝琛和郑孝胥同科中举，然而，最后分道扬镳，后者沦为满洲国傀儡皇帝的宰相……

历史的偶然、必然的错位，每感细读不足，只能掩卷沉思。

孙绍振　（1936— ），祖籍福建长乐。当代学者、作家。1960毕业于北京大学中文系。现为福建师范大学文学院教授、博士生导师，并任中国文艺理论学会副会长。1953年开始发表作品。1983年加入中国作家协会。代表作有诗集《山海情》，散文集《面对陌生人》，论文集《美的结构》《孙绍振如是说》《文学创作论》等。

笔墨文章满坊巷

林那北

文儒坊的这幢房子——陈承裘的故居，在一百多年前，曾经远近闻名。

闻名是因为厅堂正上方悬挂着一面清朝廷所赐的"六子科甲"的匾额。

黄巷口郭家，则异曲同工，道光年间，郭家一门五及第。

黄巷36号曾经与三个文人有关：黄璞、陈寿祺、梁章钜。

今福州师范二附小曾是福建省四大书院之一鳌峰书院的遗址。1707年，在福建巡抚张伯行手中建起，面向全省九府一州招生，当年兴盛时，据说曾有一百四十间校舍。规模还在其次，关键是其中的学子接连科举及第，风光得令朝廷都不得不器重。

这样一座名扬天下的书院，得什么样学富五车的人才有资格坐上第一把交椅呢？

清嘉靖年间的陈寿祺是其中一位。

陈寿祺十八岁中举人，二十八岁中进士，算得上少年得志。他回到福州老家，当起鳌峰书院的山长。一当就是十年。

几十年后，房子的主人换成了梁章钜。

梁章钜原来是清嘉庆七年的进士，曾任广西巡抚和江苏巡抚兼署两江总督，官也不算小了。但他成就更大的还是在文章上。在清代各省督抚中，他的著述是最多的一个，共有七十余种。

在当上巡抚之前，梁章钜最大的官只当到布政使，道光十二年，即1832年，五十八岁的他已经无心仕途了，便称病回福州老家。没想到三年后，道光帝又将他召进京，赐下更大的乌纱帽。

梁章钜把老家的这幢楼称为"黄楼"，是为了纪念唐朝一个叫黄璞的人。

这是目前三坊七巷中所能找到的年代最久远的名人旧迹了。

三坊七巷中另一处至今仍被人格外津津乐道的旧迹是光禄坊的玉尺山房。

宋初，这里是座小山，称玉尺山，山上建有一座法祥寺院。熙宁三年，即1070年，光禄卿程师孟任福州知州时，曾到寺里游览吟诗，并题写了"光禄台吟"四个字。寺门外的这条巷于是被称为光禄坊。可惜上个世纪30年代，三坊七巷中最南侧的光禄坊和与之相连的吉庇巷被辟为马路，巷子仅残存半边。

宋朝末年，法祥寺被废，成为民居，陆续有学者、儒生住进。清嘉庆年间，学者叶敬昌居住在此时，把光禄台吟改称"玉尺山房"。道光十三年，即1833年，叶敬昌曾邀林则徐前来做客，并放鹤游玩。后人于是刻了"鹤蹬"二字纪念。

四十多年后，房子的主人换成了因经营醵业而致富的沈葆桢女儿女婿。

而陈衍与郑孝胥，家都在三坊七巷内。

陈衍从三岁开始，在父亲的教导下读书写字。1886年前后，可能是他对诗歌最痴迷的时期，提出"诗莫盛于三元"。有意思的是，这么有学问的陈衍竟像祖父和父亲一样不会考试。举人是他抵达的最高级别的"学位"了，最大的官只做到学部主事。

一个才华横溢的人，执著爬行在科举之路上，却屡试不第，有人推测在于他一直用心不专。

诗是他的最爱，估计这牵扯去了不少精力。1895年春他进京会试，那时甲午战争中方刚被打败，陈衍就顾不得功名了，由他起草，与林纾等人一起联名上书都察院，反对割让辽东半岛、台湾等领土，并兴致勃勃地与维新派人物结交往来，参与他们的一些活动。两年后，同乡陈季同在上海创办了《求是报》，陈衍被力推为主笔，陆续写出一系列针对中国现状的论说，广受欢迎。他的热心读者中有一位便是时任湖广总督的张之洞，因为欣赏他的文章，便把他招到幕下，任命为《官报》局总编纂，后来又兼两湖书院监督、武昌师范学堂国文教习等等。这样一来书不是又读不成了。1898年春天，他又赴京城会试时，恰逢戊戌变法呼声更高，康有为等人在北京提倡设立"保国会"。陈衍也按捺不住了，写了一篇《戊戌变法榷议》的文章，一册共十篇。

变法失败后，张之洞的《官报》也停办了。不过陈衍仍然安分不下来，1899年至1902年，他主持并参与翻译出版了《商业博物志》、《商业经济学》、《商业地理》、《商业开化史》、《货币制度论》等书，把西方资本主义的商业、金融、经济等方面的理论介绍到中国，这与严复传播西方思想，其影响虽然远不可比，其做法应该还是有些异曲同工之处的。

民国四年，袁世凯策划称帝，设立筹安会时，有人将陈衍的名字列入"硕学通儒"之首，让他参与"联名劝进"。他倒不像严复那么暧昧地沉默着，而是火气很大地要求众议院撤销他的名字，然后就卷起铺盖打道回故乡了。到家不久，就接受福建督军兼省长李厚基之聘，开始编纂《福建通志》。挺庞大的一项工程，他亲拟了修志凡例，对编志所征书籍中有关记载都一一过目，甚至连所要摘录的范围都亲自确定。五年之后，六百余卷、约一千万字的《福建通志》全部完成。至今为止，这仍然是福建省志中最为完备的一部。

在这座房子里，陈衍一直住到1937年逝世为止。

郑孝胥的家与陈衍离得不远，就在相邻的文儒坊洗银营。

郑孝胥在1882年10月25日高中福建省乡试解元。

与陈衍相比，郑孝胥的才分毫无疑问更胜一筹。

1891年5月，他随同李鸿章的嗣子李经方出使日本，先任驻日使馆书记官、领事，后任神户和大阪总领事。1895年11月从日本回国后，三十五岁的郑孝胥马上被两江总督张之洞召为幕僚，参与策划了那期间张之洞几乎所有的政治、经济和文化的活动。他就这样一步一步慢慢向中国政治最中心靠近，终致进入宫中，成为溥仪的老师，并深得宠信，委以总管内务大臣的重任。

小小的三坊七巷，曾出过两位帝师，除郑孝胥外，另一位便是陈宝琛了。陈宝琛比郑孝胥年长十二岁，所谓"六子科甲"，就是以他为首的。

当年少的郑孝胥还在福州老家苦苦翘首科举时，陈宝琛已两次被派充顺天乡试同考官，又任甘肃、江西乡试正考官。1882年，就在郑孝胥中解元的那一年，陈宝琛出任江西学政，次年晋升内阁学士兼礼部侍郎。

不料，1885年，云南、广西布政使唐炯、徐延旭，在对法战事中失利，而这两人都是陈宝琛曾经力荐的。就这么受到牵连了，朝廷以"荐人失察"为由，连降陈宝琛五级。

陈宝琛索性罢官回到福州，一呆就是二十多年。

回到福州后陈宝琛其实并没闲着，四乡八里仰慕他的学识，像捡了个宝，急忙将他请出办学。他先是出任东文学堂董事兼总理，后又将东文学堂广充为官立全闽师范学堂，这是全国最早创办的师范学堂之一。从1903年至1909年，陈宝琛任该学堂的校长七年，毕业学生约有七百多人。而他的妻子王眉寿则在玉尺山房设立了女子师范传习所。后来，这所女子学校与福建女子职业学堂合并，改称福建女子师范学校，学生中包括女作家谢冰心。

1909年，六十一岁的陈宝琛终于再次被召入宫，任命为总理礼学馆事务大臣。两年后，当起小皇帝溥仪的"帝师"。溥仪对他挺满意的，再赏以"太傅"头衔。

他把郑孝胥引荐给溥仪，让其接任"帝师"，原是指望年轻聪慧的老乡能有所作为，不料，就是这个郑孝胥，竟将末代皇帝引上一条死胡同。

闽地多才子，而近代，三坊七巷更是才子扎堆。不过，三坊七巷走出的也不仅仅是文弱的才子，也有孔武有力的武将。

林那北 （1961— ），女，福建闽侯人。本名林岚，曾用笔名"北北"。现为《中篇小说选刊》社长、主编，福建省作家协会副主席，福州市文联副主席。先后出版有散文随笔集《北北话廊》《不羁之旅》，长篇报告文学《冲天而起》，长篇散文《城市的守望》《三坊七巷》，小说集《王小二同学的爱情》《我的生活无可奉告》《请你表扬》等十余部。

芷江县的熊公馆

沈从文

"有子今人杰，宜年世女宗"。

芷江县的熊公馆，三十年前街名作青云街，门牌二号，是座三进三院的旧式一颗印老房子。进大门二门后，到一个院落，天井并不怎么大，石板地整整齐齐。门廊上有一顶绿呢官轿，大约是为熊老太太准备的，老太太一去北京，这轿子似乎就毫无用处，只间或亲友办婚丧大事时，偶尔借去接送内眷用用了。第二进除过厅外前后四间正房，有三间空着，原是在日本学兽医秉三先生的四弟住房。四老爷口中虽期期艾艾，心胸俊迈不群。生平欢喜骑怒马，喝烈酒，尚气任侠，不幸壮年早逝。四太太是凤凰军人世家田军门独生女儿，湘西镇守使田应诏妹妹，性情也潇洒利落，兼有父兄夫三者风味。既不必侍奉姑嫜，就回凤凰县办女学校做四姑太去了。所以住处就空着。走进那个房间时，还可看到一个新式马鞍和一双长统马靴。四老爷摹拟拿破仑骑马姿势的大相，和四太太做约瑟芬装扮的大相，也一同还挂在墙壁上。第二个天井宽一点，有四五盆兰花和梅花搁在绿髹漆架子上。两侧长廊檐槛下，挂一些腊鱼风鸡咸肉。当地规矩，佃户每年照例都要按收成送给地主一些田中附产物，此外野鸡、鹌鹑，时新瓜果，也会按时令送到，有三五百租的地主人家，吃来吃去可吃大半年的。老太太照老辈礼尚往来方式，凡遇佃户来时，必回送一点糖食，一些旧衣旧料，以及一点应用药茶。老太太离家乡上北京后，七太太管家，还是凡事照例，还常得写信到北京来买药。第三进房子算正屋，敬神祭祖亲友庆吊全在这里。除堂屋外有大房五间，偏旁四间，归秉三先生幼弟七老爷。祝七老爷为人忠恕纯厚，乐天知命，为侍奉老太太不肯离开身边，竟辞去了第一届国会议员。可是熊老太太和几个孙儿女亲戚，随后都接过北京去了，七老爷就和体弱吃素的七太太，及两个小儿女，在家中纳福。在当地绅士中做领袖，专为同乡大小地主抵抗过路军队的额外摊派。（这个地方原来从民三以后，就成为内战部队往来必经之路，直到抗战时期才变一变地位，人民是在摊派捐款中活下来的。）遇年成饥荒时，即用老太太名分，捐出大量谷米拯饥。加之勤俭治生，自奉极薄，待下复忠厚宽和，所以人缘甚好。凡事用老太太名分，守老太太作风，尤为地方称道。第三院在后边，空地相当大，是土地，有几间堆柴炭用房屋，还有一个中等仓库。仓库分成两部分：一储粮食，一贮杂物；杂物部分顶有趣味，其中关于外来礼物，似乎应有尽有，记得有一次参加清理时，曾发现过金华的火腿，广东的鸭肝香肠，美国牛奶，山西汾酒，日本小泥人，云南冬虫草……一共约百十种均不相同。还有毛毛胡胡的熊掌，干不牢焦的什么玩意儿。

芷江县地主都欢喜酬醇，地当由湘入黔滇川西南孔道，且是掉换船只轿马一大站，来往官亲必多，上下行过路人带土仪上熊府送礼事自然也就格外多。七太太管家事，守老太太家风，本为老太太许愿吃长素，本地出产笋子菌子已够一生吃用，要这些有什么用？因此礼物推来送去勉强收下后，多原封不动，搁在那里，另外一时却用来回馈客人，因此坏掉的自然也不少。后院中有一株柚子树，结实如安江品种，不知为什么总有点煤油味。

正屋大厅中，除了挂幅沈南苹画的仙猿蟠桃大幅，和四条墨竹，一堵壁上还高挂了一排二十支鸟羽铜镶的长箭，箭中有一支还带着个多孔骨垛的髇箭头。这东西虽高悬壁上不动，却让人想起划空而过时那种呼啸声。很显然，这是熊老太爷做游击参将多年，熊府上遗留下来的唯一象征了。

这是老屋大略情形，秉三先生的童年，就是在这么一个家中，三进院落和大小十余个房间范围里消磨的。

　　老房子左侧还有所三进两院新房子，不另立门户，门院相通。新屋房间已减少，且把前后二院并成一个大院，所以显得格外敞朗。平整整方石板大空地，养了约三十盆素心兰和鱼子兰，二十来盆茉莉。两个固定花台还栽有些山茶同月季。有一口大金鱼缸，缸中搁了座二尺来高透瘦石山，上面长了株小小黄杨树，一点秋海棠，一点虎耳草。七老爷有时在鱼缸边站站，一定也可得到点林泉之乐。（若真的要下乡去享受享受田野林泉，就恐得用三十名保安队护围方能成行。照当时市价，若绑到七老爷的票，大约总得五十支枪才可望赎票的。）正面是大花厅，壁上挂有明朝人画的四幅墨龙，龙睛凸出，从云中露爪作攫拿状，墨气淋漓，像带着风雨湿人衣襟神气。另一边又挂有赵秉钧书写的大八尺屏条六幅，写唐人诗，作黄涪翁体，相当挺拔潇洒。院子另一端，临街是一列半西式楼房，上下两层，各三大间。上层分隔开用作书房和卧室，还留下几大箱杂书。下面是客厅，三间打通合而为一，有硬木炕榻，嵌大理石太师椅，半新式醉翁躺椅。空中既挂着蚀花玻璃的旧式宫灯，又悬着一个斗篷罩大煤油灯。一切如旧式人家，加上一点维新事物，所以既不摩登刺目，也不式微萧索。炕后长条案上，还有一架二尺阔瓷器插屏，上面作寿比南山戏文。一对三尺高彩瓷花瓶，瓶中插了几支孔雀长尾，翎眼仿佛睁得圆圆的，看着这室中一片寂寞一片灰，并预测着将来变化。还有一个衣帽架，是京式样子，在北京熊家大客厅中时，或许曾有过督军巡阅使之类要人的紫貂海龙裘帽搁在上面过。但一搬到这小地方来，显然就无事可做，连装点性也不多了。照当地风气，十冬腊月老绅士多戴大风帽，罩着全个肩部，并不随时脱下。普通壮年中年地主绅士，多戴青缎乌绒瓜皮小帽，到人家做客时，除非九九消寒遣有涯之生，要用它来拈阄射覆赌小酒食，也并不随便脱下的。

这个客厅中也挂了些字画，大多是秉三先生为老太太在北京办寿时收下的颂祝礼物。有章太炎和谭组庵的寿诗，还有其他几个时下名人的绘画。当时做寿大有全国性意味，象征各方面对于这个人维新的期许和钦崇，礼物一定极隆重，但带回家来的多时贤手笔，可知必经过秉三先生的选择，示乡梓以富不如示乡梓以德。有一幅黎元洪的五言寿联，是当时大总统的手笔，字大如斗，气派豪放，联语仅十个字：有子今人杰，宜年世女宗。将近三十年了，这十个字在我印象中还很鲜明。

这院中两进新屋，大约是秉三先生回乡省亲扫墓前一年方建造。本人一离开，老太太和儿孙三四人都过了北方，家中房多人口少，那房子就闲下来了。客厅平时就常常关锁着，只一年终始或其他过节做寿要请酒时，才收拾出来待客。这院子平日也异常清静，金鱼缸边随时可发现不知名小雀鸟低头饮水。夏天素心兰茉莉盛开，全院子香气清馥，沁人心脾，花虽盛开却无人赏鉴，只间或有小丫头来剪一二枝，做观音像前供瓶中物。或自己悄悄摘一把鱼子兰和茉莉，放入胸前围裙小口袋中。

这所现代相府，我曾经勾留过一年半左右。还在那个院子中享受了一个夏天的清寂和芳馥。并且从楼上那两个大书箱中，发现了一大套林译小说，狄更斯的《贼史》、《冰雪姻缘》、《滑稽外史》、《块肉余生述》等等，就都是在那个寂静大院中花架边台阶上看完的。这些小说对我仿佛是良师而兼益友，给了我充分教育也给了我许多鼓励，因为故事上半部所叙人事一切艰难挣扎，和我自己生活情况就极相似，至于下半部是否如书中顺利发展，就全看我自己如何了。书箱中还有十来本白棉纸印谱，且引诱了我认识了许多汉印古玺的款识。后来才听黄大舅说，这些印谱都还是做游击参将熊老前辈的遗物，至于这是他自己治印的成就，还是他的收藏，已不能够知道了。老前辈还会画，在那时称当行。这让我想起书房中那幅洗马图，大约也是熊老太爷画的。秉三先生年过五十后，也偶然画点墨梅水仙，风味极好。

那房子离沅州府文庙只一条小甬道，两堵高墙。事很凑巧，凤凰县的熊府老宅，离文庙也不多远，旧式作传记的或将引孟母三迁故事，以为必系老太太觉得居邻学官，可使儿子习儒礼，因而也就影响到后来一生功名事业。但就我所知道的秉三先生一生行事说来，人格中实蕴蓄了儒墨各三分，加上四分民主维新思想，综合而成。可以说是新时代一个伟大政治家，其一生政治活动，实做成了晚清渡过民初政治经济的桥梁，然并非纯儒。在政治上老太太影响似不如当时朱夫人来得大。所以朱夫人过世后，行为性情转变得也特别大。老太太身经甘苦，家居素朴，和易亲人，恰恰如中国其他地方老辈典型贤母一样，寓伟大于平凡中。秉三先生五十以后的生活，自奉俭薄，热心于平民教育事业，尽捐家产于慈幼院，甚至每月反向董事会领取二三百元薪水。

熊公馆右隔壁有个中级学校，名"务实学堂"。似从清末长沙那个务实书院取来。梁任公先生二十余岁入湘至务实书院主讲新学，与当时新党人物谭嗣同、唐才常诸人主变法重新知活动，实一动人听闻有历史性故事。蔡松坡、范静生时称二优秀学生，到后来一主军事，推翻帝制，功在民国为不朽；一长教育，于国内大学制度、留学政策、科学研究，对全国学术思想发展贡献更极远大。任公先生之入湘，秉三先生实始赞其成，随后出事，亦因分谤而受看管处分。这个学校虽为纪念熊老太太设立，实尚隐寓旧事，校舍是两层楼房若干所，照民初元时代新学堂共通式样，约可容留到二百五十人寄宿。但当我到那里时，学校早已停顿，只养蚕部分因有桑园十余亩，还用了一个技师、六个学生、几十个工人照料，进行采桑育蚕。学校烘茧设备完全，用的蚕种还是日本改良种，结茧作粉红色，缫丝时共有十二部机车可用。诸事统由熊府一亲戚胡四老爷管理。学校还有一房子化学药品，一房子标本仪器，一房子图书，一房子织布木机，都搁在那里无从使用。秉三先生家中所有旧书也捐给了学院。学校停办或和经费有关，一切产业都由熊府捐赠，当初办时，或尚以为可由学校职业科生产物资，自给自足，后来才发现势不可能。这学校抗战后改成为香山慈幼院芷江分院女子初级中学，由慈幼院主持。时间过去已二十八年，学校中的树木，大致都已高过屋檐头，长大到快要合抱了。我还记住右首第二列楼房前面草地上，有几株花木枝桠间还悬有小小木牌，写的是秉三先生某某年手植。

我从这个学校的图书室中，曾翻阅过《史记》、《汉书》，和一些其他杂书。记得还有一套印刷得极讲究的《大陆月报》，用白道林纸印，封面印了个灰色云龙，里面有某先生译的《天方夜谭》连载。渔人入洞见鱼化石王子坐在那里垂泪故事，把鱼的叙述鱼在锅中说故事的故事，至今犹记得清清楚楚。

我到芷江县，正是五四运动发生的民国八年，在团防局做个小小办事员，主要职务是征收四城屠宰捐。太史公《史记》叙游侠刺客，职业多隐于屠酤之间，且说这些人照例慷慨而负气，轻生而行义，拯人于患难之际而不求报施，比士大夫犹高一着。我当时的职业，倒容易去和那些专诸、要离后人厮混。如欢喜喝一杯，差不多每一张屠桌边都可蹲下去，受他们欢迎。不过若想从这些屠户中发现一个专诸或要离，可不会成功！想不到的是有一次，我正在那些脸上生有连鬓胡子，手持明晃晃尖刀，做庖丁解牛工作的壮士身边看街景时，忽然看到几个在假期中回家，新剪过发辫的桃源女师学生，正从街头并肩走过。这都是芷江县大小地主的女儿。这些地主女儿的行为，从小市民看来其不切现实派头，自然易成笑料；记得面前那位专诸后人，一看到她们，联想起许多对于女学生传说，竟放下屠刀哈哈大笑，我也就参加了一份。不意十年后，这些书读不多热情充沛的女孩子，却大都很单纯地接受了一个信念，很勇敢地投身入革命的漩涡中，领受了各自命运中混有血泪的苦乐。我却用熊府那几十本林译小说做桥梁，走入一崭新的世界，伟大烈士的功名，乡村儿女的恩怨，都将从我笔下重现，得到更新的生命。这也就是历史，是人生。使人温习到这种似断实续的历史，似可把握实不易把握的人生时，真不免感慨系之！

北平石驸马大街熊府，和香山慈幼院几个院落中，各处都有秉三先生手种的树木，二十五年来或经移植，或留原地，一定有许多已长得高大坚实，足当急风猛雨，可以荫蔽数亩。

又或不免遭受意外摧残，凋落萎悴，难以自存。诵召伯甘棠之诗，怀恭敬桑梓之义，必有人和我同样感觉，还有些事未做，还有责任待尽。

沈从文 （1902—1988），原名沈岳焕，笔名休芸芸等。湖南凤凰县人。现当代作家、历史文物研究家。1924年开始文学创作，1931至1933年在青岛大学任教。抗战爆发后到西南联大任教，1946年回到北京大学任教，建国后在中国历史博物馆和中国社会科学院历史研究所工作，主要从事中国古代服饰、文物的研究。代表作有小说《边城》《长河》，散文《湘行散记》《湘西》等。

访 沈 园

郭沫若

一

绍兴的沈园，是南宋诗人陆游写《钗头凤》的地方。当年著名的林园，其中一部分已经辟为"陆游纪念室"。

二

《钗头凤》的故事，是陆游生活中的悲剧。他在二十岁时曾经和他的表妹唐琬（蕙仙）结婚，伉俪甚笃。但不幸唐琬为陆母所不喜，二人被迫离析。

十余年后，唐琬已改嫁赵家，陆游也已另娶王氏。一日，陆游往游沈园，无心之间与唐琬及其后夫赵士程相遇。陆即未忘前盟，唐亦心念旧欢。唐劝其后夫遣家童送陆酒肴以致意。陆不胜悲痛，因题《钗头凤》一词于壁。其词云：

> 红酥手，黄藤酒，满城春色宫墙柳。东风恶，欢情薄，一怀愁绪，几年离索。错，错，错。
>
> 春如旧，人空瘦，泪痕红邑鲛绡透。桃花落，闲池阁，山盟虽在，锦书难托。莫，莫，莫。

这词为唐琬所见，她还有和词，有"病魂常似秋千索"，"怕人寻问，咽泪装欢，瞒，瞒，瞒"等语。和词韵不甚谐，或许是好事者所托。但唐终抑郁成病，至于夭折。我想，她的早死，赵士程是不能没有责任的。

四十年后，陆游已经七十五岁了。曾梦游沈园，更深沉地触动了他的隐痛。他又写了两首很哀婉的七绝，题目就叫《沈园》。

城上斜阳画角哀，沈园非复旧池台。伤心桥下春波绿，曾是惊鸿照影来。

梦断香消四十年，沈园柳老不吹绵。此身行作稽山土，犹吊遗踪一泫然。

这是《钗头凤》故事的全部，是很动人的一幕悲剧。

三

10月27日我到了绍兴，留宿了两夜。凡是应该参观的地方，大都去过了。29日，我要离开绍兴了。清早，争取时间，去访问了沈园。

在陆游生前已经是"非复旧池台"的沈园，今天更完全改变了面貌。我所看到的是一片田圃。有一家旧了的平常院落，在左侧的门楣挂着一个两尺多长的牌子，上面写着"陆游纪念室（沈园）"字样。

大门是开着的，我进去看了。里面似乎住着好几家人。只在不大的正中的厅堂上陈列着有关陆游的文物。有陆游浮雕像章的拓本，有陆游著作的木版印本，有当年的沈园图，有近年在平江水库工地上发现的陆游第四子陆子坦夫妇的圹记，等等。我跑马观花地看了一遍，又连忙走出来了。

向导的同志告诉我："在田圃中有一个葫芦形的小池和一个大的方池是当年沈园的故物。"

我走到有些树木掩荫着的葫芦池边去看了一下，一池都是苔藻。池边有些高低不平的土堆，据说是当年的假山。大方池也远远望了一下，水量看来是丰富的，周围是稻田。

待我回转身时，一位中年妇人，看样子好像是中学教师，身材不高，手里拿着一本小书，向我走来。

她把书递给我说："我就是沈家的后人，这本书送给你。"

我接过来看时，是齐治平著的《陆游》，中华书局出版。我连忙向她致谢。

她又自我介绍地说："老母亲病了，我是从上海赶回来的。"

"令堂的病不严重吧？"我问了她。

"幸好，已经平复了。"

正在这样说着，斜对面从菜园地里又走来了一位青年，穿着黄色军装。赠书者为我介绍："这是我的儿子，他是从南京赶回来的。"

我上前去和他握了手。想到同志们在招待处等我去吃早饭，吃了早饭便得赶快动身，因此我便匆匆忙忙地告了别。

这是我访问沈园时出乎意外的一段插话。

四

这段插话似乎颇有诗意。但它横在我的心中，老是使我不安。我走得太匆忙了，忘记问清楚那母子两人的姓名和住址。

我接受了别人的礼物，没有东西也没有办法来回答，就好像欠了一笔债的一样。

《陆游》这个小册子，在我的旅行箧里放着，我偶尔取出翻阅，一想到《钗头凤》的调子，也酝酿了一首词来：

宫墙柳，今乌有，沈园蜕变怀诗叟。秋风袅，晨光好，满畦蔬菜，一池萍藻。草，草，草。

沈家后，人情厚，《陆游》一册蒙相授。来归宁，为亲病，病情何似？医疗有庆。幸，幸，幸。

的确，"满城春色宫墙柳"的影像是看不见了。但除"满畦蔬菜，一池萍藻"之外，我还看见了一些树木，特别是有两株新栽种的杨柳。

陆游和唐琬是和封建社会搏斗过的人。他们的一生是悲剧，但他们是胜利者。封建社会在今天已经被推翻了，而他们的优美形象却永远活在人们的心里。

沈园变成了田圃，在今天看来，不是零落，而是蜕变。世界改造了，昨天的富室林园变成了今大的人民田圃。今天的"陆游纪念室"还只是细胞，明天的"陆游纪念室"会发展成为更美丽的池台——人民的池台。

陆游有知，如果他今天再到沈园来，他决不会伤心落泪，而是会引吭高歌的。他会看到桥下的"惊鸿照影"——那唐琬的影子，真像飞鸿一样，永远在高空中飞翔。

郭沫若 （1892—1978），祖籍福建汀州府宁化县，出生于四川省乐山市。原名郭开贞，字鼎堂，号尚武，笔名沫若。文学家、考古学家、古文字学家、社会活动家，中国现代新诗的奠基人之一。建国后担任中国科技大学首任校长、中国科学院院长、中国文联主席、全国政协副主席等。代表作有诗集《女神》，历史剧《屈原》《棠棣之花》，学术著作《中国古代社会研究》等。

娱　园

周作人

　　有三处地方，在我都是可以怀念的——因为恋爱的缘故。第一是《初恋》里说过了的杭州，其二是故乡城外的娱园。

　　娱园是"皋社"诗人秦秋渔的别业，但是连在住宅的后面，所以平常只称作花园。这个园据王眉叔的《娱园记》说，是"在水石庄，枕碧湖，带平林，广约顷许。曲构云缭，疏筑花幕。竹高出墙，树古当户。离离蔚蔚，号为胜区"。园筑于咸丰丁巳（1857年），我初到那里是在光绪甲午，已在四十年后，遍地都长了荒草，不能想见当时"秋夜联吟"的风趣了。园的左偏有一处名叫潭水山房，记中称它"方池湛然，帘户静镜，花水孕縠，笋石恒蓝"的便是。《娱园诗存》卷三中有诸人题词，樊樊山的《望江南》云：

　　　　冰谷静，山里钓人居。花覆书床偎瘦鹤，波摇琴幌散
　　文鱼：水竹夜窗虚。

　　陶子缜的一首云：

　　　　橙潭莹，明瑟敞幽房。茶火瓶座山蛎洞，柳丝泉筑水
　　凫床：古帧写秋光。

　　这些文字的费解虽然不亚于公府所常发表的骈体电文，但因此总可约略想见它的幽雅了。我们所见只是废墟，但也觉得非常有

趣，儿童的感觉原自要比大人新鲜，而且在故乡少有这样游乐之地，也是一个原因。

娱园主人是我的舅父的丈人，舅父晚年寓居秦氏的西厢，所以我们常有游娱园的机会。秦氏的西邻是沈姓，大约因为风水的关系，大门是偏向的，近地都称作"歪摆台门"。据说是明人沈青霞的嫡裔，但是也已很是衰颓。我们曾经去拜访它的主人，乃是一个二十岁左右的青年，跛着一足，在厅房聚集了七八个学童，教他们读《千家诗》。娱园主人的儿子那时是秦氏的家主，却因吸烟终日高卧，我们到傍晚去找他，请他画家传的梅花，可惜他现在早已死去了。

忘记了是哪一年，不过总是庚子以前的事吧。那时舅父的独子娶亲（神安他们的魂魄，因为夫妇不久都去世了），中表都聚在一处，凡男的十四人，女的七人。其中有一个人和我是同年同月生的，我称她为姊，她也称我为兄，我本是一只"丑小鸭"，没有一个人注意的，所以我隐秘的怀抱着的对于她的情意，当然只是单面的，而且我知道她自小许给人家了，不容再有非分之想，但总感着固执的牵引，此刻想起来，倒似乎颇有中古诗人（Troubadour）的余风了。当时我们住在留鹤庵里，她们住在楼上。白天里她们不在房里的时候，我们几个较为年少的人便"乘虚内犯"走上楼去掠夺东西吃。有一次大家在楼上跳闹，我仿佛无意似的拿起她的一件雪青纺绸衫穿了跳舞起来，她的一个兄弟也一同闹着，不曾看出什么破绽来，是我很得意的一件事。后来读木下杢太郎的《食后之歌》，看到一首《绛绢里》，不禁又引起我的感触。

　　到龛上去取笔去，
　　钻过晾着的冬衣底下，
　　触着了女衫的袖子。

　　　说不出的心里的扰乱，

"呀"的缩头下来：

南无，神佛也未必见罪罢，

因为这已是故人的遗物了。

　　在南京的时代，虽然在日记上写了许多感伤的话（随后又都剪去，所以现在记不起它的内容了），但是始终没有想及婚嫁的关系。在外边漂流了十二年之后，回到故乡，我们有了儿女，她也早已出嫁，而且抱着痼疾，已经与死当面立着了，以后相见了几回，我又复出门，她不久就平安过去。至今她只有一张早年的照相在母亲那里，因她后来自己说是母亲的义女，虽然没有正式的仪节。

　　自从舅父全家亡故之后，二十年没有再到娱园的机会，想比以前必更荒废了。但是她的影像总是隐约地留在我脑底，为我心中的火焰（Fiammetta）的余光所映照着。

周作人　（1885—1967），浙江绍兴人，原名櫆寿（后改为奎绶），字星杓。中国现代散文家、文学理论家、评论家、诗人、翻译家、思想家，中国民俗学开拓人，新文化运动的杰出代表。历任国立北京大学教授、东方文学系主任，燕京大学新文学系主任、客座教授。新文化运动中是《新青年》的重要作者，曾任"新潮社"主任编辑。五四运动后，与郑振铎、沈雁冰等人发起成立"文学研究会"，并与鲁迅、林语堂、孙伏园等创办《语丝》周刊。

石　湖

郑振铎

　　前年从太湖里的洞庭东山回到苏州时，曾经过石湖。坐的是一只小火轮，一眨眼间，船由窄窄的小水口进入了另一个湖。那湖要比太湖小得多了，湖上到处插着蟹簖和围着菱田。他们告诉我："这里就是石湖。"我矍然地站起来，在船头东张西望的，尽量地吸取石湖的胜景。见到湖心有一个小岛，岛上还残留着东倒西歪的许多太湖石。我想："这不是一座古老的园林的遗迹么？"

　　是的，整个石湖原来就是一座大的园林。在离今八百多年前，这里就是南宋初期的一位诗人范成大（1126—1193年）的园林。他和陆游、杨万里同被称为南宋三大诗人。成大因为住在这里，就自号石湖居士，"石湖"因之而大为著名于世。杨万里说："公之别墅曰石湖，山水之胜，东南绝境也。"我们很向往于石湖，就是为了读过范成大的关于石湖的诗。"石湖"和范成大结成了这样的不可分的关系，正像陶渊明的"栗里"，王维的"辋川"一样，人以地名，同时，地也以人显了。成大的《石湖居士诗集》，吴郡顾氏刻的本子（1688年刻），凡三十四卷，其中歌咏石湖的风土人情的诗篇很不少。他是一位中国文学史上重要的田园诗人，继承了陶渊明、王维的优良传统，描写着八百多年前的农民的辛勤的生活。他的"四时田园杂兴六十首"，就是淳熙丙午（1186年）在石湖写出的，在那里，充溢着江南的田园情趣，像读米芾和他的儿子米友仁所作的山水，满纸上是云气水意，是江南的润湿之感，是平易近人的熟悉的湖田农作和养蚕、织丝的活计，他写道：

> 昼出耘田夜绩麻，村庄儿女各当家。
>
> 童孙未解供耕织，也傍桑阴学种瓜。

农村里是不会有一个"闲人"存在的，包括孩子们在内。

> 垂成穑事苦艰难，忌雨嫌风更怯寒。
>
> 笺诉天公休掠剩，半偿私债半输官。

他是同情于农民的被剥削的痛苦的。更有连田也没有得种的人，那就格外的困苦了。

> 采菱辛苦废犁锄，血指流丹鬼质枯。
>
> 无为买田聊种水，近来湖面亦收租。

他住在石湖上，就爱上那里的风土，也爱上那里的农民，而对于他们的痛苦，表示同情。后来，在明朝弘治间（1488—1505年），有莫旦的，曾写下了一部《石湖志》，却只是夸耀着莫家的地主们的豪华的生活，全无意义。至今，在石湖上莫氏的遗迹已经一无所存，问人，也都不知道，是"身与名俱朽"的了。但范成大的名字却人人都晓得。

去年春天，我又到了洞庭东山。这次是走陆路的，在一年时间里，当地的农民已经把通往苏州的公路修好了。东山的一个农业合作社里的人，曾经在前年告诉过我：

"我们要修汽车路，通到苏州，要迎接拖拉机。"

果然，这条公路修汽车路，如今到东山去，不需要走水路，更不需要花上一天两天的时间了，只要两小时不到，就可以从苏州直达洞庭东山。我们就走这条公路，到了石湖。我们远远地望见了渺茫的湖水，安静地躺在那里，似乎水波不兴，万籁皆寂。渐渐地走近了，湖山的胜处也就渐渐地豁露出来。有一座破旧的老屋，总有三进深，首先唤起我们注意。前厅还相当完整，但后边却很破旧，屋顶已经可看见青天了，碎瓦破砖抛得满地。墙垣也塌颓了一半。这就是范成大的祠堂。墙壁上还嵌着他写的"四时田园杂兴"的石刻，但已经不是全部了。我们在湖边走着，在不高的山上走着。四周的风物秀隽异常。满盈盈的湖水一直溢拍到脚边，却又温柔地退回去了，像慈母抚拍着将睡未睡的婴儿似的，它轻轻地抚拍着石岸。水里的碎瓷片清晰可见。小小的鱼儿，还有顽健的小虾儿，都在眼前游来蹦去。登上了山巅，可望见更远的太湖。太湖里点点风帆，历历可数。太阳光照在粼粼的湖水上面，闪耀着金光，就像无数的鱼儿在一刹那之间，齐翻着身。绿色的田野里，夹杂着黄色的菜花田和紫色的苜蓿田，锦绣般地展开在脚下。

这里的湖水，滋育着附近地区的桑麻和水稻，还大有鱼虾之利。劳动人民是喜爱它的，看重它的。

"正在准备把这一带全都绿化了，已经栽下不少树苗了。"陪伴着我们的一位苏州市园林处的负责人说道。

果然有不少各式各样的矮树，上上下下，高高低低地栽种着。不出十年，这里将是一个很幽深新洁的山林了。他说道："园林处有一个计划，要把整个石湖区修整一番，成为一座公园。"当然，这是很有意义的，而且东山一带也将成为上海一带的工人疗养区，这座石湖公园是有必要建设起来的。

他又说道："我们要好好地保护这一带的名胜古迹，范石湖的祠堂也要修整一下。有了那个有名的诗人的遗迹，石湖不是更加显得美丽了么？"

事隔一年多，不知石湖公园的建设已经开始了没有？我相信，正像苏州至洞庭东山之间的公路一般，勤劳勇敢的苏州市人民一定会把石湖公园建筑得异常漂亮，引人入胜，来迎接工农阶级劳动模范的游览和休养的。

郑振铎　（1898—1958），原籍福建长乐，出生于浙江温州。现代作家、诗人、学者、文学评论家、文学史家、翻译家、艺术史家，也是国内外闻名的收藏家、训诂家。1921年毕业于北京铁路管理学校（现北京交通大学），解放后曾先后担任文物局局长、考古研究所所长、文学研究所所长、中国科学院学部委员（院士）、文化部副部长。

我到了北京

冰　心

大概是在1913年初秋，我到了北京。

中华民国成立后，海军部长黄钟瑛打电报把我父亲召到北京，来担任海军部军学司长。父亲自己先去到任，母亲带着我们姐弟四个，几个月后才由舅舅护送着，来到北京。

实话说，我对北京的感情，是随着居住的年月而增加的。我从海阔天空的烟台，山清水秀的福州，到了我从小从舅舅那里听到的腐朽破烂的清政府所在地——北京，我是没有企望和兴奋的心情的。当轮船缓慢地驶进大沽口十八湾的时候，那浑黄的河水和浅浅的河滩，都给我以一种抑郁烦躁的感觉。从天津到北京，一路上青少黄多的田亩，一望无际，也没有引起我的兴趣！到了北京东车站，父亲来接，我们坐上马车，我眼前掠过的，就是高而厚的灰色的城墙，尘沙飞扬的黄土铺成的大道，匆忙而又迂缓的行人和流汗的人力车夫的奔走，在我茫然漠然的心情之中，马车已把我送到了一住十六年的"新居"，北京东城铁狮子胡同中剪子巷十四号。

这是一个不大的门面，就像天津出版社印的老舍先生的《四世同堂》的封面画。是典型的北京中等人家的住宅。大门左边的门框上，挂着黑底金字的"齐宅"牌子。进门右边的两扇门内，是房东齐家的住处。往左走过一个小小的长方形外院，从朝南的四扇门进去，是个不大的三合院，便是我们的"家"了。

这个三合院，北房三间，外面有廊子，里面有带砖炕的东西两个套间。东西厢房各三间，都是两明一暗，东厢房做了客厅和父亲的书房，西厢房成了舅舅的居室和弟弟们读书的地方。从北房廊前的东边过去，还有个很小的院子，这里有厨房和厨师父的屋子，后面有一个蹲坑的厕所。北屋后面西边靠墙有一座极小的两层"楼"，上面供的是财神，下面供的是狐仙！

我们住的北房，除东西套间外，那两明一暗的正房，有玻璃后窗，还有雕花的"隔扇"，这隔扇上的小木框里，都嵌着一幅画或一首诗。这是我在烟台或福州的房子里所没有的装饰，我很喜欢这个装饰！框里的画，是水墨或彩色的花卉山水，诗就多半是我看过的《唐诗三百首》中的句子，也有的是我以后在前人诗集中找到的。其中只有一首，是我从来没有遇见过的，那是一首七律：

> 飘然高唱入层云，
> 风急天高忽断闻。
> 难解乱丝唯勿理，
> 善存余焰不教焚。
> 事当路口三叉误，
> 人便江头九派分。
> 今日始知吾左计，
> 枉亲书剑负耕耘。

我觉得这首诗很有哲理意味。

我们在这院子里住了十六年！这里面堆积了许多我对于我们家和北京的最初的回忆。

我最初接触的北京人，是我们的房东齐家。我们到的第二天，齐老太太就带着她的四姑娘，过来拜访。她称我的父母亲为"大叔"，"大婶"，称我们为姑娘和学生。（现在我会用"您"字，就是从她们学来的。）齐老太太常来请我母亲到她家打牌，或出去听戏。母亲体弱，又不惯于这种应酬，婉言辞谢了几次之后，她来的便少了。我倒是和她们去东安市场的吉祥园，听了几次戏，我还赶上了听杨小楼先生演黄天霸的戏，戏名我忘了。我又从"汾河湾"那出戏里，第一次看到了梅兰芳先生。

我常被领到齐家去，她们院里也有三间北屋和东西各一间的厢房。屋里生的是大的铜的煤球炉子，很暖。她家的客人很多，客人来了就打麻雀牌，抽纸烟。四姑娘也和他们一起打牌吸烟，她只不过比我大两三岁！

齐家是旗人，他本来姓"祈"（后来我听到一位给母亲看病的满族中医讲到，旗人有八个姓。就是童、关、马、索、祈、富、安、郎），到了民国，旗人多改汉姓，他们就姓了"齐"。他们家是老太太当权，齐老先生和他们的小脚儿媳，低头出入，忙着干活，很少说话。后来听人说，这位齐老太太从前是一个王府的"奶子"，她攒下钱盖的这所房子。我总觉得她和我们家门口大院西边那所大宅的主人有关系。这所大宅子的前门开在铁狮子胡同，后门就在我们门口大院的西边。常常有穿着鲜艳的旗袍和坎肩，梳着"两把头"，后有很长的"燕尾儿"，脚登高底鞋的贵妇人出来进去的。她们彼此见面，就不住地请安问好，寒暄半天，我远远看着觉得十分有趣。但这些贵妇人，从来没有到齐家来过。

就这样，我所接触的只是我家院内外的一切，我的天地比从前的狭仄冷清多了，幸而我的父亲是个不甘寂寞的人，他在小院里砌上花台，下了"衙门"（北京人称上班为上衙门！）便卷起袖子来种花。我们在外头那个长方形的院子里，还搭起一个葡萄架子，把从烟台寄来的葡萄秧子栽上。后来父亲的花园渐渐扩大到大门以外。他在门口种了些野茉莉、蜀葵之类容易生长的花朵，还立起了一个秋千架。周围的孩子就常来看花，打秋千，他们把这大院称作"谢家大院"。

"谢家大院"是周围的孩子们集会的地方，放风筝的、抖空竹的、跳绳踢毽子的、练自行车的……热闹得很，因此也常有"打糖锣的"的担子歇在那里，锣声一响，弟弟们就都往外跑，我便也跟了出去。这担子里包罗万象，有糖球、面具、风筝、刀枪等等，价钱也很便宜。这糖锣担子给我的印象很深！前几年我认识一位面人张，他捏了一尊寿星送我，我把这尊寿星送给一位英国朋友——一位人类学者，我又特烦面人张给我捏一副"打糖锣的"的担子，把它摆在我玻璃书架里面，来锁住我少年时代的一幅画境。

总起来说，我初到北京的那一段生活，是陌生而乏味的。"山中岁月"、"海上心情"固然没有了，而"辇下风光"我也没有领略到多少！那时故宫、景山和北海等处，还都没有开放，其他的名胜地区，我记得也没有去过。只有一次和弟弟们由舅舅带着逛了隆福寺市场，这对我也是一件新鲜事物！市场里熙来攘往，万头攒动。栉比鳞次的摊子上，卖什么的都有，古董、衣服、吃的、用的五光十色；除了做买卖的，还有练武的、变戏法的、说书的……我们的注意力却集中在玩具摊上！我记得最清楚的是棕人铜盘戏出。这是一种纸糊的戏装小人，最精彩的是武将，头上插着翎毛，背后扎着四面小旗，全副盔甲，衣袍底下却是一圈棕子，这些戏装小人都放在一个大铜盘上。耍的人一敲那铜盘子，个个棕人都旋转起来，刀来枪往，煞是好看。

父亲到了北京以后，似乎消沉多了，他当然不会带我上"衙门"，其他的地方，他也不爱去，因此我也很少出门。这一年里我似乎长大了许多！因为这时围绕着我的，不是那些堂的或表的姐妹弟兄，而只是三个比我小得多的弟弟，岁时节序，就显得冷清许多。二来因为我追随父亲的机会少了，我自然而然地成了母亲的女儿。我不但学会了替母亲梳头（母亲那时已经感到臂腕酸痛），而且也分担了一些家务，我才知道"过日子"是一件很操心、很不容易对付的事！这时我也常看母亲订阅的各种杂志，如商务印书馆出版的《妇女杂志》，《小说月报》和《东方杂志》等，我就是从《妇女杂志》的文苑栏内，首先接触到"词"这种诗歌形式的。我的舅舅杨子敬先生做了弟弟们的塾师,他并没有叫我参加学习,我白天帮母亲做些家务,学些针黹,晚上就在堂屋的方桌边,和三个弟弟各据一方,帮他们温习功课,他们倦了就给他们讲些故事,也领他们做些游戏,如"老鹰抓小鸡"之类,自己觉得俨然是个小先生了。

弟弟们睡觉以后,我自己孤单地坐着,听到的不是高亢的军号,而是墙外的悠长而凄清的叫卖"羊头肉"或是"赛梨的萝卜"的声音,再不就是一声声算命瞎子敲的小锣,敲得人心头打颤,使我彷徨而烦闷!

写到这里,我微微起了感喟。我的生命的列车,一直是沿着海岸飞驰,虽然山回路转,离开了空阔的海天,我还看到了柳暗花明的村落。而走到北京的最初一段,却如同列车进入隧道,窗外黑糊糊的,车窗关上了,车厢里的电灯亮了,我的眼光收了回来,在一圈黄黄的灯影下,我仔细端详了车厢里的人和物,也端详了自己……

北京头一年的时光,是我生命路上第一段短短的隧道,这种黑糊糊的隧道,以后当然也还有,而且更长,不过我已经长大成人了!

冰心 (1900—1999)原名谢婉莹,福建长乐人。现当代作家、诗人、翻译家、儿童文学作家、社会活动家。在1919年8月的《晨报》上发表小说处女作《两个家庭》时,第一次使用"冰心"的笔名。1923年出国留学前后,开始陆续发表总名为《寄小读者》的通讯散文,成为中国儿童文学的奠基之作。1926年回国,先后在燕京大学、清华大学女子文理学院任教。1946年被东京大学聘为第一位外籍女教授,讲授"中国新文学"课程。

弄堂深处是吾家

吴福辉

　　我出生在上海。虽然现今我这个人无论从外看到里，都像是标准的北方汉子，但江南的童年记忆很深。十岁以前1940年代上海市民日常的样子，他们的生活方式、思维方式，还是深深地印入我的灵魂，刻骨铭心。其中，就与我家先后住过的三条弄堂相关。

　　上海人所说的弄堂，里衖，即胡同之意。好像"胡同"一词是元人带过来的，起初是进口货，后来渐渐融入中华文化。我幼时所住的第一条弄堂，位于静安寺附近的北京西路，当时叫爱文义路四寿邨。关于上海的外文路名，当然是租界的产物，与西方侵华史有联系，但取消的过程却是相当漫长（不要以为用中国省和城市为上海的南北、东西马路命名是"国货"，最初也是租界当局确定的）。我1944年五岁上学，学校原为工部局西区小学，非常出名。那时的记忆就有了。到抗战结束我们搬去虹口为止，整个上海的孤岛、沦陷时期都是住在爱文义路的。其时，家父在几家报关行（替商人履行向海关报税手续的机构，是私营的）做职员，收入颇丰，才可能在被称为"上只角"的沪西静安寺地区，租住如此的新石库门房子。80年代中期我有一次去上海住在延安西路美丽园离静安寺很近，中午便寻到该处房子，发现它竟完好如初。前几年领着亲友又去看过，附近的老房子拆迁到我们那条弄堂就停住了，想必是尚可使用。四寿邨呈L形，很短，每家独户居住，联排的三层单开无厢房的石库门，一条死弄堂仅七八人家而已。石库门是近代上海最有特色的市民用房，真正有钱的人住的是单栋洋房，甚至花园洋房，其次住欧美风格的公寓，此外的新式里弄房子和石库门也要选地段、择新旧。石库门在上海的历史从清同治年间开始，到1940年代大概一半以上的沪人都生与斯、居于斯。它有老式与新式之别，我们这算是新式的。石头的门框、门楣和对开的黑漆木门，上有门环，为石库门房子所必备。大门照例不开，都走后门。我记得有一年七月十五过中元节俗称鬼节，大门忽开，为的是外面有泥地可遍插香火，小孩们守岁一般熬夜等着收捡香棍玩呢（这个节在香港现在仍保留着，我碰到过）。进得大门是一天井，家里当时租过骆驼祥子拉的包车，就停在那里；父亲的朋友领来过一只狼狗，拴在那儿狂吠，我们小孩子又怕听又想听。然后经过传统的落地门扇便是客堂，为吃饭会客之所。后面是灶间、后门。灶间与客堂之间是楼梯，很陡很暗的木楼梯。一上去便是亭子间，它处在灶间之上、晒台之下，一般做佣人房或堆杂物，我家是做洗浴间。因为是阴面的房子，下热上凉，单独出租较为便宜，所以深得初来上海滩的青年夫妇或左翼贫困作家们的青睐，久而久之便酿造出一种"亭子间文学"和"亭子间文化"了。从亭子间折弯，沿楼梯再登上去，便是二楼正房。如果没有三楼，便是典型的"一楼一底"。三楼有的是利用屋顶空隙搭的，叫假三层，大的阁楼置放双人床、柜子都没有问题。阁楼在屋顶开出的窗户便是"老虎窗"。这种楼房如一家独住是挺舒服的，住户应是中产阶级，比如四寿邨我们对面的一家是工厂主，家里装着电话，客堂里挂着当红的绍兴戏（越剧）名演员照片，不知道是袁雪芬、傅全香还是徐玉兰。旁邻一家的客堂里，摆着贵重的紫檀木棋桌，小时觉得神秘。家长们都忙，互相客客气气，并无多少往来。而"小康"市民家庭温饱之余，一是过节气氛浓厚，春节元旦端午中秋几个大节外，清明、中元、双十都过；二是业余生活多样，家父每日上班情景我见不到，回来应酬繁多是明显的。家里经常有朋友来吃饭，吃饭的理由主要有欢迎新同事、过生日、婴儿满月、亲友聚散、搬家等。城市里都是租房住，为"乔迁之喜"而吃的搬场酒便格外多，借口也最容易。出去的应酬主要是婚丧嫁娶，中式结婚吃酒席，西式结婚吃糕点，如果家里有孩子被邀去做男女傧相，就分外热闹。饭后一般打麻将，八圈十六圈算是卫生麻将，通宵的雀战亦是常事。所以我从小在咖啡豆的气味中看懂麻将，便不奇怪了。还有是看戏（看电影是以后的事），因家父喜欢京剧，女亲眷们喜欢的是越剧。叫"祥生"的出租车到大舞台、天蟾舞台、共舞台看戏，是让孩子们兴奋的大事。我记得的海派连本戏有《血滴子》，有《西游记》。戏园子中西合璧，卖冰糖葫芦，甩手巾把子，烟雾缭绕，偌大的二道幕拉起来上面是"美丽牌香烟"的巨型广告。如果跟着大人去"荡马路"，也是上海人的文化一课。最高兴到南京路大新公司的地下铺面去乘阶梯式电梯，到三阳南货店去买宁波吃食，最近处也有静安寺的商业区可逛，因而养成我一个男生并不讨厌遛街的习惯。长大后，家里每月给点零花钱，主要用来坐电车，静安寺到四川北路的一路电车整日在我家门前"带根辫子"绕圈开着。过年必穿新衣，去参加婚礼要穿新衣、穿皮鞋，这小皮鞋平时不穿，单等拜年、做客时穿，往往小了紧了，并不舒服，好像是专为大人穿似的。上学之后，我的兴奋点就集中在我的新闸路小学（西区小学，即后来的静安区第一中心小学）上面了。这学校主楼三层，上音乐、手工课有专门的教室。走廊里龙头的水是可以饮用的，中间休息时排队喝牛奶。礼堂能容纳全校师生开会，还有演出。我第一次接触的世界文学名著是《阿丽思梦幻奇游记》，就因在学校礼堂看了大型提线木偶戏《阿丽思的梦》。最早读的是《格林童话》，因为看了卡通片（即动画片）《白雪公主》。中国小说看的则是水浒三国的连环画（后叫小人书）。就这样，我在如此的环境下完成了我的早期生活教育。我有理由把上海中等市民的生活水准和内地富庶地区如四川成都平原一般的地主家庭做一比较，衣食住行，文化娱乐，除"食"一项互有伯仲外，其余都远远胜出。这是中国现代发展过程中，城与乡、东部与西部不平衡性的显著表现。

不过，这样的日子在我家里没有维持太久。三四年后，随着父亲离开报关行去从事不适于他的商业，我们家就开始走下坡路了。先是搬家，从沪西搬到了虹口的狄思威路，今之溧阳路。虹口在上海是个中间发达地带，它位于苏州河北（旧地图标吴淞江），自然比南部的中心区差；但它又夹在闸北和杨树浦（今简称杨浦区）这两个工业区之间，还不能算"下只角"。特别是一条四川北路贯通了昔日的美租界和日侨聚居区，它拥有仅次于南京路、霞飞路（淮海路）的商业街市。我家搬过去的是狄思威路一条新式弄堂，并非石库门，而同鲁迅大陆新邨的格局类似，只是举架较低，门前的短栅和庭院几乎是微型而已。最主要的是我们只能租住二楼的两间房子了。两间里我住的那间还是骑楼（上海人叫"过街楼"）。弄堂里没有活动的空间。我能记得爱文义路弄堂玩滚铜板、弹玻璃球、看人跳格子的情景，可狄思威路弄堂里玩过什么一点也没有印象。仅记得一个春雨连绵的季节，有只鸟雀突然误撞入我两面带窗的屋子，被我视同宝贝一般养了好几天，最后放生时还依依不舍的。

这条弄堂叫什么"坊"，现在已记不住了。我的台湾三妹生于此。1992年我陪她寻找出生地，是凭弄口路对面那家西式小菜场辨认的。与此弄堂有关的比较风光的事情有二：一是我考上附近的新陆师范附小。这也是比较有名的学校，查上海辞典里它创办于浦东，抗战初期遭炸毁，光复后在虹口恢复。名校的标志便是转学也需考试，不乱收学生。这个第二母校位于九龙路和武进路夹缝的地块上，对面的市立传染病院现在叫第一人民医院，学校所在原是块空地，老地图上标着"瓦筒堆场"这样奇特的名字，现为虹口中学。它三层楼的校房十分宽大，礼堂、草坪、球场、游泳池、假山，一应俱全。我后来带学生去"瞻仰"过，他们都为这么好的小学校舍咋舌。风光之二，是家父此间因赴青岛、南昌各地曾坐过飞机。这在同学中是可以炫耀的。我并不晓得父亲的经商实际已处于失败局面，只觉得他带回的航空食品足够我在小朋友中位置的升高。父亲还带回庐山的手杖，景德镇的瓷器，那些瓷碗上烧得有"少吃多滋味"的字样，瓷像是依父亲青年时代着西装照定制的（现仍存），都让小孩子感觉新鲜。

新陆师范附小的延长线，是与我的文化维系。由校门口武进路西行，经一家著名的救火会（许多上海老照片集都有这家消防队的红门高塔身影），便入海宁路。这是四川北路中段的一个文化娱乐区，电影院、剧场、书店、商铺林立。我在这里自买的第一本书不好意思并非文学名著，却是本鬼故事。这里有虹口影戏院，是上海最早的电影放映地。有国际电影院，后来在这里看过名噪一时的《一江春水向东流》。在胜利电影院戴了椅背上的"译音风"可以很便宜地看外国原版片。从海宁路折进四川北路走过横滨桥到丰乐里，是我祖母和大叔的住地。它在新辟的多伦路（旧称窦乐安路）文化区之内，今日被呼为左翼作家的大本营：左翼作家联盟诞生地原中华艺术大学在这里，鲁迅、茅盾、柔石等住过的景云里在这里，沙汀、艾芜住过的德恩里在这里，彼此只有几分钟的路程。窦乐安路对面是内山书店，处在施高塔路路口（今山阴路），折入便是鲁迅最后居住的大陆新邨了。在附近同四川北路相接的，还有鲁迅用内山书店店员镰田诚一的名义租下的狄思威路1359号二楼的一间二十平方米的屋子，来放他大陆新邨住房放不下的六千册图书。这间藏书室曾经被夸大为鲁迅秘密阅读马克思主义书籍的地方。而不远处的狄思威路1269号便是抗战胜利后郭沫若住过两年的英国式住宅房。这些当然都是我有了现代文学专业知识后才知道的，但当年因与自己家和祖母家邻近，我常去那里。像虹口公园（今鲁迅公园）常使我难于启齿，是因顽皮曾掉在它的一个池塘里。你可以想象，这几乎是我少年时代天天走过的再熟悉不过的地方了。

但我家的日子却越过越艰难，终于连狄思威路的房子也难以为继，就乘我姑母全家迁移台湾的机会，搬到了他们原住的东余杭路春阳里去。此地因离新陆师范附小的路程与狄思威路一般远，所以我并没有转学校，一直在那里读到六年级我们离开上海北上为止。

2002年10月我在上海九龙宾馆参加胡风研讨会，晚上陈子善到我房间来，我们对着窗外万家灯火聊天。我突然说，这下面一片低矮黑漆漆的房子是我住过的。陈很感兴趣地问，难道你住在东余杭路？我点头。陈说出我也感觉意外的话，说他也住过。于是这夜我们结伴做东余杭路游。九龙宾馆就在狄思威路上，隔了虹河（应当是"虹口"名字的来源吧）可以望到新陆师范原址，沿河才是九龙路。我俩由鸭绿江路进春阳里弄底，穿过长长的弄堂，然后抵达弄口的东余杭路。我少年时觉这条老式石库门弄堂其长无比，中间有近十排横弄。我家窗下即东余杭路，是铺面房，所以大门就没有了；从后门进，灶间改住了一家人，前面是四开间的荣昌祥南货店；上楼亭子间住一家人，到二楼是两家，我们分住一个前房、一个阁楼。亭子间上面的晒台是公共场所，撑满了万国旗一样的晒衣竿子，通晒台的楼梯下放置了一排煤球炉子。如果不是被南货店分割，应当有七八家住在这近似爱文义路一户的空间里，我们过的就更像是"七十二家房客"的拥挤无厨房无马桶间（卫生间）的石库门生活了！

不过陈子善目测了我的石库门房子后，却说还好，至少不比他家差。我不知道搬来后父母的真切感觉，他们一定是大窘，不然不会在1950年初不顾所有亲友的反对，力排众议，在春节前毅然离开上海。但我当年住在这里感觉很快活，因这里同爱文义路最大的区别是有生气，满弄堂都是人，日子是鲜活鲜活的。我放学回来可以在弄堂徜徉，看大人们如何斗嘴，见少年郎学脚踏车穿梭其间，听爆米花炉子嘣的一声带出粮食的香味，而大变活人的戏法就在街上进行真让我生怕箱子把人变成零了。一利一弊，虽然街市的分贝很高，但市民的生活就像开水沸腾一样。早上的弄堂奇景之一是刷马桶。天刚蒙蒙亮，家家后门的马桶已排成队了。粪车进得每条横弄好像有铃声，马桶倒后用清水洗净，长竹篾条扎成的刷子的沙沙沙声音就响彻满世界。之二是生炉子，分炭风炉和煤球炉子两种。前者是要顿顿饭生的（所以上海人都吃大饼油条粢饭团的现成早餐，或用开水泡隔夜饭，不生或少生炉子），这之间弄堂里响起哗啦哗啦的扇扇声，不久便见到各家门后的缕缕青烟。生炉子要准备纸媒引柴和煤炭，要算计好做饭炒菜和冲热水瓶的用量，可是饭偶尔能用点心充当，洗脸洗脚的热水是不能没有的，所以上海市民在节约的前提下就有了奇景之三的上老虎灶。记得春阳里的老虎灶颇远，热水瓶带着一个横梁，有时我也帮母亲去买过提过。那是当街一个大斜面的特殊炉灶，几口大锅，用水勺往热水瓶里注水就像川人添茶那样要有一身技艺。这种老式石库门房都无现代化的厕所、厨房，春阳里让我见识了爱文义路和狄思威路都没有的下层市民生活。如果习惯了便会觉得方便，像每日必需的买菜，路口便有各色菜摊，六时开市，八时即散，假使要买更多更好的荤素菜可穿过一条狭弄到达汉阳路，不远就是全市闻名的三角地大菜场。生火对面就是煤球厂，买零食就在楼下南货店，理发照相都不用走出几十步路，看武侠的书摊就在窗下，有时吊个篮子就能把书吊上楼来。市民的生活杂乱无章，却生气勃勃，充满了人间气息。

与陈子善夜游的时候，报上已发表过宋庆龄可能是在东余杭路出生的消息。那是在此路530号发现了宋氏老宅，为宋庆龄父宋耀如致富后于1890年在沪地所建。两层楼的石库门房，前后天井，用木楼梯连接两个院子，现虽破旧但基本结构仍然完好。宋庆龄究竟是生于浦东还是虹口，目前存两说：有人以宋庆龄说浦东口音的上海话为据，但接着就有人指出老上海话就是带浦东味的；有人出示老地图证明1890年东余杭路是河滩地，哪里有宅子，但接着就有人指出老地图未标有路却实际已有房的情况多了。不过宋氏三姐妹都是从这里出发而去美国求学的，没有疑问；孙中山先生1894年结识宋父得到极大支持，曾在此宅住过，甚至在此计划过广州起义，也无异议。那真是我们的光荣。

我自然热望宋庆龄先生生于此地，但那毕竟只有一个答案。我也不知道这场出生地的学术讨论究竟如何落幕，但我相信东余杭路人有福了，上海市民得福了。

吴福辉　（1939— ），浙江镇海人，出生于上海。当代学者、作家。曾任中国现代文学馆副馆长、《中国现代文学研究丛刊》主编、中国现代文学研究会常务副会长、中国茅盾研究会副会长。主要研究方向为中国三四十年代文学，左翼文学与京海派文学，现代讽刺小说等。代表著作有《中国现代文学发展史（插图本）》《中国现代文学三十年》（合著）《沙汀传》《都市漩流中的海派小说》等。

我的小院　我的故事

柳　萌

　　我常常地想起，五十多年前，居住的那个院子。

　　有时想起会悄然落泪，有时想起会暗自微笑，有时想起会心神茫然。我曾经多次追问过自己，从少小到年老，从家乡到京城，少说也住过十几个院子。有的院子亭台楼阁环绕，有的院子花木荷塘散落，有的院子青砖瓦舍典雅……每个院子都称得上建筑奇葩，看上一眼都是美的享受。可是，不知为什么，对那个居住三年的普通小院，我却总是有着牵肠挂肚的眷恋，直到现在想起来都会心动不已。

　　这个坐落北京东城的院子，是怎样的院子呢？说起来再平常不过了。既没有王府的亭台楼阁池塘花木，也没有豪宅的雕廊画柱照壁鱼缸，更谈不上几进院多少间房，在北京的四合院里极其普通。走进大门的前院，有间比较大的房舍，摆放着佛龛香炉供品，陈设着黄垫绣帐垂帘，显然是个做佛事的地方，只是不见和尚尼姑道士。晨昏诵经的和朝拜者，大都被人称为居士。那袅袅的诵经声，那幽幽的钟磬声，如诉如泣如歌如咏，在小院里悠悠飘荡，让我这凡人也有种超度感。穿过经堂旁一条夹道，就是个宽敞方正院落，青砖灰瓦房屋整齐排列，院子里有几株繁茂槐树，春天弥漫着浸润心肺的花香，给小院增添几许勃勃生机，秋天落花随风飘零漫地似雪，使小院略显几点清清落寂。这小院中的槐花，成了我年轻的印迹，只要想起这小院，就能依稀闻到花香，仿佛青春并未逝去。

　　20世纪50年代的中央机关，职工宿舍还不时兴盖楼，我供职的某部买下这个小院，当作单身职工的公寓。几十个单身汉子居住于斯，与其说是个机关宿舍，还不如说是个行旅客栈，早晨起床有的连被都不叠，就匆匆忙忙去上班了，晚上赴约或看电影很晚才回来，有的连灯都不开就钻进被窝儿。白天只有工友老孙头儿，老两口看管和照料公寓，打扫室内卫生，往暖壶里冲水，有时帮谁办点儿杂事。做完这些事情，就搬出小方桌，老两口儿边喝茶，边聊天儿晒太阳。整个院子寂静得能听到树叶摩擦声。

这个院子所在街道羊管胡同，距北管公园（现在俄罗斯大使馆所在地）、交道口都不远，早晨和黄昏到公园散步，节假日到交道口看电影，或者到北新桥逛书店，就成了我生活的主要内容，日子过得倒也算平和自在。尤其让我感到高兴的是，在这所单身公寓里，有几位喜欢文艺的翻译和工程师，由于爱好相同使我们成了朋友。只要有时间大家就凑到一起，谈论诗歌、小说、电影、绘画，有时还用留声机放音乐唱片，什么贝多芬、施特劳斯、柴可夫斯基、莫扎特等等，这些世界级音乐大师的作品，我就是在这时候知道和接触的，从此就喜欢上了西洋音乐。

这座小院也有热闹时候，周末休息或者节假日，整个小院就像个集市，有女朋友的要去约会，梳理打扮完哼唱着小曲，迈着轻快脚步走出，还不忘煊耀地说声"走啦——"，潜台词是"我有女朋友噢"。没女朋友的就窝在家里，院子就成了找乐儿的地方，有的拉琴唱洋歌唱京戏，有的饮功夫茶闲聊天儿，有的旁若无人地看书，还有的用煤油炉子烧饭。当然，人的组合并非随意而为，大都是或以性情相近，或以家乡地域相连，或以业余爱好相似，自然而然地凑合到一起。

倘若有一天某个人，带个年轻女人进院，几乎所有人都会兴奋，用羡慕温暖的眼神，上下地打量这位女士，如同欣赏画作般精细，然后就悄声品头论足。有的多嘴人还会说："某某，什么时候，请我们吃喜糖呵？"女士听到就娇羞地低下头，怯怯地紧跟着男人，急促促地跑到屋里。这某某男人呢，往往笑而不答。于是，纯粹男人式的哄叫声口哨声，就会迅疾地飘散在院中，这仿佛成了对初访女士，独特而友好的见面礼。当事人的尴尬与无奈，单身汉也许还体会不到，然而，却是每个单身汉所向往的事，盼望什么时候自己也有这一天。

终于，轮到我了。1955年的一天，要领女朋友来公寓，她也得过"男人关"，如何不致让她太尴尬，我费了不少的心思。最后总算想出个招儿。

我的女朋友是个大学生，起初，我俩不是看电影就是逛公园，完全处于"隐秘"地恋爱。交往了一段时间，觉得可以公开了，先是我去了她学校宿舍，她的几位要好同学，对待我都非常友善客气。她提出到我住的公寓看看，怕她受不了这纯男人见面礼，头天我买了一斤大虾酥糖，分发给单身公寓里每位哥们儿，还给了公寓的老工友夫妇。大家立刻敏感地意识到，我有了什么好事、喜事，有的人就问："怎么，还未见人哪，干吗就送上糖了？"我只是诡秘地笑而不答，故意地卖卖关子抻抻气，性急的人又是催又是逼，我这才坦诚地告诉他们，我是双喜临门哪，一是领导批准我报考大学，二是我有了女朋友，报考大学要备课，就不便出去约会了，只好让女朋友来看我。我有女朋友的事，瞒不住了，请诸位多多关照，人家头次来时，别太让人家难为情。您还别说，这糖还蛮管用，既甜嘴又堵嘴，好几位都说："在这个院子里，你是最小的弟弟，不承想，你悄悄地有了对象，我们帮助你成全这两件美事。"从此，我就一心一意复习功课，除中午出去吃点饭，其余时间，心思都扑在书本上。假日里女朋友来公寓，帮我洗洗衣服，用煤油炉了做点儿饭，读书读累了，听听音乐，聊会儿天儿，说的都是报考大学的事。我俩都对未来有着美好的憧憬。

这是我住进这个小院以来，度过的最舒心最快乐的时光，我以为这个小院是我的福地。相信从这里开始，我的前途无比坦荡，道路会越走越宽阔。想象着将来大学毕业，无论到哪里做啥工作，只要有机会来北京，我都会专程拜访这个小院。

唉！想得太美了太早了，个人算盘打的再精，有时也精不过天算。那时候的政治运动，就像现在的可怕癌症，简直让人猝不及防，说不定，什么时候摊在谁的头上。就在我做着读书美梦时，突然搞起了"反胡风运动"，这本来属于文艺界的事，由于挂上了"反革命小集团"荆冠，因此，就迅速在全国范围蔓延开来，各行各业都抓各种"小集团"。可是我万万想不到，这运动竟会摊到我头上。先是一位同公寓的人举报，我床头摆着本诗集《星之歌》，作者老诗人鲁藜被《人民日报》点名，怀疑我不是同党也是"外围"，就在单位挂上了"另类"号儿；接着是我的两位诗人朋友单位，外调他们的所谓什么问题，我讲了他们的真实情况，不太符合政治运动的时宜；再者就是我写了首小诗《寻春》，赞美幼儿园孩子的纯真，说我未把工农兵生活当春天，是典型的胡风说的"处处有生活"，这三条罪状加在了我头上。这还了得。

最令我愤怒和沮丧的是，这运动早不来晚不来，偏偏在我报考大学时，来坏我梦寐以求的好事。在临考头一天的下午，某部保卫处两个彪形大汉，突然来到公寓我的屋里，边诱边骗地拿走我"准考证"，而后正式通知我接受审查。眼睁睁地看着梦想和前程断送，又急又恼又无奈又无助，当晚捂在被窝里偷偷地哭泣，生平第一次感受命运的捉弄。未过几天就是小会审大会批，让交代与"胡风反党集团"关系，深挖"资产阶级名利思想"，弄得我一时间日夜不得安宁。倘若真有其事也罢，根本是没有的事，让我拿什么交代？不交代就是态度不好，批斗者轮番地施压、批判，纠正我的对抗运动情绪。后来经过内查外调，见我确实不是敌人，这才暂时放我一把，只批判我的名利思想。

有天夜里睡不着觉，不由想起1951年，放弃学业，背着父母，毅然离家参加军干校。积极追求进步参加革命，这会儿却被怀疑审查，既后悔当初的选择，又感伤现在的处境，越发觉得冤枉和委屈。政治运动是这样残酷，人间世态是这样无情。我进入社会才四年呵，就尝到了挨整的滋味儿，谁知将来的路会怎样呢？实在没有勇气多想。

有天刚开完我的批判大会，传达室工友送来个邮包，里边装着两本苏联作家的书，这是早先我赠送给女朋友的，我以为她想以这种方式告诉我：我们永远不分离。打开书的扉页一看，我就愣了。她在扉页她签下的名字上，用钢笔狠狠地涂划了无数道儿，从那零乱深陷的笔痕上，我猜想，她准是边划边痛骂我，牵连了她，让她这个要求进步的青年，如今成了政治"落后分子"。直觉告诉我这是绝交通知，我一看眼泪刷地流下来，本已经因委屈而疼痛的心，仿佛又浸泡到凉水里，浑身上下都在不停颤抖，下意识地靠在了椅子上，歇息片刻才慢慢开始镇静。政治受审查，爱情上失意，这两把明晃晃的刀子，同时插进我的心窝儿。实在无法忍受和承担了，当天回到居住的公寓，进屋就放声号啕大哭，多日的郁闷似闸水倾泻。哭声冲破小院的寂寥，招来几位年长的寓友，他们用不痛不痒的话，给我以劝慰和开导，却无法帮我解脱艰难境遇。我家在外地北京无亲人，此时，最让我思念的就是父母，却又不想让父母为我担心，只好自己吞咽这人生第一杯苦酒。

其后，平静的日子，好不容易度过两年，到1957年又搞起整风鸣放运动。我受挫的心还在阵阵疼痛，连生活都觉得没啥意思，对政治就更不感兴趣，心想，爱搞什么就搞什么，跟我毫无关系，把自己身心调理好就是了。见我态度如此消极，领导就找我劝说，团支部多次动员，让我积极投入运动，最终还是未经住撺掇，在鸣放会上发了言。说什么呢？既未攻击国家政策，又未反对党的领导，无非是说说挨整的委屈，讲讲未上大学和失恋的苦闷，应该说，这完全是情理之中的事情。发言也就是十来分钟。到了"反右派"运动时，以跟组织"反攻倒算"罪名，一顶"右派分子"帽子，端端正正戴在了我头上，开除团籍，行政降级，一夜之间成了专政的对象，被遣送北大荒劳动改造。成了阶级敌人，再好的朋友，这时都要划清界限，一般的人更不敢接近。我完全被"孤立"了，在公寓里无人搭理，还不时有白眼投来，我就独自去北管公园，找个僻静地方枯坐，有时一坐就是大半天。

发配北大荒劳改的时间，越来越近了，这一去难说会不会回来，我得把所有东西带走。收拾物品没有谁来帮忙，好在单身汉东西不多，自己胡乱地塞进箱子里。无意间发现《我们是苏维埃人》和《斯大林时代的人》两本书，见到扉页上女朋友勾划掉的签名，不禁想起初恋的美好情景，以及失恋后的刻骨伤痛，扔掉呢，带走呢，犹豫良久还是带走了。这两本书和恋爱时信件，还有女朋友的照片，就成了我要带走的珍贵物品，因为，我幸福与倒霉的感受，都集中在这件事情上，我不能丢掉这段记忆。从北京到北大荒，从北大荒到内蒙古，这些物品都陪伴着我，直到"文革"运动闹抄家，怕被造反派抄出来，连累女朋友和妻子知道，我才把信件和照片销毁。而这两本波利伏依的书，还有本我报考大学时，她给我的《世界地图》册，我从内蒙古又带回到北京，成了那段苦涩生活的见证。这会儿每次见到它们，就会想起那个居住过的小院，它既是我的人生福地，又是我的青春墓园，恐怕今生今世都不会忘掉。

平静、安逸、快乐的生活，在两次政治运动中，连同政治生命被毁灭，都发生在那个小院里。1958年离开北京，1980年回到北京，二十二年的金色年华，如浮云飘散，如流水远逝，这时，我已人到中年。容颜衰老，锐志渐退。唯一没有忘却的，就是当年那个小院，依然清晰如在眼前。只是不知道它会不会，还记得我和理解我，像我一样情愫盈盈。

我回来的那年那月，满街槐花又在飘香。可是万万未想到，在一次文学活动中，竟然邂逅初恋的女朋友。这究竟是折磨还是宽慰，我却弄不清也不想弄清，只是心海涌起的苦涩波澜，等于又经历一次失恋，那滋味儿实在不好消受。这时我们都有了家室儿女，对待往事自然多了冷静，始终无机会讲述各自当年事，只是有一次她对我说："你知道当时我多难哪，你的事传到我们学校，同学们要跟我划清界限，有的把书桌都拉开距离。"我马上应了声"噢！对不起"。二十二年非正常人生活，我都经历和忍受过了，当然能体谅她当时处境。一个充满美好幻想的女孩子，她哪能受得了这种冷漠与歧视，只能选择跟我分道扬镳。这种爱情悲剧结局，在过去年月很正常，属于纯中国式的故事。

写到这里读者也许会问，你后来再去过那个小院吗？是的，结束苦难的漫长岁月，回到北京以后这些年，我去过许多年轻时去过的地方，重温往日景象，咀嚼人生滋味，成了我晚年的生活内容。至于各式院落去的就更多，它们就像一本本的厚重图书，有的充满高深莫测的色彩，有的给人以一览无余的坦荡，无不散放着时代的油墨气味。令我遗憾的是未能特意寻访，那个曾经属于过我的小院。开始是怕触动情感伤痕有意躲避，后来进入生晚境思念故土旧居，终于鼓起勇气顺便去了那条老街，寻寻觅觅，走走问问，来回转了多时却未找到那个小院，更未听到昔日的经声磬音，不知是我记忆错了，还是早被拆除，反正再未见到它的身影。

不过于失望中也有些庆幸，假如真的找到那个小院，它将会像遇到女友一样，让我的心灵再受次折磨，何必呢，人活着毕竟希望快乐。我的小院，我的故事，但愿你只存在于书中，后来者的院子里，永远是充满温馨和幸福。让北京特有的槐花香，醉着生活，醉着岁月，醉着我寻而不得的小院，给我的故事留下个遐想的结尾。

柳萌 （1935— ），原名刘濛。天津宁河人。当代散文家。历任《乌兰察布日报》文艺编辑，《工人日报》文艺部组长，《新观察》编辑组长，《中国作家》编辑，作家出版社编辑部主任、副社长，中外文化出版公司总编辑，《小说选刊》社长、编审。1982年加入中国作家协会。著有散文随笔集《生活，这样告诉我》《寻找失落的梦》《岁月忧欢》《珍藏向往》等。

那“榆荫”下的一潭

红　孩

几次到淮安，几次到淮安的吴承恩故居，几次回来后都说要为吴承恩写上点文字。毕竟淮安的朋友太盛情了，毕竟小时候读看《西游记》上瘾，以至多年后仍在回忆那崇拜孙悟空的少年岁月。可直到今天，终究没有写出来。不是我对吴承恩没有感觉，而实在是感觉多了无从下笔。

最近一次去吴承恩故居是在2013年的8月。记得那天天气闷热，由于胸闷，刚走进院子，我就径自在吴承恩著书的院落里选择一片荫凉处坐下。这院子不大，院子当中种植着两棵香樟树，树下镶嵌着一座十几平方米的水池，姑且称作香潭吧。听讲解员说，吴承恩晚年写《西游记》就在这里。

吴承恩公元1500年出生在一个商人家庭，他后来通过考试考取了县丞一级的职务，相当于今天的副县级。后来干得不开心，就辞职在家当专业作家了。不过，他那时没有什么稿费收入，也不会有什么讲课费，估计是靠吃家底度日。人就是这样，家境越贫穷，越能充满想象。不然，在交通不发达的明朝，吴老师怎么能创造出《西游记》那样的神话故事呢？

坐在香潭的旁边，我不由得想到徐志摩的那首《再别康桥》。特别是诗中的那几句“那榆荫下的一潭，不是清泉，是天上虹；揉碎在浮藻间，沉淀着彩虹似的梦”，让我不由想到远在北京郊区我曾经居住过的老宅院。尽管，我们家的院落里不曾有过什么香潭，但“榆荫”总还是有的。

　　我所居住的乡村位于北京通惠河的南边五六里，南北走向的通惠河支渠紧邻村庄的西侧，小时候我们一群伙伴常到渠水里游泳，胆大水性好的还敢从三五米高的闸桥上往下跳。每到开春的季节，通惠河里的水就会被抽水机抽上来，顺着十几里蜿蜒的沟渠流进大小的麦田里。等到麦收之后，麦田就变成了稻田。那可是孩子们最喜欢的季节，因为稻田里有的是蜻蜓。我特别喜欢公母蜻蜓交配连在一起的样子，它们一会儿前后平行地在水面上飞行，一会儿蜷缩在一起落在稻秧上。我们管前者叫作"排"，后者叫作"车子"。谁要是运气好，凭双手抓住一对"排"或是"车子"，那种幸福、自豪比吃上一只炖老母鸡还得劲儿。

　　村子的中央有一条河。河没有名字，其实就是连接村西通惠河支渠的一条水渠。水渠解放前不是渠，而是一条大道，这大道西至北京广渠门，东到通县的张家湾。早年间，通惠河没有开通前，从通州到北京的土路主要是从通州西门到北京朝阳门和从通州张家湾到北京广渠门的两条路。天气好些，马车、轿子、木制独轮车纷纷从东西两路驶来，人来人往，络绎不绝。听村上的老人讲，解放前夕，村中的黄土大道还人流不断，等通惠河北侧的油漆公路正式开通后，人们就渐渐不走这条雨天泥泞的土路了。70年代，村中河流里的水面十分清澈，鱼虾随处可见。等到了80年代，随着通惠河被严重污染，村中的河里也就什么都见不到了。

　　我家门前二三十米，就是村里的无名河。离无名河不远处，位于村中央有一口井，井台上有两个磨盘样的井口，村上人都喜欢到这口井里打水。关于这口井有一个传说。1949年初，北平解放前夕，人民解放军的一个团入住村里。本来村里有六七眼井，供二三百户人用水。突然来了一个团，一千多棒小伙子，不要说吃住，喝水都成了问题。正当村干部们为此焦急时，忽然有人说，村中央的大井水位比原来上涨了一米多，几十人轮流打水，水就是不减少。村干部一听，这可是意外之喜，连忙跑去观看，果然如此。村上一位懂点阴阳八卦的人说，这是天意，解放军乃天兵天将，看来这天真的就要亮了。

我是1967年出生的。我喝的水自然是村中央那口大井里的水。村里有了自来水是1975年的事。在以前的八年中，我每天都会看到父亲去村中的大井打水。家里有一口大大的水缸，夏天就放在院中央。里边可以蹲着一个大人。这水缸可以放三挑半水，也就是七桶水。夏天水缸里的水除了做饭饮用，还可以用来晚上洗澡。1972年夏天，家里住进三个女知青。天气热，她们一直想洗个澡，便问母亲村里有洗澡的地方吗？母亲一听笑了，说农村没那个条件，要洗就在傍晚擦黑的时候，在院子里弄一盆水，从头到脚浇个透。知青们听后，说那多难为情啊！母亲说，村里人都这样，你们慢慢就习惯了。那一年我五岁，知青们大约十七八岁，开始知青姐姐们洗澡，母亲还让我待在屋里不许望外瞧。父亲则挑着水桶到村中央大井。村里的男人们每到夏天，都喜欢到大井去打水。井台四周很宽，足够二十几个男人在那里洗澡，聊天。男人们这时都赤条条的，打上一桶水，身上涂上胰子，然后拼命地搓。如果一个人搓得不起劲，就让旁边的人帮助搓。搓到痒痛处，便会夸张地叫上几声，骂上几句日你媳妇的。我们一帮小孩子常常站在下边的石头上看着他们的样子开心地笑。

父亲往家里挑水，很少有挑满的时候，他一般只挑两挑水，说够用的就行了。母亲为此常抱怨父亲偷懒。比起村上的壮汉，父亲力气肯定不如人，但父亲比他们有文化，尤其对历史、民俗、戏曲有着很深的研究。他十五六岁就在村上当干部，等到知青来到村上，父亲已经当上贫协主席了。父亲一辈子热衷政治，文化大革命的十年，是他感到非常幸福充实的时期。后来长大了，我在接触的父辈人群中，发现像父亲一样热衷政治的人相当多。自从家里来了女知青，父亲再忙也得抓时间去大井挑水。有几次，父亲因为参加村上的会议，没有挑水，害得母亲和女知青们在院子里团团转。无奈，母亲只好让街坊帮助挑两挑。晚上父亲回来，母亲也不管知青们住在家里，没头没脸地给父亲骂了一通。父亲自知没理可讲，只得在夜色中挑着两只水桶去大井打水。时间长了，知青们也觉得难为情，先是找男知青帮助打水，最后则干脆自己锻炼去打水。自然，刚开始的时候，常常会出现把水桶掉进井底的窘况，等渐渐熟练了，找到了窍门儿，就很少发生那样的事了。

我家的院子很大，足有一百多平方米。右侧是西厢房，里边不住人，放煤球和农具等杂物。左侧靠墙的地方有两棵枣树，高大茂密，春末夏初枣花飘香，秋天硕果累累，常常吸引好多的小孩到树下望眼欲穿。那时的农村，家家院子里都种蔬菜，茄子、豆角、黄瓜、韭菜、菠菜、芹菜、冬瓜、倭瓜、丝瓜等等，竞相开花结果。由于我们家东墙边两棵高大枣树遮阳光的缘故，这院子种什么都长不好。起初，我父母并没意识到枣树的问题，他们总抱怨对方不会种菜。他们最爱说的一句话是：看你笨的，你看谁谁家那茄子、豆角种得多好。结果，对方听烦了，便回敬道：谁家种得好，你跟谁家过去！这样不友好的话说好说，听起来十分刺激，于是，他们彼此不得不发生一次争吵谩骂。

父亲不会干农业活是有历史原因的。听父亲说我们祖上是随清军入关的，应属满族人。在我曾祖父那一代，家庭开始衰落。据说在北京前门一带，我们家还有一家钟表店。等我记事时，这些都只是传说。我只知道我爷爷在北京积水潭医院做厨师。爷爷喜欢京剧，偶尔也到风雷京剧团客串一把。我奶奶是通州人，解放前嫁给我爷爷，大概图的就是我们家有一定的家业。上世纪六七十年代，中国人的日子过得都比较贫穷。我奶奶在1967年我出生后不久便去世了。隔了一年，爷爷在城里与北京安定医院的一个护士结了婚。这护士家里有两个女儿，都还未曾出嫁。在过去，爷爷每月给家里二十块钱贴补，买米买面买煤基本够用。自从爷爷续弦之后，每月的二十块钱就不再给了。每年我同父亲到城里爷爷家要去一次，临走时爷爷一般给我们买上几块钱肥肉，然后再给父亲手里十块钱，就相当的不错了。为此，母亲常在我们面前抱怨爷爷不顾家，把钱都便宜给人家的孩子花了。

在农村，过去很少有买瓜子花生吃的。瓜子一般都是自家种。瓜子当然是葵花子。我们当地人把向日葵都叫转日莲，即随着太阳从日出转到日落的莲花，我觉得很形象。大约是1973年清明过后，母亲突然来了兴致，在一天早晨突然把院子了的硬土翻挖了一遍，说要种满转日莲。父亲中午回来后，看到满院子已经种满了转日莲，他很生气，怒斥母亲说谁家过日子满院子种转日莲。母亲不甘示弱，说我就喜欢种，我家的院子谁也管不着！父亲见母亲如此针尖对麦芒地顶撞他，就气愤地把那些刚种上的转日莲小苗全拔掉了。这下，彻底激怒了桀骜不驯的母亲，她与父亲大骂着在院子里厮打起来。我和哥哥、妹妹被吓得哭成一团，不知道怎么劝才好。

后来，在街坊们的劝说下，这场青苗之战才告结束。在当时，我们谁也没问母亲为什么要下决心种满院子的转日莲。多年后，我和父母没事聊天谈及此事。母亲说，那一年的春节前夕，她到一本家大妈家借笸箩筛面。进得院子里，大妈就迎了出来。听了母亲的来意后，她就说笸箩在屋里。母亲说我跟您去取，可大妈却拦着不让进，说屋里太乱，不好看。这样，母亲只好站在院子里等。大约过了五分钟，大妈才从屋里出来。出来时，大妈迅速地把门关上，好像里边有什么事情不好示人。黄昏时分，大妈的孙女和我妹妹一起玩，妹妹见大妈的孙女兜里装着好多瓜子，嗑起来啪啪作响，就伸手去要。然而，大妈的孙女却吝啬得不肯给，而且说这是我奶奶刚给我炒的，说不许给别人吃。妹妹央求说，你就给我几个嘛。大妈的孙女说，不给就不给，我奶奶要知道就再也不给我炒了。妹妹见大妈的孙女如此小气，便赌气不跟她玩了。妹妹回到家后，便闹着让母亲给她炒瓜子吃，母亲说，咱家今年的转日莲没长好，等过几天到姥姥家给你要点再炒吧。妹妹对此并不接受，嗷的一声大声哭了起来，母亲正忙着做饭，便没好气地顺手用沾面的手给妹妹一巴掌。结果，妹妹哭得更凶了。这时，母亲才想到，她今天下午到大妈家借笸箩人家为什么不让她进屋里。也就是从那天起，母亲一直暗下决心，等春暖花开时她要种满院子的转日莲。

这就是母亲。一个为了孩子可以种下仇恨的母亲。

好日子越过越快，贫穷的日子却总觉得漫长。在我少年的记忆里，我家的院子里几乎没有什么快乐。我记忆最深的当属1976年。那一年中国发生的事情太多了，直到今天很多人回忆起来仍然心有余悸。

7月28日凌晨两三点，我们一家人正在大睡之时，忽然听到玻璃发出哗啦啦的巨响。以前，黄鼠狼晚上到鸡窝抓鸡，也曾让我们一家人惊恐万分。但这次比那刺激要强烈得多。我只听得母亲大叫——有贼啦！有贼啦！（在农村，把夜晚家里来了小偷流氓，称为有贼啦。）父亲听到后并没马上起来，他先愣了一下，很快意识到这不是有贼，而是发生地震了。他二话不说，两只胳膊夹着我和妹妹就冲到院子当中。此时，满村的人都动了起来，人们高喊着地震啦地震啦！父亲把我们一家人安排在水缸旁边，一再叮嘱我们不要动，他说他要到村上看看。我们自然理解父亲，谁让他是村上的干部呢！一个小时后，父亲从村上回来，还好，村上没有什么损失。他和村上的其他领导商量后，挨门入户通知人们暂时都不要回到屋里睡觉了，以免余震发生。第二天，根据上级通知，家家开始在院子里搭防震棚。或许是少年不知愁滋味吧，我们一帮小孩子住进地震棚感到非常的开心。大家互相串门、玩耍、打牌。过了一周，消息渐渐传来，唐山发生了7.8级大地震，死亡了好多人。这时，我们才知道自己有多么的无知。

9月中旬，一天下午放学回家，我见院子里围了很多人。走近前一看，母亲正坐在地上哭呢。再往旁边一看，只见在我家的饭桌上平躺着一头已经把毛剔得精光的猪。桌子的旁边，是一潭还冒着热气的污水。啊，杀猪了！我失声叫道。见我回来，母亲哭得更伤心，说这日子可怎么过啊，眼看猪就长到一百多斤，再过些日子就可以长到一百二十斤，那样就可以卖了。这一年的挑费全指望这头猪呢！父亲毕竟是村干部，他张罗着杀猪的小伙子，动作麻利点。长这么大，我是第一次看人杀猪。我惊愕地看到杀猪人是那么的勇敢快乐，他第一刀就是直捅猪的哽嗓咽喉，目的是为了放血。第二刀便是在胸膛直直的划一个大口子，即所谓的开膛破肚。然后，杀猪人熟练地把五脏六腑统统地扒出来，一一放进脸盆里。接着，就是对猪通身进行分解，先割猪头，再分割四肢。按农村人宰猪的规矩，猪大肠要归屠夫所有。我们家人口少，那个年代又没有冰箱，一头猪断然是吃不了的。父亲就对街坊们说，既然大家都来了，就人人有份，每人割一块，给孩子留点排骨就行了。母亲的哭声，哪里阻止得了街坊们对猪肉的渴望，不到十分钟，整整一头猪就被瓜分得一干二净。至于这头猪究竟怎么死的，能不能吃，村上的人是无人问津的。事后我问父亲，这头猪到底是怎么死的，父亲说他也说不明白。在农村，不明白的事情多着呢。

这一年的秋天，学校开运动会。我没有报名参加，因为我没钱买一双只有一块八毛钱的白网鞋。

红孩 （1967— ），原名陈宝红，北京人。现任中国散文学会常务副会长，供职于国家文化部中国文化报社，主编文艺副刊。曾在京郊双桥农场锻炼六年，后从事媒体工作。1984年开始文学创作活动，近年主要致力于散文研究和文艺批评。出版的作品主要有长篇小说《爱情脊背》，散文随笔集《阅读真实的年代》《拍案文坛——红孩文艺随笔选》和散文鉴赏集《铁凝散文赏析》等八部。

若问闲情都几许

::: :::

二月兰

季羡林

转眼，不知怎样一来，整个燕园成了二月兰的天下。二月兰是一种常见的野花。花朵不大，紫白相间。花形和颜色都没有什么特异之处。如果只有一两棵，在百花丛中，决不会引起任何人的注意。但是它却以多制胜，每到春天，和风一吹拂，便绽开了小花；最初只有一朵，两朵，几朵。但是一转眼，在一夜间，就能变成百朵，千朵，万朵。大有凌驾百花之上的势头了。

我在燕园里已经住了四十多年。最初我并没有特别注意到这种小花。直到前年，也许正是二月兰开花的大年，我蓦地发现，从我住的楼旁小土山开始，走遍了全园，眼光所到之处，无不有二月兰在。宅旁，篱下，林中，山头，土坡，湖边，只要有空隙的地方，都是一团紫气，间以白雾，小花开得淋漓尽致，气势非凡，紫气直冲云霄，连宇宙都仿佛变成紫色的了。

我在迷离恍惚中，忽然发现二月兰爬上了树，有的已经爬上了树顶，有的正在努力攀登，连喘气的声音似乎都能听到。我这一惊可真不小：莫非二月兰真成了精了吗？再定睛一看，原来是兰丛中一些藤萝，也正在开着花，花的颜色同二月兰一模一样，所差的就仅仅只缺少那一团白雾。我实在觉得我这个幻觉非常有趣。带着清醒的意识，我仔细观察起来：除了花形之外，颜色真是一般无二。反正我知道了这是两种植物，心里有了底，然而再一转眼，我仍然看到二月兰往枝头爬。这是真的呢？还是幻觉？一由它去吧。

自从意识到二月兰存在以后，一些同二月兰有联系的回忆立即涌上心头。原来很少想到的或根本没有想到的事情，现在想到了；原来认为十分平常的琐事，现在显得十分不平常了。我一下子清晰地意识到，原来这种十分平凡的野花竟在我的生命中占有这样重要的地位。我自己也有点吃惊了。

我回忆的丝缕是从楼旁的小土山开始的。这一座小土山，最初毫无惊人之处，只不过二三米高，上面长满了野草。当年歪风狂吹时，每次"打扫卫生"，全楼住的人都被召唤出来拔草，不是"绿化"，而是"黄化"。我每次都在心中暗恨这小山野草之多。后来不知由于什么原因，把山堆高了一两米。这样一来，山就颇有一点山势了。东头的苍松，西头的翠柏，都仿佛恢复了青春，一年四季，郁郁葱葱，中间一棵榆树，从树龄来看，只能算是松柏的曾孙，然而也枝干繁茂，高枝直刺入蔚蓝的晴空。

我不记得从什么时候起我注意到小山上的二月兰。这种野花开花大概也有大年小年之别的。碰到小年，只在小山前后稀疏地开上那么几片。遇到大年，则山前山后开成大片。二月兰仿佛发了狂。我们常讲什么什么花"怒放"，这个"怒"字用得真是无比地奇妙。二月兰一"怒"，仿佛从土地深处吸来一股原始力量，一定要把花开遍大千世界，紫气直冲云霄，连宇宙都仿佛变成紫色的了。东坡的词说："月有阴晴圆缺，人有悲欢离合，此事古难全。"但是花们好像是没有什么悲欢离合。应该开时，它们就开；该消失时，它们就消失。它们是"纵浪大化中"，一切顺其自然，自己无所谓什么悲与喜。我的二月兰就是这个样子。

然而，人这个万物之灵却偏偏有了感情，有了感情就有了悲欢。这真是多此一举，然而没有法子。人自己多情，又把情移到花，"泪眼向花花不语"，花当然"不语"了。如果花真"语"起来，岂不吓坏人！这些道理我十分明白。然而我仍然把自己的悲欢挂到了二月兰上。

当年老祖还活着的时候，每到春天二月兰开花的时候，她往往拿一把小铲，带一个黑书包，到成片的二月兰旁青草丛里去搜挖荠菜。只要看到她的身影在二月兰的紫雾里晃动，我就知道在午餐或晚餐的餐桌上必然弥漫着荠菜馄饨的清香。当婉如还活着的时候，她每次回家，只要二月兰正在开花，她离开时，她总穿过左手是二月兰的紫雾，右手是湖畔垂柳的绿烟，匆匆忙忙走去，把我的目光一直带到湖对岸的拐弯处。当小保姆杨莹还在我家时，她也同小山和二月兰结上了缘。我曾套宋词写过三句话："午静携侣寻野菜，黄昏抱猫向夕阳，当时只道是寻常。"我的小猫虎子和咪咪还在世的时候，我也往往在二月兰丛里看到她们：一黑一白，在紫色中格外显眼。

所有这些琐事都是寻常到不能再寻常了。然而，曾几何时，到了今天，老祖和婉如已经永远永远地离开了我们。小莹也回了山东老家。至于虎子和咪咪也各自遵循猫的规律，不知钻到了燕园中哪一个幽暗的角落里，等待死亡的到来。老祖和婉如的走，把我的心都带走了。虎子和咪咪我也忆念难忘。如今，天地虽宽，阳光虽照样普照，我却感到无边的寂寥与凄凉。回忆这些往事，如云如烟，原来是近在眼前，如今却如蓬莱灵山，可望而不可即了。

对于我这样的心情和我的一切遭遇，我的二月兰一点也无动于衷，照样自己开花。今年又是二月兰开花的大年。在校园里，眼光所到之处，无不有二月兰在。宅旁，篱下，林中，山头，土坡，湖边，只要有空隙的地方，都是一团紫气，间以白雾，小花开得淋漓尽致，气势非凡。紫气直冲霄汉，连宇宙都仿佛变成紫色的了。

这一切都告诉我，二月兰是不会变的，世事沧桑，于它如浮云。然而我却是在变的。月月变，年年变。我想以不变应万变，然而办不到。我想学习二月兰，然而办不到。不但如此，它还硬把我的记忆牵回到我一生最倒霉的时候。在十年浩劫中，我自己跳出来反对北大那一位"老佛爷"，被抄家，被打成了"反革命"。正是在二月兰开花的时候，我被管制劳动改造。有很长一段时间，我每天到一个地方去捡破砖碎瓦，还随时准备着被红卫兵押解到什么地方去"批斗"，坐喷气式，还要挨上一顿揍，打得鼻青脸肿。可是在砖瓦缝里二月兰依然开放，怡然自得，笑对春风，好像是在嘲笑我。我当时实在非常难过。我知道正义是在自己手中，可是是非颠倒，人妖难分，我呼天天不应，叫地地不答，一腔义愤，满腹委屈，毫无人生之趣。在很长一段时间内，我成了"不可接触者"，几年没接到过一封信，很少有人敢同我打个招呼。我虽处人世，实为异类。

然而我一回到家里，老祖、德华她们，在每人每月只能得到恩赐十几元钱生活费的情况下，殚思竭虑，弄一点好吃的东西，希望能给我增加点营养；更重要的恐怕还是，希望能给我增添点生趣。婉如和延宗也尽可能地多回家来。我的小猫憨态可掬，偎依在我的身旁。她们不懂哲学，分不清两类不同性质的矛盾。人视我为异类，她们视我为好友，从来没有表态，要同我划清界限。所有这一些极其平常的琐事，都给我带来了无量的安慰。窗外尽管千里冰封，室内却是暖气融融。我觉得，在世态炎凉中，还有不炎凉者在。这一点暖气支撑着我，走过了人生最艰难的一段路，没有堕入深涧，一直到今天。

我感觉到悲，又感觉到欢。

到了今天，天运转动，否极泰来，不知怎么一来，我一下子成为"极可接触者"，到处听到的是美好的言词，到处见到的是和悦的笑容。我从内心里感激我这些新老朋友，他们绝对是真诚的。他们鼓励了我，他们启发了我。然而，一回到家里，虽然德华还在，延宗还在，可我的老祖到哪里去了呢？我的婉如到哪里去了呢？还有我的虎子和咪咪一世到哪里去了呢？世界虽照样朗朗，阳光虽照样明媚，我却感觉异样的寂寞与凄凉。

我感觉到欢，不感觉到悲。

我年届耄耋，前面的路有限了。几年前，我写过一篇短文，叫

《老猫》，意思很简明，我一生有个特点：不愿意麻烦人。了解我的人都承认。难道到了人生最后一段路上我就要改变这个特点吗？不，不，不想改变。我真想学一学老猫，到了大限来临时，钻到一个幽暗的角落里，一个人悄悄地离开人世。

这话又扯远了。我并不认为眼前就有制定行动计划的必要。我还有很多事情要做，而且我的健康情况也允许我去做。有一位青年朋友说我忘记了自己的年龄。这话极有道理。可我并没有全忘。有一个问题我还想弄弄清楚哩。按说我早已到了"悲欢离合总无情"的年龄，应该超脱一点了。然而在离开这个世界以前，我还有一件心事：我想弄清楚，什么叫"悲"？什么又叫"欢"？是我成为"不可接触者"时悲呢？还是成为"极可接触者"时欢？如果没有老祖和婉如的逝世，这问题本来是一清二白的，现在却是悲欢难以分辨了。我想得到答复。我走上了每天必登临几次的小山，我问苍松，苍松不语；我问翠柏，翠柏不答。我问三十多年来亲眼目睹我这些悲欢离合的二月兰，它也沉默不语，兀自万朵怒放，笑对春风，紫气直冲霄汉。

季羡林（1911—2009），山东聊城人，字希逋，又字齐奘。东方学大师、语言学家、文学家、国学家、佛学家、史学家、教育家和社会活动家。历任中国科学院哲学社会科学部委员、聊城大学名誉校长、北京大学副校长、中国社会科学院南亚研究所所长，是北京大学唯一的终身教授。早年留学国外，通英、德、梵、巴利文，能阅俄、法文，尤精于吐火罗文。

生活的一种

贾平凹

院再小也要栽柳，柳必垂。晓起推窗，如见仙人曳裙侍立；月升中天，又似仙人临镜梳发。蓬屋常伴仙人，不以门前未留小车辙印而憾。能明灭萤火，能观风行。三月生绒花，数朵过墙头，好静收过路女儿争捉之笑。

吃酒只备小盅，小盅浅醉，能推开人事、生计、狗咬、索账之恼。能行乐，吟东坡"吾上可陪玉皇大帝，下可陪卑田院乞儿"，以残墙补远山，以水盆盛太阳，敲之熟铜声。能嘿嘿笑，笑到无声时已袒胸睡卧柳下。小儿知趣，待半小时后以唾液蘸其双乳，凉透心臆即醒，自不误了上班。

出游踏无名山水，省却门票，不看人亦不被人看。脚往哪儿，路往哪儿，喜瞧峻岩勾心斗角，倾听风前鸟叫声硬。云在山头登上山头云却更远了，遂吸清新空气，意尽而归。归来自有文章作，不会与他人同，既可再次意游，又可赚几个稿费，补回那一双龙须草鞋钱。

读闲杂书，不必规矩，坐也可，站也可，卧也可。偶向墙根，水蚀斑驳，瞥一点而逮形象，即与书中人、物合，愈看愈肖。或听室外黄鹂，莺莺恰恰能辨鸟语。

与人交，淡，淡至无味，而现知极味人。可邀来者游华山"朽朽桥头"，敢亡命过之将"××到此一游"书于桥那边崖上者，不可近交。不爱惜自己性命焉能爱人？可暗示一女子寄求爱信，立即复函意欲去偷鸡摸狗者不交。接信不复冷若冰霜者亦不交，心没同情岂有真心？门前冷落，恰好，能植竹看风行，能养菊赏瘦，能识雀爪文。七月长夏睡翻身觉，醒来能知"知了"声了之时。

养生不养猫，猫狐媚。不养蛐蛐儿，蛐蛐儿斗殴残忍。可养蜘蛛，清晨见一丝斜挂檐前不必挑，明日便有纵横交错，复明日则网精美如妇人发罩。出门望天，天有经纬而自检行为，朝露落雨后出日，银珠满缀，齐放光芒，一个太阳生无数太阳。墙角有旧网亦不必扫，让灰尘蒙落，日久绳粗，如老树盘根，可作立体壁画，读传统，读现代，常读常新。

要日记，就记梦。梦醒夜半，不可睁目，慢慢坐起回忆，梦复续之。梦如前世生活，或行善，或凶杀，或作乐，或受苦，记其迹体验心境以察现实，以我观我而我自知，自知乃于嚣烦尘世则自立。

出门挂锁，锁宜旧，旧锁能避蟊贼破损门；屋中箱柜可在锁孔插上钥匙，贼来能保全箱柜完好。

贾平凹　（1952—），陕西丹凤人。当代作家，中国书协会员。现为中国作家协会主席团委员、陕西省作家协会主席、西安市文联主席、西安建筑科技大学文学院院长、《美文》杂志主编、中国海洋大学及北京师范大学驻校作家等。贾平凹被誉为"鬼才"，曾多次获文学大奖，《浮躁》1988年获得第八届美孚飞马文学奖，《废都》1997年获法国费米娜外国文学奖，《秦腔》2006年获"红楼梦奖·世界华文长篇小说奖"，2008年获第七届茅盾文学奖。

阳台上的遗憾

韩少功

某种意义上来说，建筑是人心的外化和物化。南方在古代为蛮，化外之地，建筑上也就多有蛮风的留影。尤其到海口一看，尽管这里地势平坦并无重庆式的山峦起伏，但前人留下的老街几乎很少有直的，正的，这些随意和即兴的作品，呈礼崩乐坏纲纪不存之象。种种偏门和曲道，很合适隐藏神话、巫术和反叛，要展示天子威仪和官府阵仗，却不那么方便。留存在这些破壁残阶上的，是一种天高皇帝远的自由和活泼，是一种帝国文化道统的稀薄和涣散。但是，建筑外观上的南北之异，并不妨碍南方的宅院，与北方的四合院一样，也是很见等级的，很讲究家族封闭与合和的。有东西两厢，甚至有前后几进，在那正厅大堂里正襟入座，上下分明，主次分明，三纲五常的感觉便油然而生。倘若在院中春日观花，夏日听蝉，箫吹秋月，酒饮冬霜，也就免不了一种陶潜式的冲淡和曹雪芹式的伤感。汉文化一直也在这样的南国宅院里咳血和低吟。

这一类宅院，在现代化的潮流面前一一倾颓，当然是无可避免的结局。金钱成了比血缘更为强有力的社会纽带，个人成了比家族更为重要的社会单元，大家族开始向小家庭解体，小家庭又正在被独身风气蚕食，加上都市生育一胎化，已使旧式宅院的三进两厢之类十分多余。要是多家合住一院，又不大方便保护现代人的隐私，谁愿意起居出入喜怒哀乐都在邻居的众目睽睽之下？

更为重要的是，都市化使地价狂升，尤其中国突然冒出十二亿人，很难容忍旧式宅院那样奢侈的建筑容积率。稍微明了国情的人，就不难理解高楼大厦是我们唯一现实的选择。看到某些洋人对四合院之类津津乐道，不必去过分地凑热闹。

这种高楼大厦正在显现着新的社会结构，展拓着新的心理空间，但一般来说缺少个性，以其水泥和玻璃，正在统一着每一个城市的面容和表情，正在不分南北地制定出彼此相似的生活图景。人们走入同样的电梯，推开同样的窗户，坐上同样的马桶，在同一时刻关闭电视并在同一时刻打出哈欠。长此下去，环境也可以反过来浸染人心，会不会使它的居民们产生同样的流行话题，同样的购物计划，同样的恋爱经历以及同样的怀旧情结？以前有一些人说，儒家造成文化的大一统，其实，现代工业对文化趋同的推动作用，来得更加猛烈和广泛，行将把世界上任何一个天涯海角，都制作成建筑的仿纽约，服装的假巴黎，家用电器的赝品东京——所有的城市，越来越成为一个城市。

这种高楼大厦的新神话拔地升天，也正把我们的天空挤压和分割得狭窄零碎，正在使四季在隔热玻璃外变得暧昧不清，正在使田野和鸟语变得十分稀罕和遥远。清代张潮在《幽梦三影》中说："因雪想高士，因花想美人，因酒想侠客，因月想好友，因山水想得意诗文。"如此清心和雅趣，似乎连同产生它的旧式宅院，已经永远被高楼大厦埋葬在地基下面了。全球的高楼居民和大厦房客们，相当多已习惯于一边吃快餐食品，一边因雪想堵车，因花想开业，因酒想公关，因月想星球大战，因山水想开发区批文。当然，在某一天，我们也可以步入阳台，在铁笼般的防盗网里，或者在汽车急驰而过的沙沙声里，一如既往地观花或听蝉，月下吹箫或霜中饮酒，但那毕竟有点像勉勉强强的代用品，有点像用二胡拉贝多芬，或者是在泳池里远航，少了一些真趣。这不能不使人遗憾。遗憾是历史进步身后寂寞的影子。

韩少功　（1953— ），湖南长沙人。笔名少功、艄公等。当代作家。1974年开始发表作品，早期代表作品有《月兰》《西望茅草地》等。1985年开始倡导"寻根文学"，代表作有《爸爸爸》《女女女》《归去来》等。1996年出版的长篇小说《马桥词典》被《亚洲周刊》评为"中国二十世纪小说百部经典"。新世纪创作有长篇小说《暗示》《山南水北》《日夜书》等。韩少功的"天涯体"散文在当代也独树一帜。

沙田山居

余光中

书斋外面是阳台，阳台外面是海，是山，海是碧湛湛的一湾，山是青郁郁的连环。山外有山，最远的翠微淡成一袅青烟，忽焉似有，再顾若无，那便是，大陆的莽莽苍苍了。

海天相对，中间是山，即使是秋晴的日子，透明的蓝光里，也还有一层轻轻的海气，疑幻疑真，像开着一面玄奥的迷镜，照镜的不是人，是神。海与山绸缪在一起，分不出，是海侵入了山间，还是山诱俘了海水，只见海把山围成了一角角的半岛，山呢，把海围成了一汪汪的海湾。山色如环，困不住浩渺的南海，毕竟在东北方缺了一口，放樯桅出去，风帆进来。起风的日子，海吹成了千亩蓝田，无数的百合此开彼落。到了夜深，所有的山影黑沉沉都睡去，远远近近，零零落落的灯全睡去，只留下一阵阵的潮声起伏，永恒的鼾息，撼人的节奏撼我的心血来潮。有时十几盏渔火赫然，浮现在阒黑的海面，排成一弯弧形，把渔网愈收愈小，围成一丛灿灿的金莲。

海围着山，山围着我。沙田山居，峰回路转，我的朝朝暮暮，日起日落，月望月朔，全在此中度过，我成了山人。问余何事栖碧山，笑而不答，山已经代我答了。其实山并未回答，是鸟代山答了，是虫，是松风代山答了。山是禅机深藏的高僧，轻易不开口的。人在楼上倚栏杆，山列坐在四面如十八尊罗汉叠罗汉，相看两不厌。山谷是一个爱音乐的村女，最喜欢学舌拟声，可惜太害羞，技巧不很高明。无论是鸡鸣犬吠，或是火车在谷口扬笛路过，她都要学叫一声，落后半拍，应人的尾声。

从我的楼上望出去，马鞍山奇拔而峭峻，屏于东方，使朝暾姗姗其来迟。鹿山巍然而逼近，魁梧的肩膂遮去了半壁西天，催黄昏早半小时来临，一个分神，夕阳便落进他的僧袖里去了。白天还如佛如僧，蔼然可亲，这时竟收起法相，庞然而踞，黑毛茸蒙如一尊暗中伺人的怪兽，隐然，有一种潜伏的不安。

千山磅礴来势如压，谁敢相撼？但是云烟一起，庄重的山态便改了。雾来的日子，山变成一座座的列屿，在白烟的横波回澜里，载浮载沉，八仙岭果真化作了过海的八仙，时在波上，时在弥漫的云间。有一天早晨，举目一望，八仙、马鞍和远远近近的大小众峰，全不见了，偶尔云开一线，当头的鹿山似从天隙中隐隐相窥，去大埔的车辆出没在半空。我的阳台脱离了一切，下临无地，在汹涌的白涛上自由来去。谷中的鸡犬从云下传来，从夐远的人间。我走去更高处的联合书院上课，满地白云，师生衣袂飘然，都成了神仙。我登上讲坛说道，烟云都穿窗探首来旁听。

起风的日子，一切云云雾雾的朦胧氤氲全被拭净，水光山色，纤毫悉在镜中。原来对岸的八仙岭下，历历可数，有这许多山村野店，水浒人家。半岛的天气一日数变，风骤然而来，从海口长驱直入，脚下的山谷顿成风箱，抽不尽满壑的咆哮翻腾。蹂躏着罗汉松与芦草，掀翻海水，吐着白浪，风是一群透明的野兽，奔踹而来，呼啸而去。

海潮与风声，即使撼天震地，也不过为无边的静加注荒情与野趣罢了。最令人心动而神往的，却是人为的骚音。从清早到午夜，一天四十多班，在山和海之间，敲轨而来，鸣笛而去的，是九广铁路的客车，货车，猪车，曳着黑烟的飘发，蟠蜿着十三节车厢的修长之躯，这些工业时代的元老级交通工具，仍有旧世界迷人的情调，非协和的超音速飞机所能比拟。山下的铁轨向北延伸，延伸着我的心弦。我的中枢神经，一日四十多次，任南下又北上的千只铁轮轮番敲打，用钢铁火花的壮烈节奏，提醒我，藏在谷底的并不是洞里桃源，住在山上，我亦非桓景，即使王粲，也不能不下楼去：

栏杆三面压人眉睫是青山

碧螺黛迤逦的边愁欲连环

叠嶂之后是重峦，一层淡似一层

湘云之后是楚烟，山长水远

五千载与八万万，全在那里面……

余光中　（1928— ），祖籍福建泉州市永春县，出生于江苏南京。当代诗人和评论家。1948年随父母迁香港，次年赴台，就读于台湾人学外文系。1953年，与覃子豪、钟鼎文等共创"蓝星"诗社。后赴美进修，获爱荷华大学艺术硕士学位。返台后任师大、政大、台大及香港中文大学教授，现任台湾中山大学文学院院长。代表作有诗歌《乡愁》《钟乳石》《天狼星》《白玉苦瓜》等。

四合院的精神

叶兆言

　　四合院是传统中国的写真，小小一个四合院，最适合旧式中国家庭居住，有一个德高望重的老爷子，一定德高望重，只有德高望重，才压得住阵脚，才能得到一大家子的敬重和爱戴。不晚婚，很容易就四世同堂，不计划生育，后代必然一大堆。于是儿子辈有出息，媳妇们贤惠，孙子不是找了事做，就是还在学堂里读书。冬日里阳光明媚，安度晚年的老爷子在屋檐下晒太阳，重孙们在院子里追逐打闹，这是一幅很好的画。

　　四合院的精神意味着团结安定，最容不得吵架，甚至说话也得小点声。有意见，有些小勾心斗角，应该关着门，在自己屋里怄气。一团和气与宽容，必须当作规则来实行。不是一家人，不能住一个四合院里。即使三房四妾，也不宜在一个院里住。要娶妾讨小，最好搬到外头去，所谓养外室，要不然，四合院里真住进了赵姨娘，事情就麻烦。旧式的大户人家，四合院有好几进，只有这样的四合院，才能养得起小老婆。

　　四合院可以成为一个袖珍的小世界，几代人同居，子承父业，上行下效，代与代之间的代沟，很自然地就被抹平。世界在变，时代在发展，四合院风吹雨打日晒，却像一个几方面都受力的平行四边形，扭曲变形，仍然还顽强保持着方框框的形象。四合院以不变应万变，人一代代地繁衍，江山一代代替换，四合院还是四合院。

　　四合院里可以种些花草树木。和阳台上小里小气的养花大相径庭，四合院里能种大片的月季，能种大片的荷兰引进的郁金香。可以种向日葵种一串红，可以用大缸养荷花，养金鱼，可以堂而皇之地种树，四合院里最常见的，应该是海棠，是丁香，是腊梅，甚至是高大的黑枣树，核桃树。春天到了，可以邀客来赏盛开的海棠。到黑枣和核桃熟了的时候，外面的顽皮孩子，会偷偷溜进来摘了吃。这时候如养了狗，那狗便叫个不歇。

四合院里最适合赏雪。下雪了，隔着玻璃窗看，看雪渐渐有了点意思。窗外的走廊上放着冻柿子，红红的，衬着白白的雪，越看越可爱，终于触动了馋虫，冲出去取那冻得硬邦邦的柿子。院子里已落了厚厚的一层雪，最淘气的那位孙子故意神头鬼脸地从院子中间穿过，在一家人的眼皮底下，丢下一长串清晰的脚印。四合院的雪地上留下的脚印，有一种别样的人情味。

叶兆言 （1957— ），原籍苏州，出生于南京。当代作家。1986年获南京大学中文系硕士学位。历任金陵职业大学教师、江苏文艺出版社编辑、江苏作家协会专业创作员。1980年开始发表作品，创作总字数达四百万字。代表作有中篇小说集《艳歌》《夜泊秦淮》《枣树的故事》，长篇小说《一九三七年的爱情》《花影》《花煞》，散文集《流浪之夜》《旧影秦淮》等。

屋顶上的梦

宁　肯

　　小时，最喜欢的事就是上房，俗语说三尺之上有神灵，三尺之上是哪儿呢？最具体的地方就是房顶了。现在无论什么时候想起自己小时候一个人独自坐在一大片房顶上，就觉得有一个梦始终没做完，总想回到小时候的屋顶上去，只可惜那些屋顶已不在了，如今全成了高楼。

　　刚开始上房还太小，通常总是被伙伴托着屁股或踩着别人肩膀，从后院一处矮一点的墙头爬上去。说是后院，其实算不上院子，不过就是个露天的长夹道，夹道另一边是别人家的院子。别小看这种夹道，北京胡同院与院的连接全靠它了，它起到了分隔、采光又连接多重作用，小时不知，只觉这儿幽暗、神秘，而哪个孩子不喜欢幽暗、神秘呢？因此这儿是我们院里孩子的神秘园，在这儿玩的东西可多了，捉迷藏，弹球，拍三角，种花，养鱼，还有就是脱离地面，上房。

　　前院也能上房，但毕竟是件调皮事，大人见了会说会管，后院就是我们的天下了。后院上房有两个地方，一是稍矮的夹道出口的连接墙，一处是里外两处山墙连接的出水口，在这儿可扒着出水口引体向上，到达上面。这儿是大点的孩子上房的地方，我小时都在夹道口，上中学后就在这地儿跟吊死鬼儿似的上房了。为什么对这儿记得清楚，因为在这儿出过事，有一次自己又吊在了出水口上，正艰难地引体向上，结果出水口突然垮塌，把我连人带砖一起掉下来，我的右手砸破一个大口子，鲜血迸流，而我连医院也没上，只上了点红药水几天就好了。从那儿以后出水口上不了房了，被我破坏了。

房上的乐趣太多了，最主要的就是居高临下，别人看不到你，除非他知道了房顶有人寻找你，但他在你的监控之下，你会随时隐蔽，这就更好玩了。在这个意义上，高处既是一种梦想的权利，也是一种实际的权力，换句话说，你到了房上，意味着你获得了一种超越别人观察别人的权力。你不仅看见自己院中熟悉的人，还看到了别的院陌生的人。此外更重要的是，放眼望去，屋顶世界完全不同于下面的世界，不再有胡同，不再有院门，不再有道路，世界是平的，是一个完整的世界。虽没有道路，但你却可以走得很远，甚至感觉可以在屋顶上走遍北京再走回来。当然我从来也不会走出太远，一般最远也不过是穿过四五个院子，在一个叫小西南园的胡同拐角处，抱着电线杆子下来。电线杆下半截有水泥方柱，我出溜到水泥方柱处，站好，跳下，就算完成了房顶旅行。记得小西南园是条很窄很短的胡同，北口对着周家大院口，中间横过的前青厂，我下来后回前青厂10号自己的院中。房顶几乎是我人生的第二天路，我走过或穿越过多少次已记不得了，我觉得一个人应该有这样一条路。

想象一下自己当年和一群孩子在房顶上神秘地穿越都是快乐的，一群装作猫一样的孩子，猫着腰，拈手拈脚，在复杂的，同时又变得简单的胡同上空，体会到了某种猫才能休会到的东西，无疑是非现实的，心理上有极大的满足。孩子世界之所以和成年人世界不同，就在于孩子还有天生的超现实性，房顶世界刚好满足了这点。房顶世界鼓励孩子一种东西：世界除了是你看到的样子，还有另外的样子。此外，屋顶上的世界对于孤独的孩子还有另外的意义，这点我同样体验特别深。屋顶上那种明亮又隐蔽的环境，让像我这样家里平时没大人的孩子感到一种说不出的亲和与安慰。因为在地面实际上我与世界是不平等的，别人都有家，我没有，没有大人不成其为家，一个人吃饱了不饿算是家吗？但在屋顶上那种和别人不同的感觉消失了。我呆在院子上空的两个房脊之间，谁也看不见我，一个人面对温暖、以至暴晒的阳光，独自享受着世界一统的寂静。多少年后，读到意大利小说大师卡尔维诺的《树上的男爵》，不禁感叹人类看上去多么不同也有共通的东西，《树上的男爵》写了一个孩子一生都生活在树上不愿下来，这不正是我小时的心境吗？卡尔维诺写出了我想写的东西。

宁肯　（1959— ），生于北京。现为《十月》杂志副主编，北京作协签约作家。1980年开始文学创作，发表诗歌作品，1984至1986年在西藏生活工作，有关西藏的系列散文使其成为"新散文"创作代表作家。代表作长篇小说《蒙面之城》2000年获"全球中文网络最佳小说奖"，2001年获"《当代》文学接力赛"总冠军，2002年获第二届"老舍文学奖"。

从百草园到三味书屋

鲁　迅

我家的后面有一个很大的园，相传叫作百草园。现在是早已并屋子一起卖给朱文公的子孙了，连那最末次的相见也已经隔了七八年，其中似乎确凿只有一些野草；但那时却是我的乐园。

不必说碧绿的菜畦，光滑的石井栏，高大的皂荚树，紫红的桑椹；也不必说鸣蝉在树叶里长吟，肥胖的黄蜂伏在菜花上，轻捷的叫天子（云雀）忽然从草间直窜向云霄里去了。单是周围的短短的泥墙根一带，就有无限趣味。油蛉在这里低唱，蟋蟀们在这里弹琴。翻开断砖来，有时会遇见蜈蚣；还有斑蝥，倘若用手指按住它的脊梁，便会啪的一声，从后窍喷出一阵烟雾。何首乌藤和木莲藤缠络着，木莲有莲房一般的果实，何首乌有臃肿的根。有人说，何首乌根是有像人形的，吃了便可以成仙，我于是常常拔它起来，牵连不断地拔起来，也曾因此弄坏了泥墙，却从来没有见过有一块根像人样。如果不怕刺，还可以摘到覆盆子，像小珊瑚珠攒成的小球，又酸又甜，色味都比桑椹要好得远。

长的草里是不去的，因为相传这园里有一条很大的赤练蛇。

长妈妈曾经讲给我一个故事听：先前，有一个读书人住在古庙里用功，晚间，在院子里纳凉的时候，突然听到有人在叫他。答应着，四面看时，却见一个美女的脸露在墙头上，向他一笑，隐去了。他很高兴；但竟给那走来夜谈的老和尚识破了机关。说他脸上有些妖气，一定遇见"美女蛇"了；这是人首蛇身的怪物，能唤人名，倘一答应，夜间便要来吃这人的肉的。他自然吓得要死，而那老和尚却道无妨，给他一个小盒子，说只要放在枕边，便可高枕而卧。他虽然照样办，却总是睡不着，——当然睡不着的。到半夜，果然来了，沙沙沙！门外像是风雨声。他正抖作一团时，却听得豁的一声，一道金光从枕边飞出，外面便什么声音也没有了，那金光也就飞回来，敛在盒子里。后来呢？后来，老和尚说，这是飞蜈蚣，它能吸蛇的脑髓，美女蛇就被它治死了。

结末的教训是：所以倘有陌生的声音叫你的名字，你万不可答应他。

这故事很使我觉得做人之险，夏夜乘凉，往往有些担心，不敢去看墙上，而且极想得到一盒老和尚那样的飞蜈蚣。走到百草园的草丛旁边时，也常常这样想。但直到现在，总还没有得到，但也没有遇见过赤练蛇和美女蛇。叫我名字的陌生声音自然是常有的，然而都不是美女蛇。

冬天的百草园比较的无味；雪一下，可就两样了。拍雪人（将自己的全形印在雪上）和塑雪罗汉需要人们鉴赏，这是荒园，人迹罕至，所以不相宜，只好来捕鸟。薄薄的雪，是不行的；总须积雪盖了地面一两天，鸟雀们久已无处觅食的时候才好。扫开一块雪，露出地面，用一支短棒支起一面大的竹筛来，下面撒些秕谷，棒上系一条长绳，人远远地牵着，看鸟雀下来啄食，走到竹筛底下的时候，将绳子一拉，便罩住了。但所得的是麻雀居多，也有白颊的"张飞鸟"，性子很躁，养不过夜的。

这是闰土的父亲所传授的方法，我却不大能用。明明见它们进去了，拉了绳，跑去一看，却什么都没有，费了半天力，捉住的不过三四只。闰土的父亲是小半天便能捕获几十只，装在叉袋里叫着撞着的。我曾经问他得失的缘由，他只静静地笑道：你太性急，来不及等它走到中间去。

我不知道为什么家里的人要将我送进书塾里去了，而且还是全城中称为最严厉的书塾。也许是因为拔何首乌毁了泥墙罢，也许是因为将砖头抛到间壁的梁家去了罢，也许是因为站在石井栏上跳下来罢，……都无从知道。总而言之：我将不能常到百草园了。Ade，我的蟋蟀们！Ade，我的覆盆子们和木莲们！

出门向东，不上半里，走过一道石桥，便是我的先生的家了。从一扇黑油的竹门进去，第三间是书房。中间挂着一块匾道：三味书屋；匾下面是一幅画，画着一只很肥大的梅花鹿伏在古树下。没有孔子牌位，我们便对着那匾和鹿行礼。第一次算是拜孔子，第二次算是拜先生。

第二次行礼时，先生便和蔼地在一旁答礼。他是一个高而瘦的老人，须发都花白了，还戴着大眼镜。我对他很恭敬，因为我早听到，他是本城中极方正，质朴，博学的人。

不知从哪里听来的，东方朔也很渊博，他认识一种虫，名曰"怪哉"，冤气所化，用酒一浇，就消释了。我很想详细地知道这故事，但阿长是不知道的，因为她毕竟不渊博。现在得到机会了，可以问先生。

"先生，'怪哉'这虫，是怎么一回事？……"我上了生书，将要退下来的时候，赶忙问。

"不知道！"他似乎很不高兴，脸上还有怒色了。

我才知道做学生是不应该问这些事的，只要读书，因为他是渊博的宿儒，决不至于不知道，所谓不知道者，乃是不愿意说。年纪比我大的人，往往如此，我遇见过好几回了。

我就只读书，正午习字，晚上对课。先生最初这几天对我很严厉，后来却好起来了，不过给我读的书渐渐加多，对课也渐渐地加上字去，从三言到五言，终于到七言。

三味书屋后面也有一个园，虽然小，但在那里也可以爬上花坛去折腊梅花，在地上或桂花树上寻蝉蜕。最好的工作是捉了苍蝇喂蚂蚁，静悄悄地没有声音。然而同窗们到园里的太多，太久，可就不行了，先生在书房里便大叫起来：

"人都到哪里去了?!"

人们便一个一个陆续走回去;一同回去,也不行的。他有一条戒尺,但是不常用,也有罚跪的规矩,但也不常用,普通总不过瞪几眼,大声道:

"读书!"

于是大家放开喉咙读一阵书,真是人声鼎沸。有念"仁远乎哉我欲仁斯仁至矣"的,有念"笑人齿缺曰狗窦大开"的,有念"上九潜龙勿用"的,有念"厥土下上上错厥贡苞茅橘柚"的……先生自己也念书。后来,我们的声音便低下去,静下去了,只有他还大声朗读着:

"铁如意,指挥倜傥,一座皆惊呢~~;金叵罗,颠倒淋漓噫,千杯未醉嗬~~……"

我疑心这是极好的文章,因为读到这里,他总是微笑起来,而且将头仰起,摇着,向后面拗过去,拗过去。

先生读书入神的时候,于我们是很相宜的。有几个便用纸糊的盔甲套在指甲上做戏。我是画画儿,用一种叫做"荆川纸"的,蒙在小说的绣像上一个个描下来,像习字时候的影写一样。读的书多起来,画的画也多起来;书没有读成,画的成绩却不少了,最成片断的是《荡寇志》和《西游记》的绣像,都有一大本。后来,因为要钱用,卖给一个有钱的同窗了。他的父亲是开锡箔店的;听说现在自己已经做了店主,而且快要升到绅士的地位了。这东西早已没有了罢。

鲁迅 (1881—1936),浙江绍兴人。原名周樟寿,后改名周树人,字豫亭,后改为豫才。青年时代受进化论、尼采超人哲学和托尔斯泰博爱思想的影响。20世纪中国最为重要的作家之一,中国现代白话小说的奠基人,新文化运动的开拓者和领导人。代表作有小说集《呐喊》《彷徨》,散文集《朝花夕拾》,杂文集《三闲集》《二心集》等。

静寂的园子

巴　金

没有听见房东家的狗的声音。现在园子里非常静。那棵不知名的五瓣的白色小花仍然寂寞地开着。阳光照在松枝和盆中的花树上，给那些绿叶涂上金黄色。天是晴朗的，我不用抬起眼睛就知道头上是晴空万里。

忽然我听见洋铁瓦沟上有铃子响声，抬起头，看见两只松鼠正从瓦上溜下来，这两只小生物在松枝上互相追逐取乐。它们的绒线球似的大尾巴，它们的可爱的小黑眼睛，它们颈项上的小铃子吸引了我的注意。我索性不转睛地望着窗外。但是它们跑了两三转，又从藤萝架回到屋瓦上，一瞬间就消失了，依旧把这个静寂的园子留给我。

我刚刚埋下头，又听见小鸟的叫声。我再看，桂树枝上立着一只青灰色的白头小鸟，昂起头得意地歌唱。屋顶的电灯线上，还有一对麻雀在吱吱喳喳地讲话。

我不了解这样的语言。但是我在鸟声里听出了一种安闲的快乐。它们要告诉我的一定是它们的喜悦的感情。可惜我不能回答它们。我把手一挥，它们就飞走了。我的话不能使它们留住，它们留给我一个园子的静寂。不过我知道它们过一阵又会回来的。

现在我觉得我是这个园子里唯一的生物了。我坐在书桌前俯下头写字，没有一点声音来打扰我。我正可以把整个心放在纸上。但是我渐渐地烦躁起来。这静寂像一只手慢慢地挨近我的咽喉。我感到呼吸不畅快了。这是不自然的静寂。这是一种灾祸的预兆，就像暴雨到来前那种沉闷静止的空气一样。

　　我似乎在等待什么东西。我有一种不安定的感觉，我不能够静下心来。我一定是在等待什么东西。我在等待空袭警报；或者我在等待房东家的狗吠声，这就是说，预行警报已经解除，不会有空袭警报响起来，我用不着准备听见凄厉的汽笛声（空袭警报）就锁门出去。近半月来晴天有警报差不多成了常例。

　　可是我的等待并没有结果。小鸟回来后又走了；松鼠们也来过一次，但又追逐地跑上屋顶，我不知道它们消失在什么地方。从我看不见的正面楼房屋顶上送过来一阵的乌鸦叫。这些小生物不知道人间的事情，它们不会带给我什么信息。

　　我写到上面的一段，空袭警报就响了。我的等待果然没有落空。这时我觉得空气在动了。我听见巷外大街上汽车的叫声。我又听见飞机的发动机声，这大概是民航机飞出去躲警报。有时我们的驱逐机也会在这种时候排队飞出，等着攻击敌机。我不能再写了，便拿了一本书锁上园门，匆匆地走到外面去。

　　在城门口经过一阵可怕的拥挤后，我终于到了郊外。在那里耽搁了两个多钟头，和几个朋友在一起，还在草地上吃了他们带出去的午餐。警报解除后，我回来，打开锁，推开园门，迎面扑来的仍然是一个园子的静寂。

　　我回到房间，回到书桌前面，打开玻璃窗，在继续执笔前还看看窗外。树上，地上，满个园子都是阳光。墙角一丛观音竹微微地在飘动它们的尖叶。一只大苍蝇带着嗡嗡声从开着的窗飞进房来，在我的头上盘旋。一两只乌鸦在我看不见的地方叫。一只黄色小蝴蝶在白色小花间飞舞。忽然一阵奇怪的声音在对面屋瓦上响起来，又是那两只松鼠从高墙沿着洋铁滴水管溜下来。它们跑到那个支持松树的木架上，又跑到架子脚边有假山的水池的石栏杆下，在那里追逐了一回，又沿着木架跑上松枝，隐在松叶后面了。松叶动起来，桂树的小枝也动了，一只绿色小鸟刚刚歇在那上面。

狗的声音还是听不见。我向右侧着身子去看那条没有阳光的窄小过道。房东家的小门紧紧地闭着。这些时候那里就没有一点声音。大概这家人大清早就到城外躲警报去了，现在还不曾回来。他们回来恐怕在太阳落坡的时候。那条肥壮的黄狗一定也跟着他们"疏散"了，否则会有狗抓门的声音送进我的耳里来。

我又坐在窗前写了这许多字。还是只有乌鸦和小鸟的叫声陪伴我。苍蝇的嗡嗡声早已寂灭了。现在在屋角又响起了老鼠啃东西的声音。都是响一回又静一回的，在这个受着轰炸威胁的城市里我感到了寂寞。

然而像一把刀要划破万里晴空似的，嘹亮的机声突然响起来。这是我们自己的飞机。声音多么雄壮，它扫除了这个园子的静寂。我要放下笔到庭院中去看天空，看那些背负着金色阳光在蓝空里闪耀的灰色大蜻蜓。那是多么美丽的景象。

巴金 （1904—2005），祖籍浙江嘉兴，出生于四川成都。原名李尧棠，字芾甘。现当代作家、翻译家、社会活动家。1927年至1929年赴法国留学。1929年回到中国后，从事文学创作。建国后先后担任中国作家协会副主席、中国作家协会主席、中国文联副主席、全国政协副主席。2003年11月，国务院授予巴金"人民作家"称号。代表作有长篇小说《家》《寒夜》《憩园》，随笔集《随想录》等。

想 北 平

老 舍

　　设若让我写一本小说，以北平做背景，我不至于害怕，因为我可以捡着我知道的写，而躲开我所不知道的。但要让我把北平一一道来，我没办法。北平的地方那么大，事情那么多，我知道的真是太少了，虽然我生在那里，一直到二十七岁才离开。以名胜说，我没到过陶然亭，这多可笑！以此类推，我所知道的那点只是"我的北平"，而我的北平大概等于牛的一毛。

　　可是，我真爱北平。这个爱几乎是要说而说不出的。我爱我的母亲。怎样爱？我说不出。在我想做一件讨她老人家喜欢的事情的时候，我独自微微地笑着；在我想到她的健康而不放心的时候，我欲落泪。语言是不够表现我的心情的，只有独自微笑或落泪才足以把内心揭露在外面一些来。我之爱北平也近乎这个。夸奖这个古城的某一点是容易的，可是那就把北平看得太小了。我所爱的北平不是枝枝节节的一些什么，而是整个儿与我的心灵相黏合的一段历史，一大块地方，多少风景名胜，从雨后什刹海的蜻蜓一直到我梦里的玉泉山的塔影，都积凑到一块，每一小的事件中有个我，我的每一思念中有个北平，这只有说不出而已。

　　真愿成为诗人，把一切好听好看的字都浸在自己的心血里，像杜鹃似的啼出北平的俊伟。啊！我不是诗人！我将永远道不出我的爱，一种像由音乐与图画所引起的爱。这不但辜负了北平，也对不住我自己，因为我的最初的知识与印象都得自北平，它是在我的血里，我的性格与脾气里有许多地方是这古城所赐给的。我不能爱上海与天津，因为我心中有个北平。可是我说不出来！

伦敦，巴黎，罗马与君士坦丁堡，曾被称为欧洲的四大"历史的都城"。我知道一些伦敦的情形；巴黎与罗马只是到过而已；君士坦丁堡根本没有去过。就伦敦、巴黎、罗马来说，巴黎更近似北平——虽然"近似"两字要拉扯得很远——不过，假使让我"家住巴黎"，我一定会和没有家一样的感到寂苦。巴黎，据我看，还太热闹。自然，那里也有空旷静寂的地方，可是又未免太旷；不像北平那样既复杂而又有个边际，使我能摸着——那长着红酸枣的老城墙！面向着积水滩，背后是城墙，坐在石上看水中的小蝌蚪或苇叶上的嫩蜻蜓，我可以快乐地坐一天，心中完全安适，无所求也无可怕，像小儿安睡在摇篮里。是的，北平也有热闹的地方，但是它和太极拳相似，动中有静。巴黎有许多地方使人疲乏，所以咖啡与酒是必要的，以便刺激；在北平，有温和的香片茶就够了。

论说巴黎的布置已比伦敦罗马匀调得多了，可是比上北平还差点事儿。北平在人为之中显出自然，几乎是什么地方既不挤得慌，又不太僻静：最小的胡同里的房子也有院子与树；最空旷的地方也离买卖街与住宅区不远。这种分配法可以算——在我的经验中——天下第一了。北平的好处不在处处设备得完全，而在它处处有空儿，可以使人自由地喘气；不在有好些美丽的建筑，而在建筑的四周都有空闲的地方，使它们成为美景。每一个城楼，每一个牌楼，都可以从老远就看见。况且在街上还可以看见北山与西山呢！

好学的，爱古物的，人们自然喜欢北平，因为这里书多古物多。我不好学，也没钱买古物。对于物质上，我却喜爱北平的花多菜多果子多。花草是种费钱的玩意儿，可是此地的"草花儿"很便宜，而且家家有院子，可以花不多的钱而种一院子花，即使算不了什么，可是到底可爱呀。墙上的牵牛，墙根的靠山竹与草茉莉，是多么省钱省事而也足以招来蝴蝶呀！至于青菜，白菜，扁豆，毛豆角，黄瓜，菠菜等等，大多数是直接由城外担来而送到家门口。

雨后，韭菜叶上还往往带着雨时溅起的泥点。青菜摊子上的红红绿绿几乎有诗似的美丽。果子有不少是由西山与北山来的，西山的沙果，海棠，北山的黑枣，柿子，进了城还带着一层白霜儿呀！哼，美国的橘子包着纸，遇到北平的带霜儿的玉李，还不愧杀！

是的，北平是个都城，而能有好多自己产生的花，菜，水果，这就使人更接近了自然。从它里面说，它没有像伦敦的那些成天冒烟的工厂；从外面说，它紧连着园林，菜圃与农村。采菊东篱下，在这里，确是可以悠然见南山的；大概把"南"字变个"西"或"北"，也没有多少了不得的吧。像我这样的一个贫寒的人，或者只有在北平能享受一点清福了。

好，不再说了吧；要落泪了，真想念北平呀！

老舍 （1899—1966），原名舒庆春，字舍予，北京满族正红旗人。小说家、戏剧家。五四运动时期开始新文学创作，1926年加入文学研究会。抗日战争爆发后，任中华全国文艺界抗敌协会理事兼总务部主任，从事抗战文学运动。1946年赴美讲学，1949年底回国。历任政务院文教委员会委员、中国文联副主席、中国作协副主席等。1951年北京市人民政府授予他"人民艺术家"称号。代表作有长篇小说《骆驼祥子》《四世同堂》，话剧《茶馆》等。

我和祖父的园子

萧　红

　　呼兰河这小城里住着我的祖父。我出生的时候，祖父已经六十多岁了。

　　我家有一个大园子，这园子里蜂子、蝴蝶、蜻蜓、蚂蚱，样样都有。蝴蝶有白蝴蝶、黄蝴蝶。这些蝴蝶极小，不太好看。好看的是大红蝴蝶，满身带着金粉。蜻蜓是金的，蚂蚱是绿的，蜂子则嗡嗡地飞着，满身绒毛，落到一朵花上，胖圆圆的就跟一个小毛球似的不动了。

　　祖父一天都在园子里边，我也跟着祖父在园子里边。祖父戴一顶大草帽，我戴一顶小草帽。祖父栽花，我就栽花；祖父拔草，我就拔草。当祖父下种，种小白菜的时候，我就跟在后边，把那下了种的土窝，用脚一个个地溜平。哪里会溜得准，东一脚西一脚地瞎闹。有时不单菜种没被土盖上，反而被我踢飞了。

　　祖父铲地，我也铲地。因为我太小，拿不动那锄头杆，祖父就把锄头杆拔下来，让我单拿着那个锄头的"头"来铲。其实哪里是铲，也不过趴在地上，用锄头乱勾一阵就是了。也认不得哪个是苗，哪个是草，往往把韭菜当作野草一起割掉，把狗尾草当作谷穗留着。

　　当祖父发现我铲的那块满留着一片狗尾草时，他问我："这是什么？"

　　我说："谷子。"

　　祖父大笑起来，笑得够了，把草摘下来问我："你每天吃的就是这个吗？"

　　我说："是的。"

我看着祖父还在笑，我就说："你不信，我到屋里拿来你看。"我跑到屋里拿了鸟笼上的一头谷穗，远远地就抛给祖父，说："这不是一样的吗？"

祖父慢慢地把我叫过去，讲给我听，说谷子是有芒针的，狗尾草则没有，只是毛嘟嘟的，真像狗尾巴。

祖父虽然教我，可我并不细看。一抬头看见一个黄瓜长大了，跑过去摘下来，我又去吃黄瓜了。黄瓜还没有吃完，又看见了一个大蜻蜓从旁飞过，于是丢了黄瓜又去追蜻蜓了。跑了几步就又去做别的了。

玩腻了，又跑到祖父那里去乱闹一阵。祖父浇菜，我也抢过来浇。不过我并不往菜上浇，而是拿着水瓢，拼尽了力气，把水往天空里一扬，大喊着："下雨了！下雨了！"

太阳在园子里是显得特别大。花开了，就像花睡醒了似的。鸟飞了，就像鸟上天了似的。虫子叫了，就像虫子在说话似的。一切都活了，要做什么，就做什么，要怎么样，就怎么样，都是自由的。倭瓜愿意爬上架就爬上架，愿意爬上房就爬上房。黄瓜愿意开一谎花，就开一谎花，愿意结一个黄瓜，就结一个黄瓜。玉米愿意长多高就长多高，它若愿意长上天去，也没有人管。蝴蝶随意地飞，一会儿从墙头上飞来一对黄蝴蝶，一会儿又从墙头上飞走了一只白蝴蝶。它们是从谁家来的，又飞到谁家去，太阳也不知道这个。只是天空蓝悠悠的，又高又远。

我玩累了，就在房子底下找个阴凉的地方睡着了。不用枕头，不用席子，把草帽遮在脸上就睡着了。

萧红 （1911—1942），女，黑龙江省哈尔滨市人。现代作家，被誉为"30年代文学洛神"。1935年，在鲁迅的支持下，发表了成名作《生死场》。1936年，为摆脱精神上的苦恼东渡日本，并写下了散文《孤独的生活》、长篇组诗《砂粒》等。1940年抵达香港，之后发表了中篇小说《马伯乐》和长篇小说《呼兰河传》。

慈慧殿三号

朱光潜

　　慈慧殿并没有殿，它只是后门里一个小胡同，因西口一座小庙得名。庙中供的是什么菩萨，我在此住了三年，始终没有探头去一看，虽然路过庙门时，心里总要费一番揣测。慈慧殿三号和这座小庙隔着三四家居户，初次来访的朋友们都疑心它是庙，至少，它给他们的是一座古庙的印象，尤其是在树没有叶的时候；在北平，只有夏天才真是春天，所以慈慧殿三号像古庙的时候是很长的。它像

慈慧殿三号朱光潜故居　摄影：刘彪

庙，一则是因为它荒凉，二则是因为它冷清，但是最大的类似点恐怕在它的建筑，它孤零零地兀立在破墙荒园之中，显然与一般民房不同。这三年来，我做了它的临时"住持"，到现在仍没有请书家题一个某某斋或某某馆之类的匾额来点缀，始终很固执地叫它"慈慧殿三号"，这正如有庙无佛，多一事不如省一事。

慈慧殿三号的左右邻家都有崭新的朱漆大门，它的破烂污秽的门楼居在中间，越发显得它是一个破落户的样子。一进门，右手是一个煤栈，是今年新搬来的，天晴时天井里右方隙地总是晒着煤球，有时门口停着运煤的大车以及所应有的附属品——黑麻布袋，黑牲口，满面涂着黑煤灰的车夫。在北方居过的人会立刻联想到一种类型的龌龊场所。一粘上煤没有不黑不脏的，你想想德胜门外，门头沟车站或是旧工厂的锅炉房，你对于慈慧殿三号的门面就可以想象得一个大概。

和煤栈对面的——仍然在慈慧殿三号疆域以内——是一个车房，所谓"车房"就是停人力车和力车夫居住的地方。无论是停车的或是住车夫的房子照例是只有三面墙，一面露天，房子对于他们的用处只是遮风雨；至于防贼，掩盖秘密，都全是另一个阶级的需要。慈慧殿三号的门楼右手只有两间这样三面墙的房子，五六个车子占了一间；在其余的一间里，车夫，车夫的妻子和猫狗进行他们的一切活动：做饭，吃饭，睡觉，养儿子，会客谈天等等。晚上回来，你总可以看见车夫和他的大肚子妻子"举案齐眉"式地蹲在地上用晚饭，房东的看门的老太婆捧着长烟杆，闭着眼睛，坐在旁边吸旱烟。有时他们围着那位精明强干的车夫听他演说时事或故事。虽无瓜架豆棚，却是乡村式的太平岁月。

这些都在二道门以外。进二道门一直望进去是一座高大而空阔的四合房子。里面整年地鸦雀无声，原因是唯一的男主人天天是夜出早归，白天里是他的高卧时间；其余尽是妇道之家，都挤在最后一进房子，让前面的房子空着。房子里面从"御赐"的屏风到四足不全的椅凳都已逐渐典卖干净，连这座空房子也已经抵押了超过卖价的债项。这里面七八口之家怎样撑持他们的槁木死灰的生命是谁也猜不出来的疑案。在三十年以前他们是声威煊赫的"皇代子"，杀人不用偿命的。我和他们整年无交涉，除非是他们的"大爷"偶尔拿一部宋拓圣教序或是一块端砚来向我换一点烟资，他们的小姐们每年照例到我的园子里来两次，春天来摘一次丁香花，秋天来打一次枣子。

煤栈，车房，破落户的旗人，北平的本地风光算是应有尽有了。我所住持的"庙"原来和这几家共一个大门出入，和它们公用"慈慧殿三号"的门牌，不过在事实上是和它们隔开来的。进二道门之后向右转，当头就是一道隔墙。进这隔墙的门才是我所特指的"慈慧殿三号"。本来这园子的几十丈左右长的围墙随处可以打一个孔，开一个独立的门户。有些朋友们嫌大门口太不像样子，常劝我这样办，但是我始终没有听从，因为我舍不得煤栈车房给我的那一点劳动生活的景象，舍不得进门时那一点曲折和跨进园子时那一点突然惊讶。如果自营一个独立门户，这几个美点就全毁了。

从煤栈车房转弯走进隔墙的门，你不能不感到一种突然惊讶。如果是早晨的话，你会立刻想到"清晨入古寺，初日照高林。曲径通幽处，禅房花木深"几句诗是恰好配用在这里的。百年以上的老树到处都可爱，尤其是在城市里成林；什么种类都可爱，尤其是松柏和楸。这里没有一棵松树，我有时不免埋怨百年以前经营这个园子的主人太疏忽。柏树也只有一棵大的，但它确实是大，而且一走进隔墙门就是它，它的浓荫布满了一个小院子，还分润到三间厢房。柏树以外，最多的是枣树，最稀奇的是楸树。北平城里人家有三棵两棵楸树的便视为珍宝，这里的楸树一数就可以数上十来棵，沿后院东墙脚的一排七棵俨然形成一段天然的墙。我到北平以后才见识楸树，一见就欢喜它。它在树木中间是神仙中间的铁拐李，庄子所说的"大本臃肿而不中绳墨，小枝卷曲而不中规矩"，拿来形容楸似乎比形容橰更恰当。最奇怪的是这臃肿卷曲的老树到春天来会开类似牵牛的白花，到夏天来会放类似桑榆的碧绿的嫩叶。这园子里树林看来很杂乱，大的小的，高的低的，不伦不类地混在一起；但是这十来棵楸树在杂乱中辟出一个头绪来，替园子注定一个明显的个性。

　　我不是能雇用园丁的阶级中人，要说自己动手拿锄头喷壶吧，一时兴到，容或暂以此为消遣，但是"一日曝之，十日寒之"，究竟无济于事，所以园子终年是荒着的。一到夏天来，狗尾草，蒿子，前几年枣核落下地所长生的小树，以及许多只有植物学家才能辨别的草都长得有腰深。偶尔栽几棵丝瓜，玉蜀黍，以及西红柿之类的蔬菜，到后来都没在草里看不见。我自己特别挖过一片地，种了几棵芍药，两年没有开过一朵花。所以园子里所有的草木花都是自生自长用不着人经营的。秋天栽菊花比较成功，因为那时节没有多少乱草和它做剧烈的"生存竞争"。这一年以来，厨子稍分余暇来做"开荒"的工作，但是乱草总是比他勤快，随拔随长，日夜不息。如果任我自己的脾胃，我觉得对于园子还是取绝对的放任主义较好。我的理由并不像浪漫时代诗人们所怀想的，并不是要找一个荒凉凄惨的境界来配合一种可笑的伤感。我欢喜一切生物和无生物尽量地维持它们的本来面目，我欢喜自然的粗率和芜乱，所以我始终不能真正地欣赏一个很整齐有秩序，路像棋盘，常青树剪成几何形体的园子，这正如我不欢喜赵子昂的字，仇英的画，或是一个中年妇女的油头粉面。我不要求房东把后院三间有顶无墙的破屋拆去或修理好，也是因为这个缘故。它要倒塌，就随它自己倒塌；它一日不倒塌，我一日尊重它的生存权。

　　园子里没有什么家畜动物。三年前宗岱和我合住的时节，他在北海里捉得一只刺猬回来放在园子里养着。后来它在夜里常作怪声气，惹得老妈见神见鬼。近来它穿墙迁到邻家去了，朋友送来了一只小猫来，算是补了它的缺。鸟雀儿北方本来就不多，但是因为几十棵老树的招邀，北方所有的鸟雀儿这里也算应有尽有。长年的顾客要算老鸹。它大概是鸦的别名，不过我没有下过考证。在南方是不祥之鸟，在北方听说它有什么神话传说保护它，所以它虽然那样地"语言无味，面目可憎"，却没有人肯剿灭它。它在鸟类中大概是最爱叫苦爱吵嘴的。你整年都听它在叫，但是永远听不出一点叫声是表现它对于生命的欣悦。在天要亮未亮的时候，它叫得特别起劲，它仿佛拼命地不让你享受香甜的晨睡，你不醒，它也引你做惊惧梦。我初来时曾买了弓弹去射它，后来弓坏了，弹完了，也就只得向它投降。反正披衣冒冷风起来驱逐它，你也还是不能睡早觉。老鸹之外，麻雀甚多，无可记载。秋冬之季常有一种颜色极漂亮的鸟雀成群飞来，形状很类似画眉，不过不会歌唱。宗岱在此时硬说它来有喜兆，相信它和他请铁板神算家所批的八字都预兆他的婚姻恋爱的成功，但是他的讼事终于是败诉，他所追求的人终于是高飞远扬。他搬走以后，这奇怪的鸟雀到了节令仍成群飞来。览于往事，我也就不肯多存奢望了。

　　有一位朋友的太太说慈慧殿三号颇类似《聊斋志异》中所看见的故家第宅，"旷废无居人，久之蓬蒿渐满，双扉常闭，白昼亦无敢入者……"但是如果有一位好奇的书生在月夜里探头进去一看，会瞟见一位散花天女，嫣然微笑，叫他"不觉神摇意夺"，如此等情……我木凡胎，无此缘分，但是有一件"异"事也颇堪一"志"。有一天晚上，我躺在沙发上看书，凌坐在对面的沙发上共着一盏灯做针线，一切都沉在寂静里，猛然间听见一位穿革履的女人滴滴苔苔地从外面走廊的砖地上一步一步地走进来。我听见了，她也听见了，都猜着这是沉樱来了——她有时踏这种步声走进来。我走到门前掀帘子去迎她，声音却没有了，什么也没有看见。后来再四推测所得的解释是街上行人的步声，因为夜静，虽然是很远，听起来就好像近在咫尺。这究竟很奇怪，因为我们坐的地方是一个很空旷的园子里，离街很远，平时在房子里绝对听不见街上行人的步声，而且那次听见步声分明是在走廊的砖地上。这件事常存在我的心里，我仿佛得到一种启示，觉得我在这城市中所听到的一切声音都像那一夜所听到的步声，听起来那么近，而实在却又那么远。

朱光潜　（1897—1986），笔名孟实、盟石。安徽桐城人。美学家、文艺理论家、教育家、翻译家。北京大学一级教授、中国社会科学院学部委员，全国政协二、三、四、五届委员、六届常务委员，民盟三、四届中央委员，中国文学艺术界联合委员会委员，中国外国文学学会常务理事。代表著作《悲剧心理学》《谈美》《无言之美》等。

荷塘月色

朱自清

　　这几天心里颇不宁静。今晚在院子里坐着乘凉，忽然想起日日走过的荷塘，在这满月的光里，总该另有一番样子吧。月亮渐渐地升高了，墙外马路上孩子们的欢笑，已经听不见了；妻在屋里拍着闰儿，迷迷糊糊地哼着眠歌。我悄悄地披了大衫，带上门出去。

　　沿着荷塘，是一条曲折的小煤屑路。这是一条幽僻的路；白天也少人走，夜晚更加寂寞。荷塘四面，长着许多树，蓊蓊郁郁的。路的一旁，是些杨柳，和一些不知道名字的树。没有月光的晚上，这路上阴森森的，有些怕人。今晚却很好，虽然月光也还是淡淡的。

　　路上只我一个人，背着手踱着。这一片天地好像是我的；我也像超出了平常的自己，到了另一世界里。我爱热闹，也爱冷静；爱群居，也爱独处。像今晚上，一个人在这苍茫的月下，什么都可以想，什么都可以不想，便觉是个自由的人。白天里一定要做的事，一定要说的话，现在都可不理。这是独处的妙处，我且受用这无边的荷香月色好了。

　　曲曲折折的荷塘上面，弥望的是田田的叶子。叶子出水很高，像亭亭的舞女的裙。层层的叶子中间，零星地点缀着些白花，有袅娜地开着的，有羞涩地打着朵儿的；正如一粒粒的明珠，又如碧天里的星星，又如刚出浴的美人。微风过处，送来缕缕清香，仿佛远处高楼上渺茫的歌声似的。这时候叶子与花也有一丝的颤动，像闪电般，霎时传过荷塘的那边去了。叶子本是肩并肩密密地挨着，这便宛然有了一道凝碧的波痕。叶子底下是脉脉的流水，遮住了，不能见一些颜色；而叶子却更见风致了。

月光如流水一般，静静地泻在这一片叶子和花上。薄薄的青雾浮起在荷塘里。叶子和花仿佛在牛乳中洗过一样；又像笼着轻纱的梦。虽然是满月，天上却有一层淡淡的云，所以不能朗照；但我以为这恰是到了好处——酣眠固不可少，小睡也别有风味的。月光是隔了树照过来的，高处丛生的灌木，落下参差的斑驳的黑影，峭楞楞如鬼一般；弯弯的杨柳的稀疏的倩影，却又像是画在荷叶上。塘中的月色并不均匀；但光与影有着和谐的旋律，如梵婀玲上奏着的名曲。

荷塘的四面，远远近近，高高低低都是树，而杨柳最多。这些树将一片荷塘重重围住；只在小路一旁，漏着几段空隙，像是特为月光留下的。树色一例是阴阴的，乍看像一团烟雾；但杨柳的丰姿，便在烟雾里也辨得出。树梢上隐隐约约的是一带远山，只有些大意罢了。树缝里也漏着一两点路灯光，没精打采的，是渴睡人的眼。这时候最热闹的，要数树上的蝉声与水里的蛙声；但热闹是它们的，我什么也没有。

忽然想起采莲的事情来了。采莲是江南的旧俗，似乎很早就有，而六朝时为盛；从诗歌里可以约略知道。采莲的是少年的女子，她们是荡着小船，唱着艳歌去的。采莲人不用说很多，还有看采莲的人。那是一个热闹的季节，也是一个风流的季节。梁元帝《采莲赋》里说得好：

> 于是妖童媛女，荡舟心许；鹢首徐回，兼传羽杯；棹将移而藻挂，船欲动而萍开。尔其纤腰束素，迁延顾步；夏始春余，叶嫩花初，恐沾裳而浅笑，畏倾船而敛裾。

可见当时嬉游的光景了。这真是有趣的事，可惜我们现在早已无福消受了。

于是又记起《西洲曲》里的句子：

采莲南塘秋，莲花过人头；低头弄莲子，莲子清如水。今晚若有采莲人，这儿的莲花也算得"过人头"了；只不见一些流水的影子，是不行的。这令我到底惦着江南了。——这样想着，猛一抬头，不觉已是自己的门前；轻轻地推门进去，什么声息也没有，妻已睡熟好久了。

朱自清 （1898—1948），祖籍浙江绍兴，出生在江苏海州（今连云港市），后随祖父、父亲定居扬州，自称"我是扬州人"。原名自华，号秋实，后改名自清，字佩弦。中国现代散文家、诗人、作家、学者、民主战士。代表作有散文《春》《绿》《背影》《荷塘月色》《匆匆》等。

东方之灵

徐小斌

春初北京，来到"中国院子"。

我孤陋寡闻，倒是朋友听说我要参观"院子"，惊呼："那里可不是一般的漂亮！"朋友也是见多识广之人，听此言，好奇之心顿起。

待进入一个名叫"骊宫"的"院子"，方觉"漂亮"一类的词实在难以形容此景之美。被誉为中式楼王的骊宫，占地四亩有余，因汲取盛唐之风，乃命名骊宫——进得院门，惊叹骊宫确似一私人宫殿：无论是象征福、禄、寿、喜、财的五福廊、由祥云、蝙蝠、如意组成的福寿纹，还是墙面的莲花、廊柱的葫芦铜雕；无论是那座巨大的鱼缸，还是用名贵花梨木雕刻的罗汉床；无论是那些造型奇异的"云灯"，还是那间可作瑜伽、坐禅、冥想、太极和茶道的、用于独处静思的冥想室，都是构思奇巧，令人叹为观止。

过去常认为中国人不是很注重细节，而这里却恰恰是细节之美决定了一切：放在叶形雕漆盘子里的以假乱真的樱桃鲜红欲滴，旁边还有一个小小的铜制烛台；搭在一起有一种现代与复古混搭的奇妙感觉；那个不对称形状的长台，上面嵌了金银两色的渐变金属立体花朵，给后面端庄大气的直立式木质隔墙增添了一道活泼美丽的元素；深橘色螺旋状的花瓶，里面似乎在吐出同样深橘色的火焰，让背后的窗棂不再单调；而那个盛放酒杯的造型别致的木质器皿，更是一下子激活了规整的金花梨地板——于是复古与现代，绮丽与沉潜，奇幻与庄重，轻灵与质感，动静结合，明暗对比，比古时宫殿更明亮更壮丽更生动更充满神秘的美感。

出得宫来，外面一片海棠花开得正盛，粉如云霞，香气浓郁，富贵妖娆，原来这便是"海棠别苑"。旁边更有"瑶台"仙境，一条水景直面内室，夏日若约三五知音到此地喝茶饮酒，实乃无极之乐。而冬天，则可在那个造型精致的火炉旁边，即便是孤独一人，也会融于丝丝暖意，吃一点英式下午茶的"司康"，听一点爵士乐，从半掩的窗内看外面园林的绿色渐渐褪去，草木枯黄，却并不苍凉——因为雪花会在圣诞前夜慢慢降落，六角形的雪花会在窗上凝结成各种美丽的图案，令人想起童年时光。

然而骊宫最吸引我的，却是最后看到的那间密室。

密室使我立即想起去年央视黄金八套播放的电视剧《虎符传奇》——原名《如姬夫人》，是我写了两年的原创剧本，开头便写到战国时代的密室——中国古代贵族不可或缺的私密空间。作为战国四公子之首的信陵君，便是将那把名曰"东方之灵"的宝剑藏于密室。信陵君谦和英武，宅心仁厚，爱民重义，有门客三千。而"东方之灵"一如它的主人，有着高贵的品质，可以为民造福。

这联想并不荒唐——院子，其实是西周时代便有了的，战国时期应已有模样。最典型的便是北京的四合院，特征是外观规矩，中线对称，用法灵活：往大了扩，就是皇宫、王府，往小了缩，就是平民百姓的住宅，所以说，辉煌的紫禁城与郊外的普通农民家实际都是四合院。

四合院其一是四面围拢。汉班固《西都赋》云："人不得顾，车不得旋，阗城溢郭，旁流百廛，红尘四合，烟云相连。"《新唐书·吐蕃传下》云："夕悉蒏，见兵寡，悉众追，堕伏中，兵四合急击，遂禽之，献京师。"清蒲松龄《聊斋志异·婴宁》中亦有"有草舍三楹，花木四合其所"的说法。

其二是四方配合、四面相应。《汉书·儿宽传》云："六律五声，幽赞圣意；神乐四合，各有方象。"唐韩愈《汴泗交流赠张仆射》诗曰："发难得巧意气粗，欢声四合壮士呼。"

其三是八字术语：天地指天干地支，天合地合，指天干地支都相合，人合是指日柱天干，己合是指日柱地支，总起来就是四柱都合，故名四合院。

有了这等吉祥风水之说法，所以院子文化的概念才能延续至今而持久不衰。完整的老式四合院，北京依然保存着凤毛麟角。曾经应邀到郑晓龙导演（作品《甄嬛传》、《北京人在纽约》等）家做客，他家便是典型的北京大户人家的四合院：如意门。象鼻枭。墀头墙。冰盘檐。样样都精美。他几百万盘下来的，现在已然估价一亿有余——这是他生平得意之作。另外如盛芳胡同1号院的戗檐砖雕：蝙蝠、团寿、盘长和祥云团抱着"延年益寿"四个字，雕工十分精湛。又如东城区北竹竿胡同38号俞平伯故居的倒三角形垫花，凤凰栖于牡丹丛中，富贵华丽，寓意吉祥。戗檐的外侧突出的那部分称之为博缝头，常常刻万事如意、凤凰展翅以及富贵牡丹等吉祥图案。院子文化是极讲究风水的，说到底其实就是中国古代建筑环境学——晓龙家里确有气象：植树栽花、饲鸟养鱼、叠石迭景，其实都是在"养"风水——坐在他家的椅子上，我会联想到古代贵族的"宴客"。

然而这一切都被"中国院子"带给我的视觉飨宴冲淡了！接下来看到的"海晏"，才让我真正感觉到：这里似乎更像是当年信陵君的宴客之地！

海晏一词据说出自唐代郑锡的诗词"河清海晏，时和岁丰"。寓意太平吉祥。占地六亩，可谓七栋中式楼王之巨无霸也。

进得门去，便是曲阳手工艺人用手工雕刻的影壁浮雕。图案应是梅花喜鹊一类，材质色泽却是沉稳大气，十分压得住场面。玄关展台上，陈列着令人惊异的一枚巨大玉扳指。色泽像是油青种的翡翠，雕工极尽精美。扳指是皇室权贵的象征，难得这位设计师竟然想起这个奇招，既有贵胄之气又品位不俗：古代中国向来以玉比德，孔子曾说："夫玉者，君子可比德焉，温润而泽，仁也；栗而理，知也。"沈括在《梦溪笔谈》中也说"造神入理，回得天意"，于是天然美玉浑然天成的神韵便成为了国人所追求的美之象征——而玉扳指摆放在如此醒目之处，似乎也成为了一种象征。

据说海晏的室内设计特别聘请了著名的美国设计机构，以"老外眼中的中国"为视角，在中国古建筑的优雅端方之外，更添加了现代西方的审美元素——果然，头顶上那个巨型的吊灯，便气势不凡灿若烟霞，可以想象如果全部灯开，这院落必是一座通明剔透的宫殿！更有春夏秋冬四套客房，春之盛，夏之华，秋之灿，冬之谧，尽收眼底。十四人位的餐厅中那种高背椅子、红色与金色的主色调都似西方电影中的陈设，一下子暴露出西方设计师的身份。

与骊宫一样，这里的设计细节也极为精到：从美丽的黄龙玉到龙凤呈祥主题的纸雕，从名为"热带雨林"的花洒到金属镂空的屏风，从橱柜选用的意大利顶级品牌"斯蒂芬妮"到灶具用的顶级品牌"飞雪派克"，从泳池上方的灯光到配备着3D设备的超豪华影音室，从桑拿房、休闲厅到雪茄室，从超过五亩的私家园林到超过三十米高的百年银杏，从中国著名书画大师李少良亲自设计的壁山飞瀑，到可与颐和园的谐趣园媲美的大戏台，真个是从中到外，亦古亦今，千年一叹，万年绝唱！——正如明代大诗人谢榛所云："雄浑如大海奔腾，秀拔如孤峰峭壁，壮丽如层楼叠阁，古雅如瑶瑟珠弦，老健如朔漠横雕，奇绝如惊波蜃气"！又如清代大学士袁枚所云："天魔献舞，花雨弥空，山龙薄火，琼楼玉宇。"虽距京城中心我的住房不满百里，却俨然是另一个世界！正是："出人意外，在人意中，不离常理，不落俗套，一丘一壑，楚楚有致，繁山复水，处处宜人，爽然而秀，苍然而古，凝然而坚，淹然而润，点画萦拂之际，波澜老成，磬控纵送之间，丰姿跌宕……"（清代沈宗骞）

院子的美令我惊异。出于好奇，当然想了解"始作俑者"。

这位"始作俑者"、泰禾集团董事长黄其森更是令我惊异，竟然已经创业十年，而年纪尚在"不惑"！但细细想来，他的成功似乎是必然的：高调做事，低调做人，理想主义，实干精神——而且据说特别注重细节，譬如一位业主说："路灯偏暗"，他便花了几十万把灯全换了。为了符合传统，院子在中国宅门体系的细节上下足了功夫，比如影壁浮雕、抱鼓石，其纹样均选自恭王府、网师园等著名宅邸，由中国石刻之乡河北曲阳的手工匠人纯手工雕刻。他的一些理念也颇值得称羡，譬如主张"新中式"建筑，做到"师古不泥古，中而不古，新而不洋，西技中魂"。又如主张北京减负——北京作为中国的政治、文化、科教和国际交往中心，中国经济、金融的决策和管理中心，活力聚集之都、文化先进之都，几乎垄断了所有优质资源，负荷过重，大城市病愈演愈烈。他主张该舍的要舍，主张"让城市融入大自然，让居民望得见山、看得见水、记得住乡愁"——是啊，"师古而不泥古"，两千多年前，古人们身着绸衣，在柔和的烛光中手持美器，按照严格的礼仪，对坐饮茶，那该是何等真切的关于礼仪之邦的写照？有如此盛美的传统文化，又如何能坐视由于文化传承的断裂而造成的世风日下，礼崩乐坏，粗糙与欲望化的盛行？！当代很多人的堕落尽管有各种各样的原因，中国古代优秀文化的失传无疑是其中至关重要的因素。

中华民族几千年的灿烂文化，是我们这个民族的特有财富，绝不能随意丢弃。纵观当今世界，文化的冲突、邪教的泛滥、自然的破坏、人性的恶化等等，均为社会安定和发展之阻力。然而要消除和解决这些问题，中华文化具有西方文明无法取代的作用。谁都知道，亚洲四小龙的崛起和日本的高速发展，都吸收了中华文化思想的智慧。当前西方一些有识之士都在尽力研究中华文化，和一百年前的西学东渐相反，形成了"东学西渐"。这些都说明了中华文化在当今世界仍有极高的价值，21世纪不仅是东西方文化交汇的世纪，而应当是从过去"以西方文化为主流"转向"以东方文化为主流"的世纪，复兴中华文化绝不是对西方文明的对抗，而是意味着东方文化对西方文化的吸纳，创新出人类新文化，为人类开启新的文明。

出得院子，外面春光正好。回望那个大戏台，突生幻境：在那饕餮龙凤纹雕塑的背景前，身着红衣的舞姬们飘逸飞动，错彩镂金，玉绿翠碧。两旁站立着司箫、笠篌、阮、笙的白衣乐女。一只巨大的编钟，被舞者们长长的水袖拂出叮叮咚咚的清泉之声，满目翻飞，纵横捭阖，旋转如风，变化无常，高低起伏，回旋律动，急风骤雨般不可遏制。戏台下的宾客们，个个如"温润如玉"的君子，而坐在正中的，正是信陵君。他素服布衣，"东方之灵"在他的身旁闪着光芒，照亮了一望无际的庭院园林。

徐小斌 （1953—），女，出生于北京。当代作家，中央电视台中国电视剧制作中心一级编剧。1981年始发表文学作品。迄今为止发表作品四百余万字，出书四十余部。主要作品有《羽蛇》《敦煌遗梦》《德龄公主》《炼狱之花》《双鱼星座》等。曾获全国首届"鲁迅文学奖"、全国首届"女性文学奖"、第八届"全国图书金钥匙奖"、莫斯科国际电影节大奖等重要奖项。作品被译成英、法、德、西班牙、葡萄牙等十余国文字。

"院"望

李晓虹

我们在春暖花开的时节，走向"中国院子"。

从长安街一路驶过，古老的绿树掩映下的红墙，北京饭店、民族饭店、国家歌剧院、东方广场、恒基中心……东方的，西方的，古老的，现代的，最具民族特征的，最显示西方建筑师艺术个性的各色建筑，共同矗立在这条古老而又年轻的共和国大道上，以各自的语言共同汇成"北京建筑"这个建筑史上的新词。

沿着这条大道一路往东，二十多公里处，便来到这个著名的院子群落。

"院子"坐落在大运河边。这一条流淌了两千多年的河流承载着时间，贯穿南北，在缓缓流去的水中显现出不同地域饱含的各种文化讯息。河上的桥，岸边的树，隔桥相望的村落，不仅构成风景，更是一段段流动的历史。

"院子"拥有大运河长达八百米的自然河道，坐在河边，在绿树掩映下，看水流南下，或许心头也会涌起孔夫子所发出的"逝者如斯夫，不舍昼夜"的感慨。

当初，"院子"的设计者们或许亦是从奔流而去的水中获得灵感：人生苦短，而流水无限，将天、地、河流归纳于一个有形的存在之中，或许是穿透时间的最好方式。

于是，在这一片刚刚平整好的土地上，一群国内外顶尖的建筑设计师园林设计师和拥有了这块土地的黄其森团队一起，开始"畅想"……

"院子"成为这一构想的关键词。

老中国的生活和院子紧紧联系在一起。"院子"是中国人古老长久的居住空间，体现着中国文化的深层思想。可惜，院子在减少，在消退。只有在文字里，我们得以重温老院子悠长的意韵："在北平即使不出门去罢，就是在皇城人海之中，租人家一椽破屋来住着，早晨起来，泡一碗浓茶、向院子一坐，你也能看得到很高很高的碧绿的天色，听得到青天下驯鸽的飞声。从槐树叶底，朝东细数着一丝一丝漏下来的日光，或在破壁腰中，静对着像喇叭似的牵牛花（朝荣）的蓝朵，自然而然地也能够感觉到十分的秋意。"（郁达夫《故都的秋》）

"在我的后园，可以看见墙外有两株树。一株是枣树，还有一株也是枣树。"这是鲁迅散文《秋夜》开头的两句话。在北平阜成门内一个普通的四合院里，鲁迅看着窗外的枣树还有他亲手种下的丁香树，写出《彷徨》、《朝花夕拾》等穿越时空，成为民族精神财富的作品。

在自家的院子里尽享天色日光，看植物生长，将天地自然收纳于心，这是怎样的拥有！

但是，院落在急剧消失，在一望无边的高楼森林中，我们已经难有这样一方属于自己的天地。院子逐渐成为一种记忆，它和生活在院子里的人一起创造了丰富的生活，也成为现代人千滋百味的"乡愁"。

即使有许多老院子还在，但承载它们的老街早已历尽沧桑，随着时间的流逝，人世的变迁，叠加，改造，一直在变化中，甚至面目全非。

"中国院子"是一个"院子"群落，整体性设计，保证了它的构想和布局。一条主干线，贯通七条东西向街巷，它的尽头，是整个院落共享的山水花园。深巷幽深静雅，巷边墙角花木繁盛，青砖院墙让人对院里的生活产生遐想……走在"院子"宽阔的大道上，便能感到它的气势和结构的力量。

但是，建筑的诗意还在于相对化，个性化。在当下一张图纸盖出一个楼群的时代，打破规矩和格式，追求每一个院子的个性成为一种理想。

一群园艺师重新拾起中国院子的情怀，在庭院中注入哲理和诗意，以特有的符号强调各自的精神主题。

每一个院子里都有独特的山水，一园一天下，一宫一美景。

"海晏"的院子里有一个景观名为"璧山飞瀑"，由著名书画家李少良设计。层石交错，开启时形成水幕，薄雾升腾，亦诗亦幻。院中最引人注目的是那棵百年银杏，银杏因其生长缓慢又名公孙树，它生存年代久远，且生命力强，被称作是"中国人文的有生命的纪念塔"。一百多年前，这棵银杏已经来到世界上，又历尽千辛万苦落户"海晏"，数百年后，也许它还会站在这里，就像大觉寺的千年银杏一样，见证这个城市的变迁。院子的主人虽然生活在当下，但是，在银杏树下，与阳光、繁星、花草鸟虫、潺潺流水亲密接触，有限的人生与无限的宇宙接通，便能体会万物皆备于我的意境。

"骊宫"的院子里是一片海棠林。正值春天，海棠花团锦簇，阵阵芳香，不由使人想起北宋词人晏殊咏海棠的名句："海棠枝缀一重重，清晓近帘栊。胭脂谁与匀染，偏向脸边浓。看叶嫩，惜花红，意无穷。如花如叶，岁岁年年，共占春风。"

再看牡丹园、樱花园、竹园、荷园……每一个园子都是大块中一个小小的局部，又都成为一个充满美感的小宇宙，天地同在，天人合一，院子就成了一首隽永的诗。

建筑师从本质上讲，是诗人，是哲人，是历史的见证人，也是历史的创造者。虽然当这个院子群落以它们独有的面貌站立起来的时候，设计者们已经悄然离去，但是，这个作品却留在了历史上。当我们细读之，便会看到他们打通历史、现实和未来通道的那个诗意的向往。

事实上，"中国院子"已经不是老北京普通的四合院。老四合院有固定的格局：在院中四面建房，正房、东西厢房和倒座房将庭院合围在中间，"口"字形的一进院，"日"字形的二进院，"目"字形的三进院，无论面积大小，都突出体现了长幼顺序和尊卑等级，其宜居性也受到挑战。

院子是需要现代语言的，保留院子的传统内核，输入现代元素，建造更加宜居的生活场所，或许就成为设计师们内心强大的驱动力。

"中国院子"是一个从传统走向现代的实验。

舒适、放松、自由的家的感觉是现代居所的核心。打破中规中矩的格局，既不与过去决裂，又不惰性地把目光呆滞地停留在已有的套路上，在保留中强调自由，强调突破，在院子群落的整体和谐中体现每个建筑的个性，是一种挑战，亦是一次冒险。也许，这正是"院子"的设计者们激情的源泉。

宅门，是传统院落的第一步，"院子"的每一个宅门都经过了考其方位，严格选料的过程，既用传统材质，借鉴王府纹样，也有现代造型，请能工巧匠精制而成。青石阶、抱鼓石、柚木大门、影壁浮雕，浑然一体。传统材料与现代工艺组成新的语言。

在建筑设计上延续了传统建筑中轴线的概念，左右对称，但却打破了四合院的格局，一个院子一个整体性建筑。前庭空间，把玄关和传统的"抄手游廊"结合再造，可通达起居室，或步入庭院；空间上有高度，"海宴"大厅十五米挑空，给人以开阔明朗的感觉，而这种感觉是传统建筑很难达到的。

每一个房间，亦没有固定的分割，彼此独立，功能各不相同，却自由贯通，无所阻碍，既有私密性又舒卷自如。开放，半开放，私密，自由，各尽其功能。在显现与未显现之间，扩大空间感和变化感，符合现代人的心理愿望。

"海晏"的四间客房，体现了春、夏、秋、冬四个主题：春，色彩淡黄，清新明丽。夏，色彩热烈，对比鲜明。秋，以紫色为主色调，浓郁且韵味深长。冬，蓝白底色加上花卉蝴蝶元素，静雅冲淡。

　　最令人难忘的是面向庭院的落地玻璃墙体，通透的外墙使屋内屋外融为一体。在"海晏"的主卧室，透过大面窗，草坪、绿树、对面的戏台，甚至台上的鼓乐，尽收眼底。人与景物互动，自然美景无时无刻不在陶冶着情操，实用性和美感得到完美统一。四季风华，收于心中，忙里偷闲，在刹那间体会永久。

　　德国哲学家海德格尔有一个著名的提法：诗意地栖居。他认为天空、大地、神圣者、短暂者构成了世界的"原一"。在天、地、神灵面前，人是匆匆过客，是居住让我们停留于物和所在之中。在居住中，人经受空间，走过时间，也唤醒了自己的感觉。"建筑拯救大地，接受天空，等待神圣者，指引短暂者"。优秀的建筑响应这种呼唤，在人与建筑，人与社会，人与人，外部与内部，个人与家族之间，寻找开放的意义，"中国院子"以自己的方式展现了这种可能性。

　　当"院子"里古老的银杏、海棠和"海晏"、"骊宫"、"濯缨园"们一起穿过时间，走向另一个百年时，回首望过来，在打开的时空中，那一瞥一定动人心弦。

李晓虹　（1953—），女。山东青州人。当代散文理论家，中国散文学会副会长。1995年毕业于中国社科院研究生院，文学博士。毕业后在中国社科院工作至今。1982年开始发表作品。2001年加入中国作家协会。第五届鲁迅文学奖终审评委。著有《中国当代散文审美建构》《中国现代散文史论》《中国当代散文发展史略》等，主编有《中国散文年选》等。

后 记

经过几个月的努力，散文集《院子里的中国》终于要和大家见面了。庭院与中国人传统的日常生活息息相关，即便是高速发展的当下，院子仍然是我们向往的"诗意栖居"。而从古至今，从南到北，庭院又与时代、地域文化关系密切。因此，有关庭院、园林的散文可谓洋洋大观。我们从中精心挑选了现当代作家具有代表性的散文名作，兼顾不同主题和地方色彩，并邀请部分知名作家写稿。对于选入的作品，我们以最大的诚意和努力找到了绝大部分著作权人，并获得了授权。但遗憾的是，限于种种原因，仍有几篇作品无法找到著作权人，我们特别委托中国文字著作权协会处理相关事宜。

本书所涉部分作品版权由中国文字著作权协会代理，部分文字作品稿酬已委托中国文字著作权协会转付，敬请相关著作权人联系。

电话：010—65978905

传真：010—65978926

E—mail：wenzhuxie@126.com

图书在版编目（CIP）数据

院子里的中国 / 黄其森 主编. -- 北京：作家出版社，
2014.6 （2017.5重印）

ISBN 978-7-5063-7454-5

Ⅰ.①院… Ⅱ.①黄… Ⅲ.①散文集 – 中国 – 当代
Ⅳ.①I267

中国版本图书馆CIP数据核字（2014）第145572号

院子里的中国

主　　编：黄其森
责任编辑：李亚梓
出版发行：作家出版社
社　　址：北京农展馆南里10号　　　　　邮　　编：100125
电话传真：86-10-65930756（出版发行部）
　　　　　86-10-65004079（总编室）
　　　　　86-10-65015116（邮购部）
E-mail:zuojia@zuojia.net.cn
http://www.haozuojia.com（作家在线）
印　　刷：三河市北燕印装有限公司
成品尺寸：170×240
字　　数：221千
印　　张：17.5
版　　次：2014年8月第1版
印　　次：2017年5月第3次印刷
ISBN 978-7-5063-7454-5
定　　价：46.00元